江阴才子叶鼎洛

JIANG YIN CAI ZI YE DING LUO

李建华 著

江阴名贤文化丛书第一辑

江阴市档案局
江阴市暨阳名贤研究院 策划

苏州大学出版社

图书在版编目(CIP)数据

江阴才子叶鼎洛 / 李建华著. -- 苏州：苏州大学出版社，2018.12
（江阴名贤文化丛书 / 张伟主编. 第一辑）
ISBN 978-7-5672-2557-2

Ⅰ. ①江… Ⅱ. ①李… Ⅲ. ①传记文学－中国－当代 Ⅳ. ①I25

中国版本图书馆CIP数据核字(2018)第177526号

江阴名贤文化丛书 第一辑

策　　划：江阴市档案局
　　　　　　江阴市暨阳名贤研究院

书　　名：江阴才子叶鼎洛
著　　者：李建华
责任编辑：倪浩文
出版发行：苏州大学出版社（Soochow University Press）
社　　址：苏州市十梓街1号　邮编：215006
印　　刷：江阴金马印刷有限公司
网　　址：www.sudapress.com
邮购热线：0512-67480030
销售热线：0512-67481020
开　　本：700 mm×1 000 mm　1/16
印　　张：14.75
字　　数：213 千
版　　次：2018 年12月第 1 版
印　　次：2018 年12月第 1 次印刷
书　　号：ISBN 978-7-5672-2557-2
定　　价：78.00 元

凡购本社图书发现印装错误，请与本社联系调换。服务热线：0512-67481020

编 委 会

名誉主任：程 政　许 晨
主　　任：张 伟
副 主 任：蒋国良

主　　编：张 伟
执行主编：蒋国良
副 主 编：李孜渊　徐泉法

编　　委：张 伟　蒋国良　徐泉法
　　　　　李孜渊　单 旭　许建国
　　　　　陆正源

序　言

　　江阴，古称暨阳，因地处大江南岸而得名，是一个拥有约7000年人文史、5000年文明史、3800年筑城史、2500年文字记载史的江南古城，在约5000年前，就成为前太湖西北地区的政治文化中心。

　　南宋江阴籍左丞相葛邲曾对人杰地灵的江阴有过这样的评说："得山川之助，故其人秀而多文；有淮楚之风，故其人愿而循理。"从古至今，江阴一直为世人瞩目。

　　曾经因"南龙之末端""江尾海头"的独特地理位置，使江阴早在殷商时代就出现了江南地区最早的城池和公共建筑。泰伯奔吴，筑城于江阴左近；季札分封延陵；后又成楚国春申君黄歇采邑；江阴史称"延陵古邑""春申旧封"。吴文化和楚文化在江阴的交织，构成了江阴独特的地域文化，让江阴成为具有悠久历史的文化名城。

　　北宋王安石考察江阴曾留下这样脍炙人口的诗句："黄田港北水如天，万里风樯看贾船。海外珠犀常入市，人间鱼蟹不论钱。"当时的江阴与五十多个国家和地区发生着贸易往来，其繁华程度称雄江南。

　　历史沧桑变化，社会兴衰治乱。"锁航要塞"的江防地位，使江阴历经战乱，江阴城一损于元，二劫于倭，三伤于清，又毁于日侵战火。城内有宋建"兴国古塔"，直奉大战时被炮火削去塔顶，虽历经千年仍岿然屹立。这是江阴古城的标志，也是江阴文化传承的象征。江阴古城南北两门曾悬挂门额，南称"忠义之邦"，北名"仁让古邑"，这是江阴文化浓缩的精华，它闻名于世，传承不衰。江阴无数仁人志士在以忠义为特质的江阴文化感召下，崇学厚德，忠义守信，开放争先，创造出令人瞩目的业绩。季子为江阴开创了仁让文化的源头；八十一天守城抗清为江阴博得"忠义之邦"的英名；徐霞客集江阴文化之大成，带江阴文化走向世界。历史走到今天，更有吴仁宝、俞敏洪这样的江阴名人，传承弘扬江阴文化于中华大地。

　　研究乡邦历史，传承名贤精神，弘扬江阴文化，是行世二十余年的江阴市暨阳名贤研究院的立院宗旨，在已整理出版两千余万字江阴文化资料的基础上，又着手精编"江阴名贤文化丛书"，欲使江阴乡邦文化的整理研究更上层楼，为江阴文化的传承再献佳作。这是一项立足长远的文化工程，幸逢习近平同志近年多次倡导弘扬传承中华优秀传统文化，更得江阴市档案局财政支持，双方愿努力合作，发挥名贤研究院众多人才作用，编撰出更多更好更贴近江阴地方特色的文化丛书，为江阴文化增添光彩，更为我们的后人钩沉史实，留下传承辉光。

蒋国良
2018年6月

目 录

序 言 … 1

第一章 小城童年（1897—1906） … 1
第二章 烙印深深（1906—1912） … 9
第三章 杭州苦学记（1912—1918） … 18
第四章 日本留学记（1919—1922） … 22
第五章 在上海立足（1922—1924） … 38
第六章 湖南一师任教（1924—1925） … 44
第七章 加入南国社（1925—1927） … 57
第八章 在沈阳当教员（1927—1928） … 65
第九章 养病的日子（1928） … 70
第十章 参与《大众文艺》编辑（1928—1930） … 84
第十一章 两次见鲁迅（1930—1931） … 91
第十二章 在开封河大 （1931—1933） … 100
第十三章 上庐山当教官 （1933） … 108
第十四章 河大的抗日救亡（1933—1938） … 111
第十五章 抗战洪波曲（1938—1946） … 134
第十六章 从东北撤回重庆（1946—1947） … 159
第十七章 落叶归根（1947—1949） … 172

第十八章 从兴奋到困惑（1949—1958）	184
尾　声	203
叶鼎洛生平大事记	207
参考文献	219

序　言

　　我喜欢这样一个安静的夜晚，告别了白昼的喧嚣，感觉心灵也找到一处栖息之地。静静地躺在床上，床旁边一台打开的电脑里播放着轻音乐，是我较喜欢的那种音乐，诸如1987版电视剧《红楼梦》某些插曲之类，安静，忧伤，仿佛一个人在诉说什么，任忧伤蔓延，任思绪飞舞。

　　对于人生，我除了忙碌一些俗不可耐的事，只会在每天的沉重中度过，当我每每回首往事时，会发现，原来我的一生并不曾为自己活过。

　　由这个话题，闲说20世纪二三十年代新文学创作颇为活跃的江阴籍作家叶鼎洛。失意落魄是他最大的标识，他的文学所表达的也基本围绕这个母题，个人的伤感颓废与其作品里的婚恋故事在精神内核上已然有些契合。如果说前者大多是四处奔命、人生不顺、战火纷飞等不可抗拒的现实因素导致的被动流浪，多倦游、哀叹、思归，是不得已而为之，那么他个人一生的挫败，本身就构成了他生命存在的状态。

　　背井离乡是痛苦辛酸的。他们那一代知识分子完全可以选择不去过颠沛流离的漂泊生活，但无法满足的精神欲求使他们不能安定于现实家园。"走出去"于他们而言，不仅仅是肉体的流浪，更是精神的无依。背井离乡在这里已经不是由于生计所迫、人生失意而流浪，完全是出于形而上的精神欲求驱使。这一点，我觉得是较为切中要害的，在我阅读了他们那一代人的几部传记后，就非常赞赏他们；并因他们能洒脱地为自己活过一回而击掌。

　　暇时，我曾拿叶鼎洛跟他同时代的其他作家作比较，除开郁达夫，基本都是严肃有余而率性不足，包括鲁迅、胡适、刘半农之类。让我清楚地记得，他们的个人生活还很守旧。

我羡慕叶鼎洛的率真，为了自己的追求，可以说是不顾及其他的。他的小说大多以自己的真实遭遇为蓝本，并且敢于直陈自己是小说中的男主角，叙述的是他自己的艳遇。当然，这场艳遇的情节是经过了不同程度的艺术虚构。他的大胆不讳，与唐代张鷟的《游仙窟》相近，文本中均有绘声绘色的男女生活的描写。这样一位看起来风流倜傥的文坛才子，放到中华人民共和国成立后的政治背景里，显得太不"入世"。叶鼎洛很少写跟风作品，故在1949年后的相当长一段时间内，淡出了人们的视野。直至20世纪90年代，在一股回归文学、回归现实、回归艺术个性的潮涌中，他才被人提起，人们才重新发现他在新文学史上的意义。

我们翻开20世纪二三十年代的文学档案袋，叶鼎洛在文化战线上确实是名多面手，除了小说、绘画、表演外，还有散文、诗歌、剧本、文学评论、论文等行世。单以小说而论，其所抵达的思想艺术高度，是有目共睹的。他和沈从文一样，属性就是真文字。他对伟大作品的姿态、模样与腰身，有自己很确切的理解，这本身已经很能说明问题了。

按照我的阅读习惯，我希望作家能够为读者提供更多的精神可能性与语言向度。叶鼎洛偏重于私生活的写作经验，我觉得这种惯性状态，如果能够早一点规避，生命自身的抗干扰能力可能会大些。他的精神在另外一个特殊的空间获得舒展和拉伸，作为不得志人群的精神漫游式写作，甚至一定程度上成了精神的"痼疾"。这一点，容易引起读者对他们这类作家的误解，特别是在要求大写"新的人物、新的世界"的热潮中。

布罗茨基说：一位伟大作家是一个能够延长人类感受力之视角的人，能够在一个人智穷计尽时为他指出一个好机会，一个可以追随的模式。叶鼎洛追随的模式是什么？很显然，他的文学性写作，在当时，还没有其成长的土壤。

有一段时间叶鼎洛是想用新我去历经一场"火浴"的，把焦灼与痛苦、奔突与追求融化于新作品中，以印证风雨夜归的人情世态。

例如晚年未能完稿的《梨园子弟》，是否有意要挑战茅盾先生的《锻炼》呢？但它们原本是不能作比较的两个文本呀。晚年的叶鼎洛克服困难写着，他活得不再洒脱，一张皮多肉少的脸，因为辛勤的付出而被时间无情地刻上沧桑的印迹，他脸面上手背上的老年斑，越发明显。

生活，伴随着的不仅是激情，还有那不能言说的伤痛。

叶鼎洛身上携带着大量丰富的历史文化信息，是一个有非凡印记的人。经过历史的淘沙和沉淀，他的绚丽人生和在文化艺术上的成就，将会成为本埠文化研究的一个课题。

作家面对这个时代，永远是不安的，永远是困境，无法突围。叶鼎洛为一段豪气活过，但他的作品没有乌托邦式的幻想，而是重在表达男女的精神世界：一个活生生的人的所思、所想、所喜、所忧。他的敢于担当，他对弱势人群的关怀，他对我们这个世界的态度以及对个人情感的坦诚，让我生出无穷敬意。

叶鼎洛永远做着临时性工作，生活中也没有牵挂的人，这样的境遇，让他获得了自由，让他形成了放胆为文、率性而为的特点。他始终认为写作必须是有意思的——有意思的形式、有意思的故事、有意思的背景和有意思的荒谬。问题在于，我们在作了今昔对比后，如何把当下这些"有意思"写出来。

我觉得还是来捧读叶鼎洛作品吧，多读几遍。因为叶鼎洛的小说，的确写出了我们人类自己的灵魂。他用自嘲或同情之笔写男女之事，用真实与虚构杂糅之法，讽刺世相，其良知和正义感包含着人性品格与人性力量。在某种程度上，因是"自己的生活"的文学，故"不事雕饰"而风韵绵延，引人回味无穷。

叶鼎洛给别人留下了难以忘怀的记忆。有学生回忆说：中华人民共和国成立之初，我在县中读初中，叶先生曾是我的语文老师。他是"五四"时期新文学作家之一，人中等偏高，不修边幅，长方形脸，留着短短的胡须，穿着长衫，讲课时声音不高，慢慢腾腾的，边讲边在教室内踱步。他讲古文，喜欢边讲边吟唱，我们都感到很新鲜。他很少直接提问学生，也不大与学生交谈，我行我素，给我一种旧文人无限清高的感觉。至今，我一闭上眼，就会在脑子里浮现出他带有"孤芳自赏"的身影。我记不清他教了我们多长时间，但他的语文教学却成为我语文水平开始提高的坚实台阶。

或许十年、二十年、五十年后人们会淡忘我这个曾经写作的人，但只要我们的文学能成为某个生命段落中的一点印记，就够了！比如此时萦绕在我脑海里的叶鼎洛。

像叶鼎洛这样率性，走陌生的路，看陌生的风景，遇见陌生的人，不好吗？

叶鼎洛走着一条逐渐低落的人生之路。

其实，苦难经历对于作家是有价值的，因为所有苦难都可以在他的文字里化为艺术，得到升华；苦难经历对于作家又是一切，因为有过大苦难才识得大人生。

叶鼎洛有别的作家所不具备的"闪光点"。作为后辈的同乡人，对于他的被遗忘和受到毁誉参半之遭遇，心里略有不平。早在十多年前或者说是二十年前，当我偶有闲暇，便利用"时间的碎片"开始搜集叶鼎洛的生平史料和其出版的著作，许多年进展不太明显，可靠材料还是缺乏。近几年，我又转向研读与他有过交往的文化名人传记，从中寻找叶鼎洛的"蛛丝马迹"，还从一些史志、名人的日记和书信中觅寻线索。比如在《杭州市志》上就考证出传主所读的学校和年份，纠正了原有生平介绍上说是所谓刘海粟创办的"杭州艺专"或什么"上海美专"之类讹传。另外我还在赵景深的日记中，查到了有关叶鼎洛处女作的内容、有关组建"绿波社长沙分社"的信息等。而从叶鼎洛给田汉的一封信件中，又隐约觅寻到了叶鼎洛的第二次日本之行等资料。在严平发在《收获》杂志的一篇纪实文学《他们走向战场·埋伏》中，我又逐渐梳理清楚1938年后叶鼎洛及其抗敌演剧队行军的履痕。

还有许多史料，是到实地采访或于图书馆和网络查找获得，遂使一些处于隐匿状态的信息得以浮出水面。功夫不负有心人，对一个人的史料一旦读通，就可以摆脱材料不足的制约，因为许多东西已经潜伏在某本书籍中，就等着魔高一丈的有识者来"失物招领"。这是我写作中的体会。

这是一次耗时的大工程，由于是一己之力的采撷，加之"炼字"功夫和修辞学素养缺乏，文本瑕疵在所难免，期望各界有识之士提出宝贵意见，以便更正。

第一章 小城童年
（1897—1906）

那时，江阴南门运粮河上船只很多，远远望过去，桅樯如林，水运繁忙，近前便可听得桨声唉唉，几乎日夜不停。稻麦收割后，用船载运到无锡、苏州、常熟等各处出售。

运粮河旁石子街东首的十方庵，二月初八是庙会，热闹更不必说了。传说庙会这一天，是茅山菩萨生日，从初七到初九，四乡八邻、男女老少纷至沓来；各地商贩赶来做生意，百戏杂呈。初八这一天人最多，乡下姑娘结伴而来。当时有句顺口溜："正月八，二月八，

南门船帮里

乡下姑娘痴心发。一心要跑二月八，大红鞋子肉色袜。粉红鲜花两鬓插，荸荠甘蔗嘴里嚼。尖糕烧饼腰里塞。挤进庵堂去烧香，鞋子落脱赤双脚。"可见当年南门码头的盛况空前。百年前的钟声，穿越了无数纷繁的时光，在这蜿蜒的河湾响起。叶鼎洛的童年就在这里度过。

叶鼎洛祖上为叶颙后裔，自福建迁入江阴。《江阴东叶家桥叶氏宗谱》中有记载，明初，有名叶礼者，宋高宗相颐九世孙，先居武进北孝西乡夏墅，旋又迁安东乡辉龙地村。其五世叶祥，自辉龙村再迁江阴东叶家桥，即今长泾与陆桥接界的叶桥村。叶鼎洛高祖文惠在南门经营纱号发家，在石子街买了一个破落户的房产，故在此落下根基，再经士潜、世祯等苦心经营，叶家在南门已有名望。

叶宅的大门和院墙还是呈现出一股霸气的，木质的窗格栅有很讲究的造型，屋檐也都带着饰纹。祖上一直经商，但吃过官吏不少苦头，到叶士潜时更窝囊，因而他在临终前就拉着孙子之麒的手说："家业尚可，你要考取功名，光宗耀祖。"于是，叶鼎洛祖父世祯就送儿子之麒去读城里最好的小学堂。清光绪二十五年（1899），二十六岁的叶之麒考取秀才，进入南菁书院读书。和当时大部分读书人一样，之麒主攻的方向也是科举。从二十七岁开始，叶秀才连续三次参加位于南京秦淮河畔的江南贡院的乡试。直到1906年废除科举，

推着独轮车的码头搬运工

之麒始终未能如愿考取举人，这一年他三十三岁，无奈地看着自己半生的科考路，他直摇头。倘若科举没废除，他还得考取举人，然后抱着火星般大小的希望，继续参加会试、殿试，考中进士之后，才可能顺理成章地进入仕途。现在一切希望落空了。他心灰意懒，便开始借酒浇愁，破罐破摔。尽管他满腹经纶，但终究变成纨绔子弟，除嗜酒如命外，还喜欢赌钱，后来还吸鸦片上了瘾，祖上经营的纱号只得转卖他人。待叶鼎洛长大一些时，家道已经败落。

叶鼎洛是1897年11月18日（农历丁酉年十月廿四日戌时）出生的，当时的叶家仅靠房租养家糊口。为了一家生计，叶鼎洛母亲王氏除了接些裁缝店的加工活外，就是冒着刺骨的寒风只身去河浜捞蚌卖钱，她用自己坚强的双肩支撑着这个破落之家。叶鼎洛忘不了三岁时他和一群小朋友玩游戏，被伙伴从石桥上失手推下来，摔倒在河埠后昏迷过去，是汰衣裳的母亲奔过来，抱着他步行几里路去东门的福音医院急诊。医生说若是再晚去一小时，孩子的命便没有了。他忘不了童年时母亲照顾生病的自己，那时母亲已身怀六甲，她为他采摘来一条新鲜的黄瓜，鼓励儿子战胜病魔。

不多久，小鼎洛就有了一个妹妹，比他小三岁，母亲非常喜欢妹妹，常用"阿妹"来称呼她。叶鼎洛长大一些的时候，父亲正式告诉他说："我给你妹早就起好名字的，叫叶鼎力，你娘说不好听，说不像女孩子名字。她懂得什么，我给你俩取这名是有意愿的，望你们兄妹能鼎力相助！"小鼎洛觉得妹妹名字大气，觉察到了父亲的能耐。

叶鼎洛小时候就有绘画天赋。一次，他们家的乡下亲戚送来一篮子山芋，山芋上粘着黄泥巴，是那种带着铁红色的黏土，经太阳一晒，硬得如同石头。叶鼎洛没见过这种带红色的泥，他低下身，用手从山芋上掰下一块，就在自家厨房的白墙壁上进行涂鸦。

母亲还是希望儿子将来学一门手艺，所以当儿子开始在墙上涂鸦时，她完全是鼓励式的教育，让他集中一块墙面画，画满了用抹布擦一擦再画。

叶之麒想让儿子成为一个有文化的人。于是，也经常搞些小奖励，给儿子买或者借些《幼学琼林》《论语》《孟子》《诗经》《左传》《古文观止》之类的读物。

童年对于一个作家的影响，意义是很重大的。叶鼎洛成年后能走上创作之路，应当感谢他那位有"旧陋习"的父亲叶之麒，是叶之麒逼着他从小看一些杂书的。基本能认字时，叶鼎洛便拿着一本小说在父亲面前看。只要看儿子手里拿着书，父亲就很放心，他也很开心。从此，看书就成了叶鼎洛的一种习惯，直到晚年，除非病得起不了床。

叶鼎洛的早熟，与自己不幸的家境有关。

那些年月，母亲每天早上要去菜市场捡菜边皮回来，然后加工成腌菜。腌菜中成色好的，她要拿到开饭店的人家去出售，自家吃的基本是次等的腌菜。母亲会动脑子，变臭变质的腌菜不能吃，就拿到太阳下暴晒几日，做成梅干菜，然后到肉墩头讨回些猪头肉，做梅菜扣肉。在叶鼎洛记忆里，母亲是世界上最辛苦的人，由于家庭贫困，

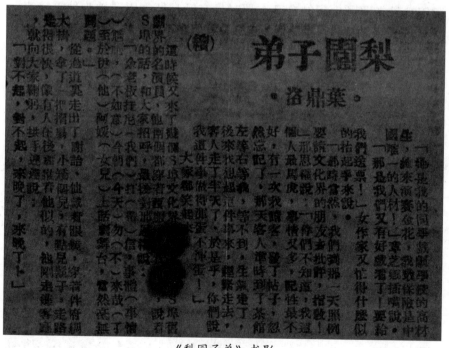

《梨园子弟》书影

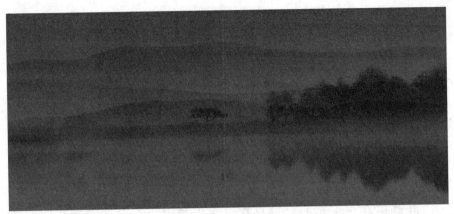

江阴城东风光

买的是最便宜的米。便宜的米有一个缺点,就是出了虫,或者米粒里夹带着老鼠屎。为一顿饭,母亲和祖母要花许多时间干这些没名堂的事——挑去米中杂物。所以,母亲一定是石子街醒得最早的人。

有几次,他和母亲一起醒了,跟着母亲去菜市场。母亲拎着菜篮子带着他来到那条街时,那里早已被氤氲的早餐摊热气、混着泥土味的果蔬香、鲜肉活鱼的淡淡腥味、韵味各异的吆喝叫卖声占领了。那时他才想到世界上还有比母亲起得更早的人。同样,生活中一定还有比自己母亲更辛苦的人。

在卖肉的摊位前,叶鼎洛停留的时间最长。他们家很少吃肉,有时割一点猪头肉,就算过节了。有时母亲也能捡到屠夫扔了的肉骨头,母亲在一旁捡白菜帮时,眼睛的余光会盯着那宰肉壮汉,当人家提着剁肉刀吆五喝六时,知道人家有大生意了,就候着。她悄悄告诉儿子,肉骨头不去捡掉,一会儿就让讨饭的穷人捡走或被流浪狗叼走了。

母亲说:"我们都在抢食。"

叶鼎洛对母亲这句话记得很牢。

当他长大一些时,对劳动民众更加充满同情心,对母亲更是敬重有加。许多日子,就代替母亲到菜市场捡菜边皮,每每能拎回满满一篮子,上气不接下气地回家,脸上渗出细细密密的小汗珠。

叶家靠这位母亲的勤俭治家,生活才算过得去。可叶鼎洛的父亲却很不屑,当他遇上不开心的事时,会将晒着的菜边皮用脚踩烂,还骂骂咧咧说，等做生意发财了，钞票就会有的，现在穷一点，克服不了吗？叶鼎洛的母亲不与他理论。

父亲好的地方，就是能给他讲些历史故事，说点"杨家将"之类的。叶之麒是善于表达的那种人，在他嘴巴里，小人书上的那些人物形象活灵活现，这样也培养了叶鼎洛对人生的细致观察和他的形象化思维能力。从小的这些经历，导致他后来写小说都非常强调人物的个性描写。他同时也忘不了童年时母亲教他一笔一画地练习写字，教导他从小要"志存高远"的人生道理。

叶鼎洛在乡下亲戚家最喜欢看水牛耕田，看着看着就在地上捡了树枝画。表哥在农田旁边的河浜里摸小鱼、小虾、螺蛳、河蚌之类，见了表弟画牛，就笑他呆，说："你们城里人脑子怪，牛有什么画头，还不如跟表哥到河浜里摸些小鱼、小虾，回去还可以当菜。"叶鼎洛专心看着泥地上的画，回答表哥说："你来看看，我画得怎么样？"表哥就从岸边一丛茭白那里上岸来，见了表弟画在泥地上的牛，连连说："像的，像的，你有这个本领，将来可以给有钱人画照了。"叶鼎洛经表哥这么说，想自己长大了，能画照倒也是一条路。于是，后来他每到一地，都比较注意观察。没有笔和纸，他就在泥地上画。到了城里，就拾些木炭条在麻石和青砖地面上画。

那天夜里，叶鼎洛睡梦里感觉下雪了，第二天醒来果然是雪花纷飞。父亲踩着深深的积雪来接他回家了，他对乡下有些难舍。不久，春天又来了，天气回暖，冰融化了，老宅西侧的运粮河苏醒了……

春暖花开，叶鼎洛最喜欢跟母亲去外婆家。外婆家在与无锡接界的荡南村，村三面靠百丈白荡河。开阔的百丈白荡河，河水清澈，水草丰盈，岸边柳树十分茂盛，水鸟密集，水产品也极为丰富。当叶鼎洛站在舅舅为他把舵的一只舢板上时，他耳旁仿佛听到远处随风飘来的阵阵山歌。他抬头眺望，白亮的河面上出现了一些渔船，好些撑船的还是姑娘。她们站在两头尖尖的渔船尾舱上，人立成马步，双手荡着"双飞燕"，时而俯首用力摇桨，时而仰头远眺，情不自禁地扯着嗓子，你一句我一句地唱起了江阴方言的山歌《一口渔网》："一口渔网甩到半天，落下来水花分在四边。没有我拨拨弄弄，哪有鲜鱼在你眼前？"

一群年轻的渔姑则欢天喜地和唱道："风吹河水云中波，浪打长堤柳飞歌。渔灯浜底闪，长桨雾里拨。网撒水中情，船载日月多。啊，百丈白荡绕弯过，声声渔歌好欢乐。"

此时，年轻的打鱼小伙子们也不甘寂寞地扯着嗓子唱起了《情姐爱的打鱼郎》等抒情的渔歌……歌声、桨声、笑骂声搅碎一湾河水。

叶鼎洛一个人在舅舅家住了一个多月。芒种前一天，舅妈送他回江阴。舅妈对他说："等过一程再来吧，我们要农忙了。芒种忙，麦上场。这是老话，一年二十四节气中，芒种抢种，我们会做得很苦。还是做城里人好，一年到头不用赤脚下田，蛇虫也咬不到。"

叶鼎洛没有觉得赤脚下田有什么不好，所以他说："等过几年，我长大了来乡下帮你们。"舅妈就笑呵呵说："小鼎洛真懂事，舅妈等着。"舅妈和母亲一样，对于自己发式是比较讲究的。她每天早早起床，对着门口一只大水缸梳头，水面清凌凌的像一面天然镜子，她忙活着，还要梳"窝鬏"，就是老年妇女的那种发鬏。

转过几天，老天淅淅沥沥地下起了雨，从早上一直下到晚上。叶鼎洛就对母亲说："舅舅农忙，可怎么办？"母亲笑出了声，批评儿子说："麦子收进家了，现在是莳秧，莳秧就要雨水的。这样一下，不再需要出人工车水了。舅舅家小家小户，没有牛车水，人力车水非常吃力的！"叶鼎洛就高兴地说："这老天还合人心意！"夜里，当再听那絮叨缠绵的雨声，他就不觉得搅扰自己了，而有一种自然的美感。

叶鼎洛个性里有一点浪漫主义，他从小就知道找乐趣，并且对某些事也喜欢寻根刨底。比如颜料店里的颜料是用什么东西做的，能不能画彩色人儿；织土布的拉梭机，木匠是怎么做出来的，用什么树；榉树的叶子是否与朴树叶长得相仿……他是一个对什么都有好奇心的人。他最喜欢在书场的窗口听说书，听演员在琵琶上一阵阵轻拢慢捻，好似珠落玉盘。他尤其喜欢听评话《三国》，当说书先生讲述"当阳争锋、冲阵扶主"的赵子龙那节英雄故事时，他脑子里面就有战场打杀画面。说书先生所描绘的形象，实在生动，赵子龙够英俊，比关羽张飞强多了。他常坐在窗口一块磨盘石上专注地听着。

此刻，叶鼎洛愿意在这种书场氛围里捱时光。

叶鼎洛妹妹鼎力，有一点"穷人孩子早当家"的味道，早早学会做饭了。叶鼎洛吃过妹妹烧的泡饭后，又一次推开家门走出去，过青石小桥向南走。窄窄的街道上商铺林立，虽说十方庵二月初八的集场早已过去多日，但客商运集，热闹非凡，市场还是一派繁荣景象。叶鼎洛喜欢这样闲走，本来是该入学堂读书的岁数了，可父亲将他的学费钱送给了赌场，母亲只得四下筹钱。

第二章 烙印深深
(1906—1912)

1906年春天,十岁的叶鼎洛进入离家不远的法喜庵读义塾。所谓义塾,实际上就是免费学校,是城里几个开明绅士凑份子建立的,供本埠想上学却上不起学的子弟读书。每年从春季开学,到年底的腊月为一学年。叶鼎洛由母亲带着去报到,母亲教儿子要给教书的老先生行一次三跪九叩的大礼,在香案前上香。他和好几家来上义学的孩子,跟老先生念四句"人之初,性本善;性相近,习相远"的《三字经》,"开笔"的典礼就结束了。

法喜庵旧址

每当楝树花开的季节，人特别爱犯困，叶鼎洛由于父亲常醉酒，后半夜才能入睡，弄得上课就打盹。老先生惩罚起来一脸严肃，而且一把戒尺落在手心，会一次比一次重。老先生很固执，打时还一直在嘀咕："不认真，就要挨板子，为什么要打，让你们长记性！"对比别的同学，叶鼎洛受到的板子要少许多，因为他聪明。老先生对聪明的人也舍不得打，而坏事总落在差等生头上了。实际上差等生也不全是调皮捣蛋的种，老先生是要找一个出气处而已，循环往复的过程，对于差等生是一次次挑战，成绩上不去，处罚就得叠加。叶鼎洛觉得这是一个悖论，他要站出来向老先生说清楚，一些恶作剧是他们这些所谓优等生搞的，先生冤枉了其他同学。他的坦诚是少有的，这是一个近乎不能言说的秘密，老先生被小鼎洛的举动反而弄愣怔了，在讲台上捻着山羊胡子私下想：这个小家伙有侠骨，说不定是一个可造之人。

几年后，叶鼎洛所在的这所义塾并入澄南小学堂，课目开设了读经讲经、国文、算术、历史、地理、格致、体操、图画、手工等。所用教材为学部审定。

一向不喜欢循规蹈矩的叶鼎洛，对学堂一下子多出这么多课目，心生好奇，回家喜气洋洋地说给母亲听。一旁的父亲却说："你且大喜，我却遭殃，原本义塾只要给一点点聘师的饭钱，现在好了，学费一算吓死人。"

叶鼎洛母亲白了男人一眼，回过头对儿子说："这个你不用担心，学费我会去筹借，你只要把书读好就行。"叶鼎洛愉快地答道："我听娘的，一定认真用功读书。"他果然用上了劲儿读书，在学生中成绩总是最好，很得老师赏识。

叶鼎洛在家道破落中仍痴迷读书，这一点努力，后来成为他巨大的人生财富。而贫寒揭不开锅的苦难日子，让他长大后拥有了坚韧的个性和对一项事业的坚守耐力。

叶鼎洛在小学毕业快要转入中学时，本来应该去美国传教士办的励实学堂，可那所学校要交八十元的膳食费。此时叶家向亲戚借钱

吴研因夫妇结婚照

已经很难,家里只能让小鼎洛结束学业进店铺当学徒,谋取个糊口的职业。

有一次,叶之麒和儿子逛街,在中街昭忠祠门口遇上前些年结识的吴研因,叶之麒先扬手作招呼,喊声吴先生,说几年不见,人越发精神了。吴研因微微笑,实诚地说:"你贵姓?"叶之麒向吴研因作了自我介绍后又马上说:"犬子本来是想到你们学堂念书的,只是拿不出学费,后来读了义塾。现在不读了,想找事做。"叶之麒说着让儿子喊吴先生。叶鼎洛照盼咐叫了声吴先生。吴研因转过脸,望了一下叶鼎洛,就直摇头,说:"做事还小,最好上学!"叶之麒伤感地说:"不瞒你说,我们家境不允啊。"吴研因就不再说什么了。原本他想说,如果让孩子再上几年学,工作上他可以去作些引荐,比如翊延、澄江等小学堂,校长那儿,他都说得上话。

现在当然只能去别的地方找饭碗了。他本是热心人,就多了一句嘴,说:"叶先生,这样吧,你儿子的事,我去天章绸布号章老板那里问问,一点薄面想来他是会给的。"叶之麒满脸堆笑说:"有认识的人更好,那就拜托,真是谢天谢地了。"双方就此分别。叶之麒一时尽顾了自己高兴,也没问吴先生在哪高就,一旦事成以后也好去作些酬谢。

约过去三天,好消息传到了,吴研因让他们去天章绸布号报到。1909年,十二岁的叶鼎洛就进了天章绸布号当学徒。

叶鼎洛带着胆怯，跟着父亲去见章老板。

那天，章老板对他们说了一些行业规则："学徒三年的劳动成果全部归作坊主所得。学徒兼作家佣，听从师娘使唤。"所谓"学手艺"，是做完家务杂活之后，站在师傅身后"偷"看得来的。三年满师要办敬师酒，要替师傅再白做三个月，理由是"补学徒三年的望呆工"，即偿还站在师傅身后偷学技术的时间。熬过三年学徒，再熬三年小伙计。行业内流传着这样的俗语："三年徒好学，三年友难访。"意思是说，满师以后的三年，不管是留在作坊还是另找主户，都必须独当一面，师傅不再过问。如果学徒期间不是一个处处留心的人，做伙计的三年又没有相处到手艺好、立足稳的朋友，立业不成，就只能失业。

叶鼎洛听听就觉眩晕，私下想，父亲不是把我送进号子了嘛，这学徒不好当的。他害怕得挤出了几滴眼泪，用一个手遮挡着脸，鼻翼处明显残留着挂出的泪痕，父亲悄无声息地用手替他擦了一下。

叶鼎洛在别人的冷眼里度过的学徒生活，让他目睹了下层人民当牛做马的种种苦难，备尝了寄人篱下的人间辛酸。就苦难而言，少年

离东大街不远的三元坊巷

《为平沙也为自己辩白》书影

叶鼎洛是提前尝到了生活所给予的一剂苦药。他变得很敏感，无端受了老板的气，就事论事理论，却险遭开除。他明白了一个理：当下人的永远有错，当老板的从不犯错。

叶鼎洛在当学徒时，又见过几次吴研因，人家还是担任着城里一个学堂的国文教师。那时国文内容全部为深奥晦涩而不易懂的文言文，教师教得累，学生学得烦。爱动脑子的吴研因想改进教法，就首先在自己所教的国文和常识课上作尝试，他匠心独运的教学法调动了学生学习兴趣，家长们也觉得这样教学好懂。这些事，是叶鼎洛听师兄讲的。后来师兄又告诉他不少有关吴研因的事，说近来，他和江阴一批进步知识分子在自费创办一本《江阴杂志》，专门宣传新思想、新技术、新学识。听说还开辟简明新闻栏。吴研因超出规则的某些做法，让叶鼎洛深有感触。

当学徒的几年，叶鼎洛不只是个子长高，身体也结实了不少；更多的是他尝到了世态炎凉和人情冷暖，独自走过的这几年让他明白了许多事理，这一点也激发了他超乎常人的奋斗精神和忍辱负重的心

文化與政治

葉鼎洛

從我們中國歷史上的故事裏面周朝說起罷。周朝文王、武王，尤其是周公時代的政治，是經我們歷代文化人的老師孔夫子大加吹噓和讚美的。但孔子的時代，周朝快要一垮胡塗了。孔字做魯國的太宰，蹩然「三月而魯國大治」，終於被人排擠而下野。這個正統派的政治家，只好帶着學生去走江湖，蕫完了列國國王的釘子，又向告齋司常編輯，刪詩書，作春秋，把他的理想用文化的手段傳給後人。他編就的一套古書果然被歷代帝王視為政治上的法寶，許多儒者也都把孔老夫子頂在頭上奉做官人，聖人著，聰明人也。

春秋、戰國，戰禍相尋，人們希望生活安定，諸子百家乘機大吹法螺，衒術，思想，風起雲湧，人心更加惶惑。秦國用武力統一天下，氣吞八荒，政治上表現用起端的法治精神，法家的學術大出風頭，機詐的道家滲雜其了起來，不識相的儒生照常慧論紛紛，奏始皇想用了楚狂「楚雖三戶，亡秦必楚」的法子，焚書坑儒，但項羽同「焚書坑儒」的法子，不久之間，劉邦項羽同佳「楚雖三戶，亡秦必楚」的民氣，把楚懷王小常做儡，爭奪天下。誰不起儒生，儒生難詰，以下他們的儒巾當便壺。但是打平天下之後，屠夫酒徒之流的某匡上朝時常有拔劍擊柱味，抱窒「乃公於馬上得之」的遠高祖，不得不被陸賈的「馬上得之，不能於馬上治之」的遺訓折服，啟用辭書之徒。

與漢董仲舒等。本黨所以糾糾要主義和組織的基本理論，乃為情理法三者能兼，而調和群一。有如 總裁前文所謂：「這三種東西，（情、理、法）是維繫人類生存，促進人類進化所缺一不可的。……法律是人群中最高法紀，是全民政治；所以本黨任生活中最合理的方式，是一切人類經濟平等。」……人類組織的奧用上，既不採取國社黨那樣羈殺猶太人的手段。在政權行使上，既不學蘇聯那樣無產階級專政，經濟階級意識，也不仿造大利那樣法西斯黨魁「一人永遠獨裁」，反對民治。凡是中華民國優秀兒女，無論任何職業、宗教、種族、階級，祇要對於主義絕對信仰，願為主義實現面努力，一律允許入黨。人民知識提高，能破除用民權，立即頒布憲法，統一完成，人民主權奉還於民，變還政權於民。

國父在民國十三年，海陸軍大元帥大本營開會演說道：「我黨主義，乃合全國人所期望而集成者。」各國人所期望的是甚麼？就是情理法三種東西，這便三民主義的特色，也就還依據三民主義情理法三者調和的黨，而組成的中國國民黨的特色。

《文化与政治》书影

性。他更懂得不能再乱花家里的一分钱了，他见过富裕人家的同龄人，还在不停地向家里要钱，拿到钱就钻到鸦片馆里吸上几口，或带着一帮子公子下妓院，虚度年华。刚开始时，他也觉得嘴馋脚痒，跟富裕人家的同龄人比，心里很不平衡。后来，他渐渐想通了，父亲已经对不起家庭了，自己再不能让母亲伤心了。再说，自己节俭而勤劳的母亲挣的全是辛苦钱。

叶鼎洛想，现在自己学了生意不往家要钱，本是一件好事，可一直做打下手的伙计，也不是长远打算，必须要学一点真本事。作为男人，在这世上立足，肩膀上总得扛点什么。

一个才十几岁、唇上刚开始有了点茸毛的孩子，萌生出与别人不同的想法。他认为，穷人只有通过一番艰苦卓绝的奋斗，在这世道中才会占有自己的一席之地。

此时，他结识了一位懂江南丝竹的民间艺人，是师兄的大伯。那次，人家来城内置办南货，还添置了一把胡琴，路过店铺时便走进门来与章老板打招呼，顺带问问侄儿在店铺学徒的情况。章老板笑容可掬地说："好的，他与叶鼎洛是我的左右胳膊了。"说着招呼叶鼎洛给客人上茶。看起来有些憔悴的章老板说："今天，你家侄儿送货去了，一会儿就回来的，你先歇歇脚。"叶鼎洛沏了茶就回到柜台边站着，一会儿还找了块抹布擦着柜子。章老板忙里偷闲过来与客人讲讲话，一会儿，又让人叫出去了。师兄的大伯一个人喝着盖碗茶，叶鼎洛又上来续了茶水。大伯坐着觉得无聊，就拿出新置的胡琴试拉。叶鼎洛不便停了手过来听，就侧立着细致地听。师兄大伯胡琴拉得特别好，让人听后心生好多想法，这丝竹之音还真是让人生出快乐。

叶鼎洛冒昧地说自己想学胡琴，当时，纯粹出于喜欢。师兄大伯便问："你想学是好事，不过你当着学徒，师傅让你学吗？"叶鼎洛说："我晚上有时间，店铺就我和师兄，师傅不会管的！"师兄大伯说："那好，我孤芳自赏，也想培植个后手，我侄儿他没有这个心思，你肯学，当然再好不过了，我先在闲暇时，教你基本指法。你会指法了，就自己练。"

文學與象徵

葉鼎洛

言文一致說是始終有點勉强的，出於口謂之言筆之於紙謂之文。文章與語言最竟絕不相同但文學的工具現在都說是語言用以表達文學家的情緒思想，或意識的所謂語言顯然和出諸口頭的語言不一樣是一種經過洗練組織修改也可以說是美化過的語言。這裏我之所謂語言就指這種語言換句話說卽是文辭句。

文學有形式和內容之分內容者，卽是作品中的情緒思想意識和情緒這內容之表達全仗語言之運用所以語言是文學的內容的工具常識地說，卽是各種各樣的體裁這各種體裁的成立完全由於語言的結合所以語言是文學的形式的原料旣是表達內容的工具又是組織形式的原料所以文學之爲物，不能離開語言不能成爲文學文學作品之產生和必須先要有文學的語言沒有語言和沒有作者一樣，將無從產生文學之產生於美的語言之運用所以重要所以重要正像品所以語言是較之其他一切第一步重要所以重要正像沒有細胞不能成爲一個人一樣。

文學者於是各盡其所能來使用語言，而且想盡各種方法使用美的文學產生於美的語言的使用强有力的文學產生於强有力的語言其他雄渾的纖細的各種文學作品都從各種語言的運用

而產生。

由於時代的變遷地域的隔閡，語言就有了歧異的多種近代和古代的語言不同中國和外國的語言的作者沒有不是就當時當地的語言極力運用之，使牠美化暢達有力量所以語言雖有多種而在運用語言的原則上，古今中外都一樣。

由於語言的運用的方法不同，語言乃有各種各樣的用處就從來已經有的運用法而言語言的用處有五一是敍述二是說明，三是描寫。四是表現，五是議論。

將一件事情一件東西一個時候按齊層次次序地記下來叫做敍述將事情東西或時候並不次序地敍述不過仔細說出他的異於其他別物點來叫做說明因爲普通的空洞的說明之不足於是其體地旁敲側擊地形容叫做描寫將作者自身的性格或人格思想或意識或者是自身和外界融合而孕育出來的情緒設法表達出來勉力使對方懂得這自身和外界融合的見解叫做表現提住一個題目一個問題，一件事一件物或一個時候大發其由於主觀或者由於客觀的見地叫做議論。

語言的用處有五這五種用處的性質顯然各不相同但普通成件的文學作品中大都是將這五種混合，無論是詩小說或戲曲的在

《文学与象征》书影

那天，师兄大伯没等到他的侄儿回店，但章老板留他吃了午饭。走时他挺满意，呵呵地笑着，露出满口牙齿，那残缺的牙齿豁口还挂着韭菜丝，自己觉察不到，蛮有兴致地说："今天收了个徒，值了！"并告诉叶鼎洛，他家就住在东门外杨牌观音堂，出城门走河北街，往东约一里路程，有空时，晚上在关城门前去他家学胡琴。

叶鼎洛去学了一个多月，入门很快，拉得成调子了。师傅性格慷慨豪迈，疾恶如仇，身上还有大义凛然的品质，这些可贵品质也传给徒弟了。师傅高兴，送了他一把二胡。

送之前，师傅就用这把二胡，在家门口的条凳上演奏给叶鼎洛听，叶鼎洛佩服得五体投地。

自得了师傅的二胡，每当店铺打烊上了门板，他就有了事做。在师傅那里学的曲子，现在一遍遍练，演奏水平又提高许多。开始没韵律时属于制造噪声，师兄往往要事先作警告，拉的时间不能超时，说听了拉锯声，耳朵也会被震聋；后来拉成调子了，师兄却又不允许他到时间停止了，他照例会说："鼎洛，拉吧，蛮好听的！"

叶鼎洛天资聪敏，在学二胡的时候，画画也没放弃，常常积攒起老板给他的理发、洗澡用的每一文零用钱，用来购买画笔和纸张。夜阑人静，叶鼎洛拖着疲惫的身子，躲进一个有猫头鹰式天窗的阁楼，凭借煤油灯昏暗的灯光画画——灯盏所费的油钱还是师兄那位大伯出的。叶鼎洛常勉励自己画画学琴都不能气馁，不能松懈，任何懈怠都可能将做着的事前功尽弃，一个人要出类拔萃，就只有认真对待当下事。就这样，他将两门艺术苦练了若干年。

第三章 杭州苦学记
（1912—1918）

1912年，是中国历史上大动荡大转变的时期，封建专制社会的终结阶段。民国壬子年的春天来了。年年岁岁花相似，岁岁年年人不同。江阴运粮河两岸，芦苇青青，杨柳依依。满眼的梅花、桃花、李花、杏花、菜花亮相，可谓草长莺飞，杂花生树。行走在城郊小路上，让人心花怒放。

有一次，叶鼎洛偶然听到他们店铺的章老板在讲杭州的浙江官立中等工业学堂复校后要招艺徒班的消息，他顾不得尚未满师，毅然奔赴杭州参加了面试，并通过图画等考试，以优异成绩被录取。

叶鼎洛由母亲和舅舅亲自送到学校。校长许炳堃很热情，见了叶鼎洛，说上次考试时已经记住了你这个考生，也了解到你家里较贫困，破例不收你学费，只须自理伙食。

叶鼎洛对许炳堃校长也感觉很亲切，校长差不多大他二十岁，他对校长十分敬重。

浙江公立中等工业学校为中等职业技术教育性质，当时开设艺徒班、工业教员讲习所等，以培养师资和实用美术人才为办学目的。叶鼎洛进的是艺徒班。

叶鼎洛有博闻强记、敏而好学的优点，他很有画画天赋，这时期的山水已经画得相当不错了，都有人跟他求画了。他和几个同学常常去南郊九华山、玉皇山、虎跑山、大华山写生。写生路上，他们几个总是一路步行，走得很累。凡遇阴阳割晓、峻峰奇松，叶鼎洛皆动笔作画。同学几个并不都如叶鼎洛这般刻苦，上山画几幅就不肯画了，游园似的各处找寻野果子吃。叶鼎洛心无旁骛，好多次还将同伴上树摘果的情形画了下来，同学一个个挺像猴子攀枝的。一学期下来，他那边厚厚的速写本画满了一册又一册，每一页都充溢着他的勤勉聪慧，每一张速写都达到意趣天成并含着灵气。同学们对他很是羡慕，有时也挤过来看他画图，见他往往总是胸有成竹，意在笔先，一旦下笔，便手无滞碍，尽情挥洒，一气呵成。整幅作品，轻重缓急，腾挪错让，勾连引带，抑扬顿挫，纯任自然。如果用水墨画，则是淡雅冲和中蕴含秀气，其笔画有重有轻，重不呆板，轻不飘浮，凝重中含工巧，轻盈处见力度，令人神清气爽。

三年学习结束，毕业前夕，许炳堃校长征询叶鼎洛意见，是回江阴待业，还是在杭州进中学堂教美术。若是后者，他可以推荐。

叶鼎洛考虑到自己家境，回江阴待业，生活压力太大，还是就业第一。加上自己喜欢画画，杭州城又这么美丽，就同意老师的建议，留在杭州的学堂教美术。

毕业那一年，他在许校长举荐下，于1915年春到杭州私立安定中学担任美术教师。

安定中学在葵巷，与浙江公立中等工业学校距离不远，沿中河往南到官巷口一拐弯就到。叶鼎洛去安定中学报到，没有坐黄包车，搞了一副扁担络索，将行李一并担了过去。他的吃苦精神让王垚校长吃惊不小，从此对叶鼎洛很看重。

1917年秋，二十岁的叶鼎洛在安定中学任教期间，曾奉父母之命，媒妁之言，回江阴同钱钟英女士拜堂成亲。家虽不富裕，但婚娶排场还是要讲究的，蓝呢花轿，呐喊声响起，爆竹燃放出一朵朵花，落在一张张喜形于色的笑脸上。

叶鼎洛原本是不沾酒的，意在与父亲区别。这次与前些年在舅舅家不同，母亲让他喝些酒，母亲说："男子汉，一点不沾酒不行的，将来难成大事！"江南人家喝米酒。米酒性柔，好上口，不同于喝白酒，结果是一场宿醉，第二天一整天没能起得来。弄得钱钟英也一宿未眠，早上扫院里落叶时，她还呵欠连天，让几个亲朋好友作笑料，

安定中学老校门

她就劝告叶鼎洛:"不会喝就不要喝。"

婚后未满一个月,叶鼎洛即重返杭州任教。

这时,叶鼎洛开始了写作。他坐在艺专的宿舍里,买了最差的烟叶抽,烟丝辛辣,抽烟时,就不停地咳嗽,不停地写。这时,他写了一篇较长的小说,免不了青涩和稚拙,《小说月报》拒绝了这一次投稿,给叶鼎洛带来小小的沮丧。然而,他对写稿却没有表现出一点气馁。

叶家西侧的运粮河

1918年的冬天，不受世俗牵拘的叶鼎洛，不太理智地突然给妻子钱钟英发了一封分手信，言之凿凿，说什么自己已看破红尘，意欲出家，削发为僧，让钱女士冲破旧礼教的束缚，鼓起勇气再嫁。对钱钟英来说，这简直是天打五雷轰，旧时代里，对一个良家女子的打击，还有什么能超过离婚？

钱钟英读了信，当即泪如泉涌。她无法理解丈夫在新思想影响下会起这么大的变化，不明白自己还能做什么，只好默默地承受着这意外的打击。

幸福总是需要运气的，钱钟英许多天里没说过一句话，公公婆婆喊话，她也只是摆弄出摇头和点头两个动作，公公婆婆接连不断问些话茬儿，她无奈之下就挎着沉甸甸的洗衣篮走到河边去洗衣裳。这时候收回眼泪，心里慌慌的，没个着落了。

父母也曾劝阻警告，叶鼎洛只是不肯回家。可怜的钱钟英，迫于命运的无奈，最后只得削发为尼，皈依佛门，苦度余生。

第四章 日本留学记

(1919—1922)

1919年春,二十三岁的叶鼎洛在上海登上了开往神户的"八幡丸"号海轮去日本留洋了。

这是叶鼎洛第一次到上海,是由老家江阴乘船过去的,娉娉婷婷的妹妹和充满青春活力的妹夫送他到上海。妹夫家在上海的亲戚替叶鼎洛预订好了船票。购买好到日本后的所需物品,装了一个大包,他们在人家的地板上将就了一夜。第二天雇了一辆马车,向杨树浦的汇山码头出发。此时,上海的马路上人车稀少,太阳也刚刚从东方露出一抹鱼肚白。想到此行将要离开祖国,叶鼎洛不禁倍感落寞和惆怅,他拉着妹妹的手,妹妹的手也不肯松开,嘴巴不停地说一句:"哥,照顾好自己,爹和娘有我,你放心吧!"他也不停地说一句:"妹

杨树浦码头

妹，爹和娘就拜托你和妹夫了，我到东瀛也是为了争口气！"

妹妹的泪水早已经汇成一条小小的河流，登船的汽笛声拉了几次，可两双手却不想分开。

最后，还是叶鼎洛妹夫强行将鼎力拉开。

叶鼎洛模糊着眼睛对妹妹说："再见吧，我要上船了。"他用衣角快速擦了擦眼镜，戴好后，就拎了包裹和一只藤箱上了轮船。

轮船开始响汽笛，一会便是"轰隆隆"的马达声。

叶鼎洛在轮船的舷窗口望着岸上送行的人，妹妹和妹夫也在人群中，妹妹还手搭凉棚在寻找他，可舷窗是密封的，他不能探出身体作回应。叶鼎洛望着妹妹的身形在缩小，直到最后消失。

这时，太阳也升高了，轮船驶出黄浦江，浩渺的大海张开她博大的胸怀来迎接他们。

叶鼎洛乘的轮船先在长崎停泊半日，他们登岸后，在一堆"叽哩咕噜"的日语声中，进入长崎游览观光。这座小岛纵横、山清水碧的日本西部海岸城市，给叶鼎洛留下了深刻的印象。这是他第一次见识日本的文化、习俗和民风。长崎港口，大船小船连排着，樯桅如林，白帆点点，远山如黛，壮丽的风景给他留下了美好的印象。中午时分，起锚行船，当天晚上，就来到了风景如画的濑户内海。接着来到神户、大阪、京都、名古屋，一路他感受都很新鲜，许多天才到达东京。

叶鼎洛上的东京美术学校，没有列入中国政府和日本教育当局的官费协议中，他没有享受到官费留学的待遇，他的费用是近几年当中学教员攒下的。他在小石川区租屋住下之后，就进入美术学校上课，吃过晚饭，他去报了日语夜校。他学习很刻苦，每天早晨5点起床，先到附近的一所神社的空地上朗诵初级日语课文的短句。到了8点钟，就一边嚼着面包，一边步行几里路到学校上课，用两角大洋将中餐和晚餐对付过去。接下来是三个小时的日语夜校课程，每天差不多要到0点才能睡下。有时候为了看向同学借的书，会错过睡觉时间，直到早晨5点钟。

美术课由长原孝太郎和小林万吾先教他们画石膏像，后来再教

长崎

人体素描。在学习美术欣赏课时,长原孝太郎首先向他们讲了什么是"浮世绘"。老师说浮世绘,也就是日本的风俗画。它是江户时代开出的一朵独特的具有日本民族特色的艺术奇葩,是典型的花街柳巷艺术,主要描绘人们日常生活、风景和演剧。浮世绘常被认为专指彩色印刷的木版画(日语称为锦绘),但事实上也有手绘的作品。

叶鼎洛当时想说浮世绘是学习了中国古代版画的,又怕自己说了老师会不高兴,对自己有成见。自己留学是来学本领的,要少安毋躁,要克制克制再克制。

叶鼎洛觉得留学,有时候重要的是自我修复,将在国内容易冲动的心安下来,想到在他国,不能任性而吃眼前亏。

老师对叶鼎洛在学校的表现果然很欣赏。一次外出春游,长原孝太郎还给叶鼎洛买了一双新鞋。说起那次春游,学校的安排也是一拖再拖,学校怕本校的中国留学生去参与围攻驻日公使馆的活动。所以活动那天,叶鼎洛几乎没有能够单独行动的机会。长原孝太郎和小林万吾两位老师还向叶鼎洛介绍沿路的人文景观。

日本人个性中有亲近大自然,喜欢欣赏春花秋月、近水远山等特点。这是叶鼎洛后来体察出的。这一天,天气晴朗,春意盎然,两位老师说:"我们把课堂放到大自然,上一堂樱花观赏课!"同学们兴高采烈,一路叫好。

日本人爱搞名堂,一年之中,除了赏樱花外,秋天有赏枫叶,冬天有赏蜡梅、赏雪景等活动。

叶鼎洛不能彻底安下心来赏景，时时刻刻，国内的一些时政消息会给他敲打，告诉他，中国不太平。

那时国内刚刚爆发了五四运动，日本统治者对此反应十分灵敏，在他们的报纸上将这作为"天变地异的事情"来描述，居心叵测地诬蔑投身运动的爱国学生为"学匪"。

叶鼎洛通过同学对同乡周水平等人成立的"留日学生救国团"有了些了解，觉得周水平很了不起。周水平早年在无锡江苏省立第三师范学校读书时，与钱振标、戴盆天一起，被誉为"三师三杰"。在日本留学两年的时间里，他一直在做唤醒民众的事。1918年他就曾经带领东京的留学生为制止段祺瑞政府签订卖国的《中日军事协定》，与腰佩短枪、手握铁棍的日本警察发生过斗争，他们四十六名留日学生被打得面青鼻肿，脚跛手伤，血迹斑斑，后来还被押到神田警察署，关入临时监狱。

1919年5月7日，在东京的中国留学生准备游行示威，周水平又接受了赶制数十条白布横幅的任务，一连几天，他都没有去上课，日夜手握剪刀，按照预定的尺寸裁剪着一幅幅布料，在布料上缝制着斗大的黑色大字。工作完成后，他又亲自将横幅分送到东京各所大学的中国留学生组织手里。

叶鼎洛那天没有去参加中国留学生举行的

周水平

游行示威活动。前一日，他被长原孝太郎和小林万吾两位老师用酒灌醉了，等他酒醒，在东京的反日爱国运动已经遭到了日本政府的残酷镇压，数十人被关进了东京监狱，数以百计受伤者的鲜血把东京街头染得斑斑点点，惨不忍睹。

对于参与反日爱国运动的这个同乡，叶鼎洛很想去结识的。但不久，他听说周水平回国了。此生只能心存遗憾。

叶鼎洛在日本也关注着国内局势，他一直想找留日学生中的人了解情况。1920年3月29日，他完全没想到，他会在福冈碰上仰慕已久的郭沫若先生。那时人家还叫郭开贞，一年后才起了郭沫若的笔名。所以叶鼎洛第一次对人家喊了句："开贞兄！"郭沫若之所以能牢牢记住叶鼎洛这个江阴人，是因为当时他手里拿着一本泰戈尔诗集《吉檀迦利》，这也是郭沫若当时心仪的书，于是两人就有了话题。年轻人没有城府，都畅所欲言。叶鼎洛说这部诗集能给一个人精神上带来更多的感动，使人精神上得到安慰和寄托。

郭沫若眼中闪着异样的光芒。郭沫若告诉叶鼎洛，他目前在东京第一高等学校预科班读医学，属于第三部。第二部是理工，第一部是文史哲经政。说他曾与郁达夫同班过，现在郁达夫在东京帝大，还在学英文和德文，还

郭沫若在日本与安娜和孩子们合影

说郁达夫诗写得好，标准江南才子。说你们同在东京，可以走动一下的。郭沫若接着说，他此次是特邀了寿昌（田汉）乘火车一同去游览太宰府。说两人在太宰府参观后，还找了一个小酒馆喝酒谈诗，还一同扮作歌德和席勒照了一张相，很好玩的。他们待了六天，游兴未尽。可是他不回来不行，妻子安娜刚生了老二博生。

　　两人在站台一节车厢旁面对面交谈着，叶鼎洛喜欢听留学生一些见闻，不觉疲倦，故也没有要走开的意思。郭沫若比较善谈，叶鼎洛能当听众，他自然侃侃而谈。

　　叶鼎洛讲到自己在日本主要学西洋画。提到画画，郭沫若似乎又找到更能讲的话题了。他说："鼎洛兄，现在我们要学日本，可日本的文化却深受中国影响，我们近代落后了，反过来要人家帮助。不说这些了，你还是先陪我去医院，福冈我比你熟悉，趁机会，我也好恶补一下画画知识！"

　　叶鼎洛打趣一句："开贞兄，有侠义，看来你不是重色轻友的家伙啊。"郭沫若笑着拉起叶鼎洛的手说："安娜管理家政，我很放心的，我们看完了医生，还可以到博多湾海岸散散步，那可是个古战场！"

　　叶鼎洛心里是乐于接受这种安排的，来福冈本来就是为了去博多湾。叶鼎洛与郭沫若并肩走着，两人个子差不多高，都架着近视眼镜，所不同的是额头，郭比叶更阔。初次见面，郭沫若就展示了不一般的口才。叶鼎洛觉得人家挺喜欢展示自己的经历，相比较而言，叶鼎洛觉得自己来日本一年多，还没到过几个城市，人家说的名字听听也陌生，心里就盘算着以后要学习人家，多参加一些留学生活动。叶鼎洛应和着。郭沫若听着叶鼎洛带些吴音的普通话，就快人快语批评说，你讲话口齿有点模糊不清，舌头卷一点再发音。这一点叶鼎洛是感谢人家的，要不自己后来上台演出，不得找人配音吗？

　　郭沫若趁机介绍起博多湾。郭沫若长叶鼎洛五岁，已经在日本生活六年，他说福冈，就像说老家县城一样熟悉。他说博多湾是元军东征日本的大战场。郭沫若深情款款地说："忽必烈的心太大，最后吃了亏。"

两人在街上走着，郭沫若讲前年自己在福冈九州帝国大学医科的学习情况，讲到人体解剖课，说一周有三个下午待在解剖室里，四个月内每人须轮着解剖八具尸体，八个人围坐在锌板制成的长条桌的四周，像吃西餐一样，桌上的尸体在刀、剪、钳子和锯子的穿梭往来中被肢解，然后各自抱着分工的部分细加剖析。供解剖实习用的尸体都是从刑务所运来的，不是处死者就是病死的犯人。大凡日本人，当时都有文身的习俗，所以这些尸首全身往往也文有红蓝相间的人物画，而且画得异常工整。

那次郭沫若还讲了一段盗尸的故事：名门闺秀滨田爱子洗海水澡时不幸淹死，尸体打捞上海岸时已是黄昏时分，须待翌日黎明才能请来警官检验。谁知第二天尸首却失踪了，经过多方侦探，警察终于发现渔师斋藤寅吉形迹可疑，原来是他把尸首偷盗到船上，每天买来冰块冰着，夜间与她共眠。最后又以"我"梦见"骷髅"在大叫"还

《上江行：南京的第一瞥》书影　　　《沙明五之死》书影

我的爱人来"而惊醒作为结尾。郭沫若后来以这段故事写了小说《骷髅》。

郭沫若说话时总是将声音放得很大,他怕别人跟他一样有耳疾听不清楚。所以他说话时,叶鼎洛的身体会自觉远离一步。

郭沫若还讲到他们福冈与东京、京都等地的中国留学生商议成立了一个文学团体,他让叶鼎洛与郁达夫见见面,也加入他们的组织。

叶鼎洛自然很乐意接受邀请。

从那时起,叶鼎洛对文学兴趣开始变浓。后来接触了郁达夫,他在文学欣赏方面也跟着有所转变,开始喜欢那些男女恋情的、思妇怨男的、人生流转的、世事无常的、风花雪月的题材。从事写作后,也走了郁达夫颓废派的路子。当时的日本,思想纵横,有人觉得旧的传统应该破坏,然而可以使人安心立命的新东西,却还没有找着,一般神经过敏有思想的青年,有的跑上华严大瀑去自杀,还有的就做了颓废派的恶徒,去贪他目前的官能的满足(仓田百三《出家及弟子》中译本序言)。

叶鼎洛在留学的时候,就见过沉湎于酒色或自杀的学生,后来见怪不怪,因为一学期中,也总有几个。这种颓废、消极的社会思潮,对于青年叶鼎洛也产生了重大影响。

20世纪30年代的田汉

叶鼎洛与田汉相识是在1920年的年底。那天,田汉在"可思母俱乐部"与各国友人交往。叶鼎洛去是为了认识日本作家佐藤春夫,那一次与郭沫若碰面,郭说起过这个作家。叶鼎洛没遇上佐藤春夫,却遇上了田汉,他们有了交往。

叶鼎洛从田汉口中更进一步了解到,就在刚刚过去的12月25日,也就是田汉写《梵峨嶙与蔷薇》后的几个月,他舅舅在长沙被军阀赵恒惕暗杀,年仅三十九岁。

田汉对叶鼎洛讲了他的剧本《梵峨嶙与蔷薇》里的内容,说李简斋就是以他舅舅为原型创设的角色。和原型不同,李简斋看透了政治,最后放弃了革命。而他舅舅是个彻底的革命家。

叶鼎洛从田汉简明的谈吐中,初步了解到田汉在政治上有一些过人的认识。

这时,叶鼎洛好拿田汉和郭沫若比。

叶鼎洛受他们影响,将大部分业余时间转向读书和写作上,并参与郭沫若等人组建的一个很有影响的文学团体——创造社。该社成立于1921年6月8日,地点在郁达夫的寓所,即日本东京帝国大学第二改盛馆,主要由在日本留学的郭沫若、成仿吾、郁达夫、张资平、田汉、郑伯奇、叶鼎洛等人组成。

创造社在前期被认为是尊重天才的、为艺术而艺术的、注重自我表现的文学团体。前期作家们的创作侧重主观内心世界的刻画,具有浓重的抒情色彩。他们的文学主张、创作以及所介绍的外国作品具有浪漫主义和唯美主义的倾向。强调文学必须忠实于自己"内心的要求",是前期创造社文艺思想的核心。创造社的这种艺术倾向,在打破封建文学"文以载道"的旧传统方面是有积极意义的。而且,郭沫若的诗作、郁达夫的小说,以及创造社其他成员的创作,思想内容上大都具有强烈的反帝反封建色彩,所介绍和翻译的欧洲18世纪启蒙主义、19世纪浪漫主义文学作品中表达的人道主义精神和个性解放思想,也在一定程度上与民主革命的要求相一致。虽然在浪漫主义文学中,有的作者也受到了欧洲"世纪末"文学种种现代流派的影响,但总的说来，创造社的浪漫主义倾向，对"五四"以来新文学的发展起了巨大的促进作用。

叶鼎洛后来与学生谈过创造社，他说我们这个是小社，并没有固定的组织，也没有章程，没有机关，更没有划一的主义。我们是由几个朋友随意合拢来的。我们的主义、我们的思想，并不相同，也并不强求相同。我们所同的，只是本着我们内心的要求，从事于文艺的活动罢了。

1921年上半年，叶鼎洛一改过去路数，借用蒲松龄《聊斋志异》中笔记体的写法，完成了第一篇较为正式的短篇小说《白朗的一生》，故事大体这样：

我在端明桥严德丰布庄门口偶遇一只可怜的小狗，怜悯之心让我无法看着小狗死去，于是带回家里，方便以后寻找它的主人。由于项

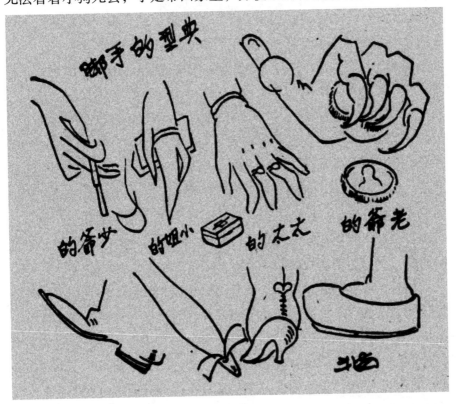

叶鼎洛漫画

圈上写着"白朗",便给小狗起名"白朗"。

白朗在我的呵护下慢慢长大。我进天章绸布号当学徒时,白朗会一直把我送到朝宗门,然后自己回家。我不能天天回家,但凡我回家,白朗心有灵犀地会早早趴在城门桥头等候,白朗的忠诚让石子街的家人对它更加疼爱。

有一天,白朗在我要上班时表现异常,居然玩起了以往从来不会的捡球游戏,白朗的表现让我非常满意。可是在我三年学徒结束时,我又考上了杭州工业学校。我的父亲、母亲、妹妹怀着别离的心情到轮船码头送行。可是不明就里的白朗却依然每隔几天,无论刮风下雨,还是酷热严寒,总是按时在傍晚五点准时守候在城门桥头,等待着主人归来……

后来妹妹写信告诉我,说白朗被赶集场的人踩死了。有时候我觉得狗很傻,一个念头就执行一辈子。这难道不就是狗让人们喜欢的地方吗?它所做的一切,只是为了不想失去我们人类这个伙伴。

叶鼎洛在写这篇小说过程中,第一次有了创造的快乐,这种快乐是真实的、隐秘的,但不足为外人道。他感受到小说完全是生活的馈赠。

叶鼎洛完成了这篇小说,用毛笔抄写在有红色竖条子的稿纸上,自己当读者先看过一遍,觉得尚可。拿开近视眼镜,睁大着眼睛用鼻子闻着墨香,还自问了一句:这是我写出的小说吗?他觉得这篇小说比过去写的要好不少,至少故事看上去真实,主题也不再难测。脸上溢出了微笑,又自言一句:先带给郁达夫看看,别看他年岁只比自己大两岁,文章确实比自己写得好,求教一下没有错的。出门走了一段砌石路,抬头望望远处嶙峋的群山,叶鼎洛心里是愉悦的。

当晚,叶鼎洛在东京帝国大学第二改盛馆找到了郁达夫。郁达夫看了叶鼎洛的稿子,眼中露出了讶异。他看出了叶鼎洛的文学才华,斟酌了一下,微笑着说:"是一篇题材出新、角度不俗的好小说,蛮好,你通过一只狗来反映世相,有一点创意。"叶鼎洛听了郁达夫夸奖,心里很受用,接一句说:"初学写小说,只能模仿着生活来写,想来大家对狗的忠诚都会有些体会。"郁达夫又用欣赏的口吻说:

郁达夫在东京帝国大学的留影

"老实说,你这篇东西写得一点也不曲折和复杂。可是,它却感人至深。我看一个开头,就代入了作者的奇遇中,文章最后安排赶集场的人踩死狗,是一个好的结尾,远去的感伤还是一个新痛点,你的文字在悲怆间停滞了一下,最后又昂奋了起来。我和郭沫若等几个搞写作的,准备在上海办一本《创造社丛书》,到时,你这篇小说可以用上的。"叶鼎洛听了赞扬,有了略微的眩晕。

叶鼎洛结识杨杰的时间是在1921年下半年。顾品珍担任云南都督后,便委任杨杰为云南省留日学生监督到日本巡察。

这是杨杰第二次到日本。那天,他在北海道大学回东京的火车上,是个星期天,乘客比平时多,上车和下车时,车厢里显得有些乱。快接近一个站点时,一位妇女突然喊:"我的钱包不见了,刚才还摸到的,一眨眼让小偷偷了,可闯祸了,这是要替娃买药的钱呀。"说的是日语。坐同一趟车的叶鼎洛与那妇女邻座,他基本听懂了妇女说的内容,但没有过多去关注,他专心致志地在看书,是郭沫若送他的一本《时事新报》,上面的"学灯"副刊办得非常活泼,都是些介绍各种新思潮的文章,反映了"五四"以来国内文化界的真实动态。看得投入,导致有人怀疑是他作了案。那个妇女不分青红皂白,讹上了他,车厢内不少人起哄,让叶鼎洛还人家钱包,还有人说要搜身。叶鼎洛有嘴难辩,他收起书本想去别的车厢,可被一群乘客围堵住。

这时杨杰出现了,他用日语大喝一声:"好了,不要冤枉人家!"他暗暗用了一把劲,将真正的小偷推了出来,并从人家口袋里掏出偷来的钱包。那妇女从拥挤的乘客中间挤上来,说:"是我的钱包,谢谢大哥,是我对不起这位大哥了!"她说的是中国话,因为他看出杨杰是中国人,她冤枉的人也是中国人。这时,众人要对小偷拳打脚踢。还是杨杰喝住了大家。随即,车厢里人都夸中国人的气度,的确是从礼仪之邦过来的,让大家长见识。

杨杰

自那以后,叶鼎洛和杨杰就有了往来。他们虽然身份地位悬殊,可他们却有很多话要谈。当初,叶鼎洛第一次见过他后,就觉得杨杰有天生的亲和力,仿佛上辈子就是弟兄似的。

那天,他们在富士山的山脚处散步,沿着平缓山路走。这里环境优美,真可谓林深竹茂,加上溪谷相伴,鸟啾虫鸣,尽管是夏日的午后,毛竹林外烈日炎炎,可他们行走时却感觉不到酷热,相反还颇觉舒爽。在穿过一片茶场后,就爬上了八合目的白云庄,在这里,他们登高望远处呈圆锥形的富士山。杨杰说:"前几年,我第一次来日本,还没机会到它跟前观赏。那时仅在途中的火车上远观,日本人奉它为圣山,还看作是国家的象征。"叶鼎洛说的是内心喜悦:"想起在杭州学画画时,老师就给我们看过浮世绘中北斋的富士三十六景,也是两侧对称、平顶、上部环雪,山脚下还衬着淡粉色的樱花,那时觉得这可能是假景,做梦想着要到日本来看看实景,这个愿望实现了，大自然真是有着神奇的美！"

杨杰顺着自己的思维说："日本人挺迷信的，比如每年8月份的第一个星期一，一定要聚集到这座山的山顶来作一次膜拜，还有他们这里的老百姓把初梦（新年的第一个梦）梦到富士山作为发财致富的最大吉兆。"杨杰说着开心地笑了。

叶鼎洛不敢苟同，他有些较真地说："杨兄，他们不是迷信，是信仰，为了一个信仰，我们国家的人能拿出三天时间来登富士山吗？"

这一点，杨杰从来没有思考过。从这点，杨杰对来自鱼米之乡——江阴的叶鼎洛，有了更深的印象。

叶鼎洛在创造社成立后不久，他单独到东京神田骏河台的杏云医院看望了郁达夫。那时郭沫若刚去过不几天，郁达夫谈到郭沫若此行是为了商量出版《创造》杂志的事，郁达夫说他一部十几万字的小说《沉沦》写好了，他给叶鼎洛看了书稿，是用钢笔写在毛边纸上的，上面有改动，但还算整洁。叶鼎洛当晚就住在医院，他不怕郁达夫的肺病传染，郁达夫对大家都没隐瞒病情，当时还让叶鼎洛远离一点，叶鼎洛调侃一句说："郁达夫君的病菌也是才子病菌，我传染上，不能当唐伯虎，也能当祝枝山，横竖合算的！"

郁达夫说："你和郭沫若一样，都不怕病菌，上次他来就住你那张空床，和我

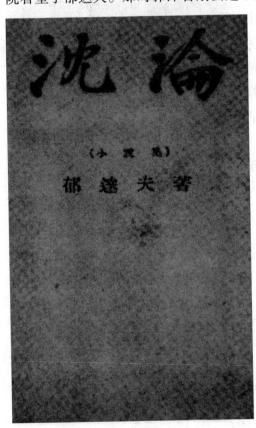

1921年《沉沦》初版书影

讲了大半夜话。今天我不和你讲话，让你看稿，提些修改意见。"

叶鼎洛当天下午和晚上就看稿。当他一口气拜读完郁达夫的新作，便沉思于作品营造的氛围中，良久难以自拔。他有些激动，说："你讲述了一个日本留学生的性苦闷以及对国家懦弱的悲哀。主人公的结局耐人深思，这本书会给人一种全新感觉的，我仿佛从中体会到了小说嬗变中前进的心音。小说虽以抒情为主、情节为次，但在浓烈的抒情气氛中，我还是能够触摸到人物的脉搏和灵魂活动。从切入生活的立场、态度，到叙述的角度、语气，你是将私人的诚实运用到了小说中，而整部小说的叙述内质和叙事目的又表现出对政治口号的反叛和向真正意义上的现实主义的回归。"

那次，郁达夫还与他谈了生活上的事，郁达夫告诉叶鼎洛自己希望能过属于自己的生活。而那种生活可以让他任意舒展自己的身体，不要怕泄露了什么。他说，生活本身的秘密于这个世界而言，或许并不是什么有用的

叶鼎洛像

信息。

叶鼎洛也讲，他现在也不怕别人侧目，他只希望做一个快乐的人，说自己想说的话。他深有体会地说："人活在世上，有所顾忌是大多数人的生活，而顾忌太多又为其所累。"

郁达夫接过话题说："没有顾忌，他人定要说你天真，天真就天真吧，这套帽子，顶在头上了，就不要再摘下来了，我们不要去在乎公众形象如何。"

接下来，叶鼎洛和郁达夫还就日本"私小说"作家葛西善藏和佐藤春夫作了交流，郁达夫说："葛西善藏一生穷苦，再加上身体多病，就只能以自己停滞的私生活作为唯一的素材，把整个身心寄托在上面，严格加以观察，进行创作。"

叶鼎洛讲了对读佐藤春夫作品的体会，说他"向往以厌倦、忧郁和厌世为基调的，颓废的，诗一般优美的世界"，他善于"深入近代社会上的人们的内心世界，用复杂的阴郁情调，以及微妙、紧凑的旋律，把人们的忧愁刻画出来"。

叶鼎洛同样钦佩和崇拜佐藤春夫，但他自认自己比不上郁达夫的才气，落了个画虎不成。叶鼎洛总是谦虚的。

第五章 在上海立足
（1922—1924）

1922年9月，当叶鼎洛听说老友田汉要带着已经怀孕五个月的妻子易漱瑜回国时，他按捺不住了，连夜筹集路费去神户买了船票，当夜就去敲田汉住处的门，将自己买了船票的事告诉人家。田汉被叶鼎洛"猛火一般的热烈"感动了，夸了一句："叶兄不仅仗义，而且侠义，难怪施耐庵在江阴能写出那么多梁山好汉，敢情是让你们那里的文化熏陶成的！"叶鼎洛喜滋滋地说："我们是朋友，看你带着怀孕妻子，我得帮你照顾一下嘛！"性情豪迈的田汉感动得有些哽咽。叶鼎洛看见田汉眼眶中蓄着热泪，调侃一句："感动一下就行，赠诗就免了！"

叶鼎洛与田汉，由于个性、见解、灵知诸方面极为相近，所以，从这次一起回国起就变得更加亲近。

那时，叶鼎洛生活要比田汉简单一点，他学的是美术，平时靠给人画素描可以挣外快。走时他将一些风景画留给了朋友，仅带了一些舍不得扔的书籍。那天

《申报》叶鼎洛著作的广告

上海公和祥码头

傍晚,他和田汉夫妇在神户港登上了加拿大公司的"皇后号"邮船。9点整,起航的铃响了,三位蛰居舱中,从窗孔窥视码头上送行的人们。来送行的日本朋友冈田、藤岛早已离去,只见有些人按照日本的风俗,为了表示惜别之意,正在往船上抛纸带,送别者与远行者各持彩色纸带的两头,顿时在码头与船体之间的空中形成了蔚然可观的"璎珞"。随着船只的离岸,纸带慢慢被拉长,最后被拉断。于是,船上又有人把断了的纸带集成团再投上岸去,岸上的人也把断了的纸带集成团再投上船来,终于坠落在中途的小筏子上。此情此景,勾起叶鼎洛和田汉剪不断、理还乱的情思。叶鼎洛对这个居住了近四年的岛国还是有些留恋的,日本从事艺术的老师都是有情有义的性情中人。

田汉在途中讲述了他留学日本六年间的收获,他说自己在"将来的梦"的吸引和驱动下,就如同其所喜爱的那个浮士德一样,不知餍足地阅读吸收一切学术资源。

叶鼎洛从田汉口中了解到他的阅读遍及哲学、宗教、文学、艺术以及社会政治等各个领域。仅就文学领域而言,西方各时期各流派的作品他都读,包括莎士比亚、歌德、席勒、雨果、易卜生、托尔斯泰、陀思妥耶夫斯基等人的戏剧、小说，以及拜伦、雪莱、海涅、惠特曼、惠蒂尔、内斯比特等人的诗歌。"

叶鼎洛听着直点头，说："寿昌兄，你是在吞吃各种智果啊！"

田汉得意地笑笑说："很杂吧！"

叶鼎洛真诚地说："杂而有章，将来势必会多元归一的！"

田汉又笑笑说："我始终是社会的一个叛逆者！"

叶鼎洛说："一个叛逆者，但你的行为是鼓舞着人的，这让我也跟着燃起了对文学的热情！"

他们乘坐的"皇后号"邮船在第三天下午，安全停靠在上海公和祥码头边。叶鼎洛和田汉两人护卫着田汉的妻子易漱瑜下船。易漱瑜穿的是裙子，淡黄色，远远看像一朵黄玫瑰。两个男的都是灰色哔叽西服，一律的袜子、皮鞋、领结，并且各自头上戴了一顶草帽，手中

《前程》书影　　《秋愁》书影

都拿着一根"司的克",叶鼎洛肩上还背了两只圆筒形的旅行袋,与平时完全判若两人,接近商人打扮。

当时中日两国人民之间的往来,双方都不需要护照或签证,出境更无须检查,他们就夹杂在旅客队伍中踏上了故土。

那天,上海的天空黑烟弥漫,码头上全是巡警的吆喝声,卖苦力的兜揽声,做小生意的叫喊声,嘈杂得令人耳噪心烦。"三年没见,上海的情形还是这样!"叶鼎洛皱起了眉头。

在码头,叶鼎洛招手叫来三辆黄包车。

田汉对叶鼎洛的机灵又添了一份好感。

黄包车将他们拉到了静安寺路(今南京西路)哈同路(今铜仁路)口的中华书局上海编辑所。

田汉对叶鼎洛说:"我们找左舜生去,他是我的老同学,也是少年中国学会的老朋友,他已经给我来信讲好工作了。"

叶鼎洛内心有些打鼓,想:人家介绍的是你,我去做什么?叶鼎洛一脸落寞。

田汉用他的近视眼,近一步看着叶鼎洛的脸,知道老兄多虑了,就用手拍了拍他的后背,安慰说:"放心,朋友是靠得住的,你有画图的本领,编辑所需要的,放一百个心吧!"

田汉见过左舜生后,就将叶鼎洛介绍给他们认识。田汉很正式地说:"叶鼎洛,从日本东京美术学校毕业,国画、西洋画造诣极高,标准江南才子,琴棋书画无所不能的人物,在这里做个美术编辑没有一点问题!"左舜生打量了一下头发长长的叶鼎洛,感觉这个人有些艺术气质,兴许能给书籍的装帧设计带来新气象,当场就对田汉说:"寿昌,这里装帧设计是需要人,我去跟陆老板说!"

易漱瑜也感动于左舜生的热忱,说:"嫂子给你做辣子鸡吃!"他们的住房是左舜生前几天去租下的,离书局不远,就在哈同路民厚北里409号。田汉第一晚没睡踏实,主要是对上海颇感新奇。大城市与小城市不同,到半夜,外面街道上竟还有敲着小竹梆的悠长响声,第二天他问左舜生,人家告诉他说是半夜卖馄饨的小贩在做营生。

叶鼎洛的工作很快得到了落实。他单身，不需要租房，晚上就在办公室支一张简易床。

当时，中华书局的主要业务是出版教科用书、古籍、字典辞典、杂志、新版儿童读物、外文书籍、碑帖书画等。

这一年又创刊了《小朋友》杂志，由黎锦晖等主编。同时还在筹备《新中华》杂志等。

叶鼎洛的工作是相当忙的，当然，薪水也算高的。那时他已经开始写文学作品，加上画插图的收入，手头一度比田汉活泛。他也不向家里寄钱，有钱就请朋友吃个小酒，拉上朋友逛逛街。

这段时间，叶鼎洛业余时间写着小说。田汉精力放在戏剧创作上，他还是喜欢拉着叶鼎洛讲构思、谈计划。其中，独幕剧《落花时节》讲得最多，故事就以介绍他们工作的左舜生为原型，"写对于痴心女子的幻灭"。男主人公曾纯士，一位出版社的编辑，不敢大胆干脆地爱，也不敢大胆干脆地不爱，但又装出一派大度的绅士之风。于平淡无奇的描写中，多少能叫人窥见某一类型知识分子的那种"胆小而好胜"的喜剧性心态。

叶鼎洛听了介绍，觉得这部戏写出来，在风格上倒是颇似丁西林的某些喜剧。但是，幽默、机智、讽刺均非田汉所长。

叶鼎洛说话直率，耐心听完介绍，就说："这条戏路对你是不合适的，因为这部戏与你的《获虎之夜》不同。《获虎之夜》不仅有你少年时代的生活经验为根基，而且你擅长写抒情性爱情悲剧，所以现在这部戏写好有难度。"

田汉张着的嘴合不拢了，一直没发现叶鼎洛这样懂戏。

这时候，田汉他们的"南国社"已经悄悄在心里诞生了。

"南国"之始，并未立"社"，成员只有两人——田汉和妻子易漱瑜，园地便是他两人合力办起的《南国》半月刊（1924年1月创刊号问世）。

田汉以"南国"名其刊，后来又以"南国"名其社、名其学院，这体现着他的艺术理想和追求。"南国"是艺术和爱情之国。在中

《南国》月刊

国，"红豆"这相思之物，与气候温暖、春光永驻的"南国"连在一起。他的诗，他的剧，他的一切艺术创造，要美化人生、慰藉痛苦，要表现美与爱，当然最需要一个气候温暖的社会和春光永驻的环境。受过"泛神论"浸润的田汉认为：北方寒冷，朔风呼呼，是严父的象征；南国温暖，熏风习习，是慈母的情怀。而他是个母性崇拜者。

田汉与叶鼎洛成为知己，有一个共同点，两人都是母性崇拜者。所以当田汉征询他文艺社团的名字时，他与叶鼎洛几乎同时在心底发出吟哦：到哪里去寻这美、寻这爱、寻这温暖和春光呢？到南国，到生长红豆的南国！

叶鼎洛很看重《南国》半月刊的创刊号，因为这一期上，有他自认为较像小说的《白朗的一生》发表在上面。

第六章 湖南一师任教
（1924—1925）

叶鼎洛于1924年7月赶赴长沙妙高峰下的湖南省立第一师范学校当美术教员。他从上海来这里，是应了易培基校长更新教师队伍的邀请。易培基很看重叶鼎洛的学识，进校不久，还让他兼管学校的图书馆。这时期，叶鼎洛阅读到了大量的文学书籍。

最让叶鼎洛意想不到的是在一个书柜顶端，发现了一本清光绪八年（1882）江阴王墀（芸阶）的绘画作品《增刻红楼梦图咏》（上下两册），画册由上海点石斋石印出版。他爱不释手，取下来平放在书桌上，一页一页细看，书中人物的造像，形象生动，线条流畅，每一幅画都有景物相衬托，而其一诗一画的做法更加为这本书提升了品质。《红楼梦》，他前几年在杭州上学时就读过，对书中人物较为熟

湖南第一师范

悉,他吃惊于这位前辈大师能运用美术创作,来表现原著众多的人物形象和生活场景,并且图咏对应,诗文书法篆隶行草各体兼有,自有其特殊的审美价值,确实达到了一本书的双重意义。

叶鼎洛后来了解到同乡的这本《增刻红楼梦图咏》,是《红楼梦》刊本中的第一个石印本,面世后产生了广泛的影响,"刊于申江,一时纸贵",且成为其后所刊小说本绣像的一个母版。

叶鼎洛像

叶鼎洛当时就感叹:自己作为江阴人,还是学美术出身,竟是井底之蛙,不知道有这样的大画家与他同饮过一江之水。

之后,叶鼎洛就更加看重这一份兼职。加入图书馆管理后,他写过一篇心得,其中有这么几句:还记得,最是那温柔的一瞥,我便与这个职位结下了缘分。不需要什么更多的言语,我便知道,我需要它,而它也正在等待我。

每天上完他的美术课,他不需要像赵景深等几个国文教员那样批改作业,他安排的作业基本在课堂上完成。相对来说有许多个人时间,而且早上没有课。因此,他从宿舍出来不是去办公室,而是直接到图书馆报到,每天比那位图书馆正式的管理员早到一个半小时,那时他已经将烤火的炉子烧旺,室内温度明显回升不少。他就坐在炉火

江阴才子叶鼎洛

20世纪20年代的赵景深

旁边看书,一束明媚的阳光照射在半个脊背上,他感到少有的惬意。看了好一会儿,便站起身,伸一个懒腰,转身便将看完的一本厚厚的古典文学名著往书架上安放。然后重新挑一本外国文学译著,给自己茶杯添一点热水。

对于叶鼎洛,教员里最羡慕他生活情调的是赵景深和何呈奇,后来加上田汉。赵景深和何呈奇上午基本没有时间来图书馆,下午来,也要在第二节课后。那时叶鼎洛不看书,做些图书修补,或者图书归整、环境卫生之类的活。

赵景深进来,常见叶鼎洛这般忙碌,也叹息一句:"你还挺辛苦的啊,我还眼红你整天看书呢。"叶鼎洛笑一笑,说:"老话说,瞎子当亮子吃煞,图书馆接待师生,有一大堆事要人做的,老兄!"赵景深就调侃说:"重要的是心境,有书做伴,底气会往上长,过几年,我教国文的还得来向你图画老师请教了!"叶鼎洛就故意说:"我的确长进不少,我相信每一本书,都是一个跌落凡尘的天使,即使不打开,看一眼,摸一把,将它们捧在怀里,都是一种舒适,所以我有改教国文的打算。"

赵景深吃惊了,他吃惊叶兄脑子好使。心想:兴许让他教图画是屈才,教国文才算位置放对了。他在图书馆书架前像逛街似的,在一个个书架间流连忘返着。叶鼎洛陪着,他是怕老兄将他刚放整齐的书又搞凌乱了。他的眼睛时刻察看着人家动向,一旦赵景深欲伸出取书的手,他就问:"老兄,你要什么书,说一声,我知道它插在哪儿。"

赵景深看到按照序号排列整齐的图书,当然也不忍心给人家添麻烦,他在书架前站着,似在思考。叶鼎洛在一旁默默地注视着他,不时理一理自己的鬓角。赵景深有时也会调皮地说:"借一本《天鹅歌剧》吧!"叶鼎洛眉毛一拧,脑子里没有这本书的印象。心里有些焦急,后一拍脑袋说:"想起来了,我在何先生宿舍见过,还是书稿的样子。"赵景深希冀叶鼎洛说出作者名字,可叶鼎洛故意不说。赵景深只得迫不及待对叶鼎洛说:"是我写的书,让何呈奇润润色,书还没有出版,逗你的!"

这次赵景深借了本《孽海花》,是叶鼎洛向他推介的,叶鼎洛说:"里面有种族革命的思想,写得也比较浑朴!"叶鼎洛挺喜欢赵景深,因为他觉得他纯朴低调,敦厚而豪爽。

第二次,叶鼎洛就向赵景深推介了《增刻红楼梦图咏》,他不无得意地说:"作者是江阴人,一幅画配一首诗,诗图对应,看起来轻松又享受,值得一看的!"赵景深接了书说了一句:"敢为人先的事,总让江阴人做了,之前听说一个徐霞客,今天又出了一个王芸阶!"

叶鼎洛流露出自豪的表情,补充一句:"应该说江阴在清朝出了个王芸阶,今天能代表我们的只能是刘半农,他1920年就主张造一个新字'她',来承担表示女性第三人称的任务了。"

赵景深像课堂上的学生,不住地点头。赵景深通过叶鼎洛推荐的书,逐步认识到叶鼎洛国文修养不比自己差。一次,他与叶鼎洛谈起陈任棠,说这个学生有自己的想法,我们当老师的应当鼓励。叶鼎洛很赞许赵景深的观点,并加以诠释说:"作茧自缚是最忌讳的,文法和修辞当然要讲究,但不能扼杀创造的东西。"

当时,一般国文老师批改作文卷,圈圈点点之后,认为较好的文章,便加上一个空洞无物的总批语,从来不加眉批。有个教四六骈文的教员叫汪根甲,由于兼课太多,没有那么多的时间改作文卷,竟由他的姨太太先把学生的作文卷圈点一番,然后由他加上总评。因为汪根甲根本没有看过作文,常常闹出总评与文章内容无关甚至矛盾的笑话。

叶鼎洛、赵景深住在学校宿舍,与学生之间接触频繁。晚餐后,他们两位喜欢和学生们沿着铁路两旁去散步,回来就聚集在叶鼎洛宿舍里谈笑风生。

在湖南一师,赵景深无疑是叶鼎洛的知己。他这个人有好学心,音乐不懂,偏爱听叶鼎洛拉二胡;绘画不会,也爱偷偷去听叶鼎洛上课。一次叶鼎洛上欣赏课,叶鼎洛讲西方油画,讲到西方油画中的风景画,说其从最初文艺复兴时期的配角地位到17世纪真正成为主角,自成一派,再从罗斯达尔和洛兰的写实派、透纳和康斯坦布的浪漫派到莫奈、毕沙罗和西斯莱等人的印象派,经历了漫长的实践和演变过程。但和我国传统绘画一样,所有的发展都是建立在对传统的延续基础上的。

叶鼎洛讲得太专业,赵景深听得一头雾水,但他对叶鼎洛佩服得五体投地。

这一年暑期,叶鼎洛以"外来者"的身份去沅江边的桃源体验那里的一山一水、一草一木,几乎跑遍了那一带所有著名的自然景观和历史文化古迹。桃花源的浪漫奇幻,太阳山的鬼斧神工,夹山寺的风雨幻象、壶瓶山的原始森林和流泉飞瀑以及刘海砍樵的美丽传说、孟姜女的悲情遗梦、城头山遗址的城市文明和稻作文化等,都被他写进了日后的追记中。

除这一篇追记外,平时他与同事赵景深还作过详谈,点出那里的民间文化之盛,是江南所不及的,并数度情绪高昂地说:"那里的民间文化,真的还散发着泥土的清香和青春的气息。"他曾对赵景深兴致勃勃介绍起了京剧、汉剧、荆河戏、常德丝弦、湘北大鼓、车儿灯、土家族山歌来了。赵景深后来从事戏剧研究以及当上江阴人女婿,大概与他早年接触叶鼎洛和胡山源两位江阴人有很大关系。

那次,叶鼎洛还结识了不少从田地中劳作归来的附近的农民。农民生活的贫困和对人生知识的匮乏,每每令他接连好几个晚上都无法安睡。

　　农民的贫困原来是可以想象的，但不经亲眼所见、亲身接触，毕竟还是纸上谈兵，流于空疏。叶鼎洛通过对农民家庭收入和开支的对比计算，发现农民的贫穷是一种无法解决的普遍现象。比如一个六口之家，家有十亩田产，一间茅屋，在当地已经算是富有的自耕农了。从四五月开始，他们耕田栽秧，到年底收成，扣除缴粮纳税、肥料开支、雇佣帮工之外，所余无几，根本上就无法省下一家六口一年的口粮。只好再去想其他的办法，比如用稻草做草纸、在农闲季节种麦种菜等，但报酬毕竟过于微薄。

　　农民的消费主要用在求神拜佛和满足许多可笑的虚荣上面。每年在庙会求神、婚丧嫁娶上面，农民们总要花费掉大量的力不能胜的金钱，令人叹息。

　　叶鼎洛觉得湖南情况和老家江阴差不多。人们越是迷信、讲攀比，越会便宜了赚黑心钱的商贩。他和赵景深谈起，在江阴，婚丧嫁娶一样喜欢讲排场，自己家由于父亲喜欢吹牛，浪费掉大量的力不能胜的钱财，可谓苦不堪言。

　　1925年，叶鼎洛的另一个知己田汉，遇到了非常大的打击，深爱的妻子易淑瑜去世了，那本自费出版的《南国》半月刊也因此停刊。前不久，田汉从上海赶回老家湖南，就是收到了妻子病重的消息，当时其妻说"一定要死在丈夫的身边"，不久就躺在田汉的怀里去世了，时年二十二岁。两人是表兄妹，感情非常好。易漱瑜逝世的时间为腊月二十，公历1925年1月14日。

　　这件事给田汉精神上的打击十分沉重，田汉有一个多月生活无目的，就在老家田家段一带的亲戚朋友家里东拜西访，后想起在长沙南门第一师范教书的朋友叶鼎洛，便赶到了省城长沙。

　　那天，叶鼎洛在宿舍晒被褥，忙得鼻尖上都冒汗了。田汉隔一段距离站着，背景的围墙和屋顶有白皑皑的积雪。他不开口，只是眼睛空空地看着。叶鼎洛把手空出来，手正要拢进棉袄袖里，眼睛里出现一个熟悉的身形，他有些吃惊："寿昌兄，你怎么来啦，吃饭了没有？"

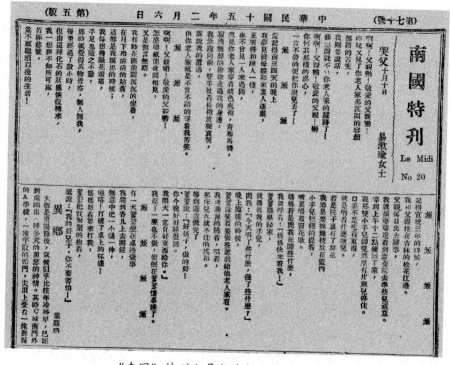

《南国》特刊上易漱瑜与叶鼎洛的诗文

田汉摇了摇头,有气无力地说:"不饿,我出来散散心!"

叶鼎洛上来拽他胳膊:"脸都变形了,不晓得身体要紧。走,我宿舍有一瓶好酒,叫上赵景深和何呈奇,一起热闹一下!"

田汉听了眉头有些舒展开来。他心里满意叶鼎洛的这个安排。

第二天,叶鼎洛就去找校长说了田汉工作的事,说凭老弟的文学修养,当一名国文教员是绰绰有余的。校长相信叶鼎洛,就同意田汉教国文课。那次,校长还说起赵景深,说他文章写得好,你们可有话题探讨了。可后来田汉觉得赵景深这个人有些内向,言语很少,不太明白校长为啥要从北门岳云中学挖他过来。当然是叶鼎洛作了回答,说:"赵兄脑子可聪明了,曾经被封为北门文豪!"田汉点着头,笑笑说:"还有这一说,既然有北门文豪,相对称还应该有南门文豪吧?"叶鼎洛托了托眼镜说:"当然有,我们一师的汪馥泉,译过间久雄一本《文学概论》,前不久还发表一篇《野火烧江沙》,几乎被逮捕。"

田汉发了声慨叹："一师可真是藏龙卧虎啊！"

在一师，叶鼎洛比田汉早到一个学期，情况自然比田汉了解得多。

叶鼎洛在一篇日记中记下了这个难忘的时刻：这一天该是一个可爱的晴和的天，阳光照满了小小的一间狭长的教员休息室，我替寿昌兄解决了后顾之忧，很开心。后来我领他到新分配的宿舍，接着就去叫景深兄来见寿昌兄。

叶鼎洛自从写上小说后，他的一些追记也写得很细致了：我在一旁观看，见景深兄似乎心跳动得厉害，嘴嗫嚅着，带着口吃向寿昌兄介绍了自己，并且说起我，后来我们三个人共同自费办了一个文艺刊物《潇湘绿波》。寿昌加入我们一块，是我提出来的，我说我们一起来垦殖这一片处女地。寿昌兄当时就一口应允了，从此我们就时常来往。

叶鼎洛在另一篇日记里又写道：我与景深、寿昌等人不久还共同组建起了绿波社长沙分社。《潇湘绿波》后来出版三期，因经费问题停办。

相处时间长了，叶鼎洛向田汉推介赵景深说："景深兄学习认真，近期对戏剧也爱好上了，你有这方面的书，就借他看看。"由于叶鼎洛的搭桥，赵景深就常到田汉寝室里去看书，以关于西洋文学者为多，如琼·卡瓦特的《文学大纲》，赵景深就是第一次从他那里看到。田汉因为潜心于西洋文学，所以讲"国文"时也就专讲文艺思潮和西洋文学史，尤其是戏剧。

又一个礼拜天，叶鼎洛和赵景深携带了酒菜到田汉宿舍里，赵景深搁了酒瓶，田汉就说："鼎洛兄一路夸你才高八斗，见你本人，不过比我高一点，和鼎洛兄差不多样子，一点不像戏剧家，更不像诗人的样子。"

叶鼎洛戏谑一句："这叫真人不露相，才学不会写在脸蛋上的。"叶鼎洛将熟菜从报纸里转移到一只碗里，田汉就说一声："喝酒！"

那些日子，叶鼎洛等几个下课之后，不是聚在一块海阔天空地谈文说艺,就是今天你请客,明天我做东,到一家京剧园子——坤伶剧场里占着头排座位去捧小月红。那时正演《莲英托梦》,喝彩过后看完戏便到附近一家京菜馆去喝酒。

农历二月二十,田汉亡妻的闺蜜兼同学黄大琳来到了一师,她身边带着田汉的儿子海男。黄大琳热情开朗,来后就很大方地与田汉的同事打招呼。在宿舍门口,叶先生、赵先生、何先生一个个地叫,一个个地握手。当她的手要与叶鼎洛相握时,叶鼎洛由于手上沾着墨,怕脏了人家的干净手,就说:"黄姑娘,免了免了!"黄大琳就说:"有墨的手也要握,原因是我想沾沾叶先生的江南才子气!"叶鼎洛有些躲不得,只得说:"让我找块布擦擦吧。"黄大琳幽默地逗一句,说:"你洗了,我就不握了!"叶鼎洛为难着说:"就不洗了,握手要紧!"黄大琳笑了说:"这样多好,你太拘束,比寿昌还讲究!"握了手,在发出一串银铃般的笑声后,由田汉引领,大家去爬妙高峰了。

这一晚,田汉上完课过来,听了叶鼎洛拉的胡琴太悲怆,就说:"鼎洛兄,今天晚霞这么美好,你有什么事情值得这样的伤心呢?"

叶鼎洛随口说:"为找不到光明的路而苦恼!"他心里其实是想说:为找不到好爱情而苦恼。可这话能直接对田汉说吗?

当田汉抓住了黄大琳这个新幻影时,叶鼎洛也在心间扩展他的幻影,并用想象将女性理想化、美化,使女性更符合自己幻影追求的目标。此时的叶鼎洛个性中对女性的泛爱已经明显显现。

在湖南这一学期,叶鼎洛更像文学中的才子名士,处处显示着恃才放旷、不拘小节。他对赵景深曾说过:"酒和女人是最能刺激我创作的东西,我不是酒糊涂,我也不是变坏了,我是用来娱情!"他在烟雾里,向朋友吐露真言。

在田汉和黄大琳恋爱的消息传开时,叶鼎洛的内心经受着之前从来没有的煎熬。几年后,叶鼎洛与田汉关系冷落,其中最大原因就是黄大琳的出现。

有一天,正当蓬乱着头发的田汉在叶鼎洛伴奏下唱着《武家坡》的时候,千里之外的上海发生了"五卅血案"。消息是何呈奇过来通报

叶鼎洛

的,他是从报纸上看到的。何呈奇也是酒鬼,酒量和叶鼎洛不分上下,此时就带着一股酒味激愤地批评着外国列强的野蛮行径。

叶鼎洛听后,脑子里也理出了一点头绪。发生血案的上海南京路那个地界,他前年去过无数次,在街上见到过民众遭受的耻辱以及帝国主义和军阀的那种趾高气扬、咄咄逼人的丑态,想着上海那些在日本人开办的纱厂的工人,为抗议日本人无理开除工人而举行的罢工,日本资本家还开枪打死工人顾正红,打伤十余名工人,因而激起了工人、学生和市民的愤怒;想着5月30日,上海两千余名学生在租界内散发传单景况;想着学生发表演说,号召收回租界,却被英国巡捕逮捕百余人……

叶鼎洛想:英国巡捕为什么敢开枪,还不是因为我们国力弱?

当时叶鼎洛和田汉、赵景深等人商量,他们应当作些声援,以支持上海的反帝斗争。

然而,叶鼎洛等人当时在一师的处境不是很好,特别是田汉,部分师生对他有看法,不可能一呼百应。

根据一师的实际情况,要想发动学生罢课,比较有难度。他们只能采取单个力量来作声援。叶鼎洛便用画画作武器。那天,他到赵景深宿舍去,见到人家在看上海寄来的一张《文学周报》,郑振铎主编的,便抢过来先睹为快。他被报上连载的丰子恺的漫画吸引住了,说画面夸张、比喻、象征、拟人等手法好啊,现在的帝国主义和军阀,

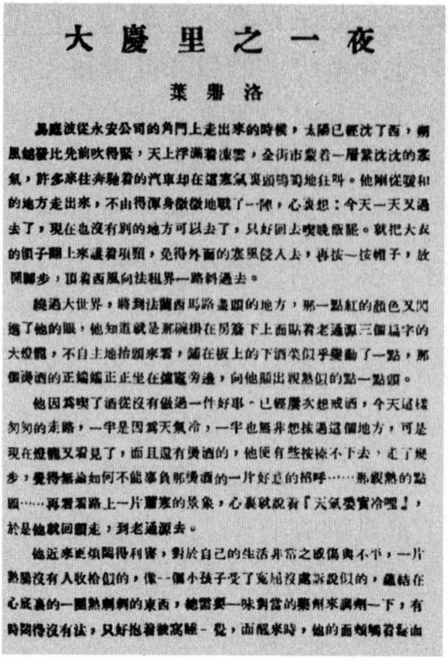

大慶里之一夜

葉鼎洛

馬鹿波從永安公司的角門上走出來的時候，太陽已經沈了西，朔風越發比先前吹得緊，天上浮滿着凍雲，全街市罩着一層緊沈沈的寒氣，許多來往奔馳着的汽車却在這寒氣裏頭嗚嗚地狂叫。他剛從暖和的地方走出來，不由得渾身微微地戰了一陣，心裏想：今天一天又過去了，現在也沒有別的地方可以去了，只好回去喫晚飯罷。就把大衣的領子翻上來遮着項頸，免得外面的寒風侵入去，再按一按帽子，放開腳步，頂着西風向法租界一路斜過去。

繞過大世界，將到法蘭西馬路盡頭的地方，那一點紅的顏色又閃進了他的眼，他知道就是那碗掛在房簷下上面貼着老通源三個扁字的大燈籠，不自主地抬頭來看，鋪在板上的下酒菜似乎變動了一點，那個燙酒的正端端正正坐在爐竈旁邊，向他賠出親熱似的點一點頭。

他因爲喫了酒從沒有做過一件好事，已經屢次想戒酒，今天這樣匆匆的走路，一半是因爲天氣冷，一半也無非想抹過這個地方，可是現在燈籠又看見了，而且還有燙酒的，他便有些按捺不下去，走了幾步，覺得無論如何不能辜負那燙酒的一片好意的招呼……那親熱的點頭……再看看路上一片蕭寒的景象，心裏就說着「天氣委實冷哩」，於是他就回頭走，到老通源去。

他近來更煩悶得利害，對於自己的生活非常之感傷與不平，一片熱腸沒有人收拾似的，像一個小孩子受了冤屈沒處訴說似的，蘊結在心底裏的一團熱刺刺的東西，總需要一味對當的藥劑來調劑一下，有時悶得沒有法，只好抱着被窩睡一覺，而醒來時，他的面頰觸着枕面

《大庆里之一夜》书影

一 離家

你們願意知道我的好名嗎？說出來也辱沒煞人，告訴不得你們的；總之因爲我的外表輕佻不過，別人都叫我流氓的，這兩個不祥的字雖然有些刺耳，可是我已經受慣了，他們也叫慣了，你們也就不妨叫我流氓罷。

請想罷，不幸的我，生來就戴着這副「流氓」的面孔，這般瘦小的身材，平時又是有說有笑的，在一般不知道我底細的人看起來，當然是個樂天派，家裏的景況也一定很可以的了。而我若遇到說正經話，做正經事的時候，卻又萎靡不振，遇到客氣一點的人，又不會想法子去和他們周旋，這更可以使人相信我的性情傲慢，是一種無求於人的脾氣，我既有了這幾種特長，我的生活的路途，不消說是愈走愈窄了！

可是在我却也不願意我自己永遠成了這種庸材，我也很知道這種脾氣實在不合時宜，總想把牠改過來，有時頭腦清白或者受了一點刺激，常常發很自責道：

前夢　二

《前梦》书影

就应当用这种可以直接或隐晦的方式来作抨击。于是，叶鼎洛将报纸往赵景深身上一推说：“对，我要画一组漫画！”

叶鼎洛回到自己的宿舍，便在桌上铺开纸，用铅笔在毛边纸张上先设计线稿。画着画着，他脑子又闪出别的主意来了。

这时，田汉推门而入，手里还捏着几张纸，大踏步走过来说：“老兄，你倒腾什么，先搁一搁，听我念一念刚写好的《黄浦怒涛曲》！”田汉开始看着稿纸念，声情并茂，尤其最后一句：“寂然无声的，是他们最亲爱的同胞！”

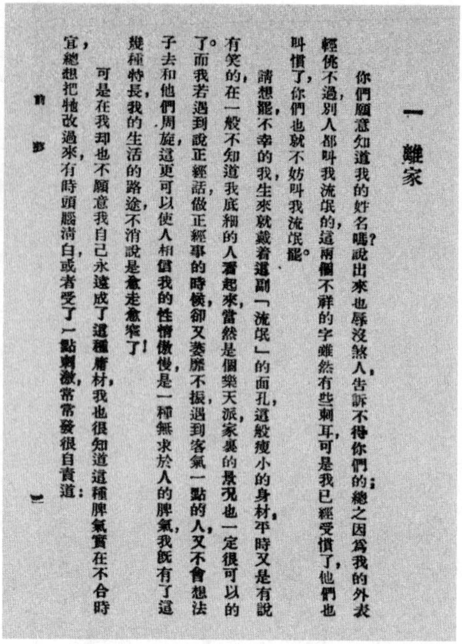

当叶鼎洛为他这一句吼了一声“妙”时，田汉找到知音似的说：“有眼光，你看出这首诗的力量了！”

叶鼎洛转而便诡异地一笑。其实他并没有认真听，他一直在想自己的那部《江上》如何修改的事。他干脆和田汉谈起了投稿，田汉鼓励他马上行动。后来，中等小说《江上》在《文学周报》第35期和36期上发表。

叶鼎洛在湖南一师创作的中篇小说《前梦》，于1926年由上海

《前梦》封面

光华书局印行了单行本。1927年再版。作品主要写一个青年画家的流浪生活，主人公满腹怨愤。文本宣泄了其内心的积郁，表达了作者的一段羞涩初恋，也曾经疯狂地喊出："去他妈的吊银！"呈现出一幅幅励志奋进的青春画卷，焕发出生命如晨曦般的诗意与精彩。

叶鼎洛所处的20世纪，所有人的梦想，仿佛一夜间都破灭了，契诃夫式的那种氛围没有了，而叶鼎洛借助《前梦》，给这个幽灵赋予了新的非常美丽的文学视角。作品的写实特点十分明显，这些文字几乎就是作家一次次走向生活的原始积累。这些带有原始生活气息和鲜活人物动态的文字，其中包含着质朴、平和和温暖、生动的故事细节，没有阅读的障碍。但是每一段落都是一样的开始和基本相似的过程，就显得呆板。作品最后似乎应当还要有一个总结提升的章节，将撒出去的网收回来，检点一下收获的成色也许是必要的，这样会使作品的思想内容有所归纳和凸显，不至于有撒手不管的现象发生。

这一年，叶鼎洛还亲自为自己的短篇小说集《脱离》绘制了封面，这本书是"绿波小丛书"的一种，由上海新文化书社出版。

除了上述成果，他还见缝插针创作了中篇小说《双影》，写一个青年与妓女相爱的故事。看到书稿的田汉评说叶鼎洛的创作风格和情调类似郁达夫。而赵景深认为，叶鼎洛这部小说描写细腻，结构严谨，甚至超过郁达夫所发表出来的一些小说。

《双影》等小说，试图让故事中所有人都经历一个抗争的过程。抗争的过程之所以会有魅力，是因为抗争本身总是充满了故事性和戏剧性。所谓抗争，其实也是奋斗，这是一个生存哲学的话题，主人公无论是不屈服于命运的捉弄，还是与个人情感挫折或与疾病、痛苦、灾难进行搏斗，以及走出自身的局限，诸如同性恋此类，都是一种抗争。

第七章 加入南国社
（1925—1927）

1925年8月，叶鼎洛和田汉回上海的直接原因是"三一八惨案"发生后，他们在长沙声援学生，得罪了地方当局。后来报道中称为"闹学潮"，他们这些参与者，无奈之下只得辞职离开。

当时，叶鼎洛、田汉和赵景深先后回到上海。叶鼎洛和田汉等人从长沙到上海，走的是水路，由长沙到汉口轮船走了三天，在汉口略作停留。田汉写的散文《月光》中说："他到这异乡的上海生活以来，不知不觉又过了两个节。七月初七刚过了，又是八月中秋。"1925年的七夕节在阳历8月25日。

赵景深在他的一篇回忆里也讲到一个信息：我住在闸北商务附近的一个小弄堂里，寿昌和鼎洛则同住在法租界一个人家的前楼上。与他同住的，还有田汉的一个弟弟（田洪）和他们的两个学生。小小的一间前楼，竟住了五个人！他们还特别欢迎我，请我去住了一晚，到大世界去听了一次大鼓。鼎洛把他的床让给我，他和孩子们（两个学生）一同睡地铺。因为寓居远隔的缘故，此后会面的机会便异常之少，大多是田汉来信邀约的。一次是田汉与黄大琳女士的婚礼，一次是文艺界的梅花盛会，一次是吴似鸿女士得子的庆贺，此外大约还有好几次的盛举。南国社公演话剧时，有时也与田汉晤谈。现在田汉还在南京，他念到故人，要看柴霍甫，我便把A夫人的英译本全部送给他，同时追忆起往事，便率直地写了这一篇回想录。

赵景深的回忆，已经为我们交代出了叶鼎洛、田汉等人回到上海后的基本情况。

叶鼎洛等在秋阳炙烤下回到上海，正赶上一年中的炎热天气，因为"五卅"惨案余波还在，爱国反帝的热情仍烈火般地在人们的心中燃烧着。南方广州早在去年就形成了国共合作的统一战线，后来又传来了国民革命军誓师北伐的消息。街头甚至能听到大学生唱的"打倒列强！除军阀！国民革命成功"的歌声。然而，军阀控制下的上海，各种政治派系、各种社会思潮的斗争却日趋激烈。

叶鼎洛和田汉离开湖南到上海，本意是像一条逃生的小鱼，冲出托庇于人的水塘，进入自由腾跃的大海。但是，他们很快就发现，个人怎么也逃脱不了矛盾的旋涡。

田汉比叶鼎洛早一些解决生计问题，他同时兼任大夏大学和上海大学的教授，叶鼎洛靠画招牌画勉强维持生活。让他们不大开心的是，自己不能以超然的态度而"自由"言行。当时上海文化界的两个派别，掌控着一些大学和机构，比如"大夏"就受右派控制，"上海"则由左派掌权，而两边都有他们的好朋友，他们两个那时还持着"艺术至上"的观点，认为"每一作家只应作诗不应作宣传"，即使写"五卅事件"，也不是为了政治宣传，而是为了艺术地表现出"东方被压迫民族英勇地联合起来反抗帝国主义"的"一个极壮烈的悲剧"。然而要超乎政见维持这种平衡，又是一件十分叫人头痛为难的事。

1926年3月，田汉接到了广东大学（后改为中山大学）的聘书，聘他为文科教授。这是正在广州参加国共合作的共产党人林伯渠推荐的，林伯渠很希望田汉走上革命的道路。然而田汉没有郭沫若、郁达夫幸运，当他与叶鼎洛话别准备离开上海时，突然遭到某些人的围攻和遏阻。

此事的根子还是出在停办了《南国》特刊，疏远了一些朋友之上。而田汉没去成广东任教，又使某些朋友十分不理解。对艺术与政治持"两元见解"的田汉，简直苦闷极了。这年的4月2日（农历二月二十）是田汉二十八岁生日。这一天，他早早将叶鼎洛喊醒，说今天他请欧阳予倩、周信芳、高百岁等几个人过来聚聚。让叶鼎洛打扫一下室内卫生，他去买鸡和调料，准备做湖南辣子鸡下酒。这道菜叶鼎洛在湖南时常吃，觉得比江阴用百叶笃（煮），要有味道些，又辣又麻，吃过后胃里火辣辣的舒爽，辣子鸡的记忆让他的味蕾一下子活跃起来，他便不赖床，迅速爬起来做事。

但那天没酒，吃罢饭，叶鼎洛有些耿耿于怀的，但田汉向他耳语了说下次两人补酒，叶鼎洛才开心起来，并站到人群中向大家建议搞一个小型联欢会。他让大家各选一段拿手戏来唱，他负责用胡琴伴奏。

叶鼎洛用胡琴轻声试音，调试完成后，就开始嗡嗡地拉过门，欧阳予倩脚步往前迈了一步，算作第一个上场，他唱了《黛玉葬花》；接着是周信芳，他唱了《明末遗恨》；下来是田汉，他则唱了《武家坡》。闹腾了大半天，大家还是意犹未尽。

散席之后，田汉对叶鼎洛说："叶兄，我还是觉得空虚！"叶鼎洛听多了这类话，也只有调侃一句："赶紧和黄大琳结婚，一结婚就不空虚了！"

田汉摇了摇头说："我应当用一只辣椒来堵你的嘴，大家说你善解人意，这片刻又是说痴话了，我是想做新兴的电影！"叶鼎洛知道田汉是一个不甘寂寞的人，知道他爱倒腾事儿，可他也知道这家伙做事脑子容易发热。就说时兴起来的电影，上海有一百多家电影公司，和时办时垮的交易所差不多，真正摄制过片子的四十多家公司，多被投机商当作赚大钱的生意在经营，放映的片子大都是一些品位不高的商业性片子。叶鼎洛虽然性情上与田汉比较相近，但他走的路是较为务实的。他对田汉说："你造梦吧，我画画！"步子移到自己常年架着的画夹旁，手里捏着一支铅笔开始画素描，前面是一只普通的吃饭碗和两个鸡蛋。叶鼎洛画着画，脑子没有集中到画夹上，画的线条多次在改动。他脑子里在过电影，回忆起田汉拉他搞"消寒会"和"梅花会"的情景，两次活动报上还登了预告，前者是上海文艺界集会，后者是画家朋友集会。田汉对绘画也十分喜欢，留洋日本时结识了叶鼎洛后，就想当画家了，跟着叶鼎洛也常到风景优美之处涂涂画画搞写生。叶鼎洛想想就忍不住发笑。他想起那次集会，是他一生中难忘的，见到了文坛元老蔡元培和画苑新秀徐悲鸿，会场上还展览了徐悲鸿刚从欧洲留学归来带回的作品。徐悲鸿油画中的写实功夫让叶鼎洛眼界大开。从那以后,叶鼎洛觉得画画者中,也是人才济济。

这时,恰好新少年影片公司的姚肇里、唐琳想要拍摄田汉五年前的旧作《梵峨嶙与蔷薇》,田汉对这部作品并不很满意,于是用了一个多月时间另写了一部电影脚本《翠艳亲王》,分镜头的本子也写了,最终还是没有能开拍。

片子没拍成,却让在现实里不可能像狄俄尼索斯般奔放的年轻人瞥见了希望的火焰。第二年,田汉记起谷崎润一郎把这种制造光影、动态的玩意称作"人类用机械造出来的梦",他就召集归国者唐槐秋等人创立起"南国电影剧社",并豪迈挥笔写下:"酒、音乐与电影为人类三大杰作,电影(年)最稚,魅力亦最大,以能白昼造梦也。"就这样,田汉成了"五四"新文艺家里第一个"触电"者。

可惜田汉20世纪20年代的电影创作资料已多散失,现在只能略知一点当时他们的爱好与世俗烟火相左之事,比如在剧社率先放映爱森斯坦《战舰波将金号》等。还知道,他从日本诗人石川啄木的诗作启发写了剧本《到民间去》。剧本有一定主题,讲几个青年受俄国革命的影响,穿起农民的衣服,到农村里宣传,并且发动农民进行反沙皇政府的斗争。情节有点居高临下,有点小资幻想。他参照了西方剧本的样式建立戏剧文本,然后用戏剧的办法对待电影——少动作,少情节,但要抒情。

当时田汉最好的朋友叶鼎洛全程参与。田汉对叶鼎洛说:"我的人物性格是参照你写出的,往后主角之一让你来演。"叶鼎洛激昂着情绪说:"我拚死吃河豚也会演好的!"

《到民间去》拍摄安排在8月2日。地点在南国电影剧社的摄影棚内,第一个镜头中拍咖啡店的一段戏,叶鼎洛和唐槐秋分别扮演两个大学生。

田汉学着人家导演样子,也来一句"开麦拉",手摇摄影机转动起来。叶鼎洛和一些群众演员是预先被安排在咖啡店的,等来一句"开麦拉",他们就开始作有关时势的交谈,谈着南方的广东政府以及北方军阀的大帅们等话题。这时戴着栗壳色礼帽的皮涅克出场，找一个位置坐下，咖啡店的侍女端一杯咖啡上来。皮涅克很有礼貌地起身，用夹生的中文说："谢谢！"叶鼎洛扮演大学生乙，首先认出皮涅克，他和扮演大学生甲的唐槐秋耳语，两人同时说出一声："俄国大诗人！"于是站起身，即刻上前与皮涅克相识，互换名片。叶鼎洛用夹生的俄语说："欢迎你到中国访问！"皮涅克高举着咖啡杯，说："谢谢中国，我能说中文，上海话也学了一两句，侬和阿拉坐一道开开洋荤吧！"群众演员都笑了起来。叶鼎洛跟着笑了一会，唐槐秋先收起笑声，说："皮涅克先生，我们就谈谈劳动与知识的联合吧！"皮涅克笑笑说："好吧！"他们就开始进行交谈。此时田汉让摄影师将镜头拉远，镜头从群众演员脸上移扫，最后拍摄大家举杯一饮而尽的场面。

《到民间去》电影剧照

当时，皮涅克还帮田汉设计了一个细节。他按照欧洲方式抓过叶鼎洛的手，放到了刚才端咖啡的侍女手心上，对田汉说："以此象征科学与民主的联合，劳动与知识的联合！"

11月，《到民间去》拍摄地转移到杭州西湖葛岭拍实景。这一段戏主要讲唐槐秋扮演的大学生甲殉情。演员站好位置后，田汉一声令

《弥洒月刊》封面

下:"预备,开麦拉!"手摇摄影机就开始转动。

叶鼎洛和唐槐秋两个剧中人在西湖边擦肩而过,叶鼎洛扮演的大学生向着另一个方向走去,边走边用手搭成凉棚,夸张地做着寻找人的焦急样子。唐槐秋扮演的大学生已经走到一个百尺岩头,他望着天蓝色的湖水,吟诵起唐朝刘禹锡的诗句:"木落汉川夜,西湖悬玉钩。旌旗环水次,舟楫泛中流。目极想前事,神交如共游。瑶琴久已绝,松韵自悲秋。"吟完,又一声长叹,大声说:"同学们、好友们和我的爱人,少陪了!"便闭着眼纵身一跳,作了自我解脱。 这时刚巧百尺岩头飘过一片棉絮般的白云,自然之力配合了这段悲壮剧的背景营造。

田汉后来回忆起《到民间去》,说:"假如这个影片还有什么成功的地方,那就是很真实地描写了一个热情的、幻想的、动摇的、殉情的小资产阶级青年的末路。"

当时的田汉,还不可能从政治上懂得马列主义与民粹派的区别,更看不清中国革命的道路应该怎么走。他的《到民间去》不过是表现当时青年对黑暗现实的强烈不满与对未来社会的朦胧追求,以浪漫忧伤的情调,"借电影宣泄吾民深切之苦闷"。"南国电影剧社"为了拍这部电影花费了将近一年的时间。他们当时的情况非常艰苦,几乎将家底全部押给当铺,房租也付不起了,最后,田汉老母亲还当掉了东西帮田汉还欠债,片子才勉强拍完,于1927年4月12日蒋介石在上海发动反革命政变之后的南京作过样片试映。但是,它是两边不讨好的一部电影。就是说既不会得到政治上的支持,也不会得到商业上的收益。田汉后来说:"这个片子的底片因放在一个日本摄影师家里洗印,我们欠了他们的钱,他扣下了底片。中日战事一起,这日本流氓就不见面了。"《到民间去》从此湮没,倒真成了田汉他们一个不折不扣的"梦"。

叶鼎洛在法租界用绘画和写作谋生。此时,上海新文化书社给其短篇小说集《脱离》支付了稿费。

另外,中篇小说《前梦》,由光华书局出版了单行本,次年再版。

叶鼎洛还写出了短篇小说《姐夫》等。他的小说创作进入喷发期,特别是同性恋和情色题材均具有一定的开创性。

这一年,郁达夫邀请叶鼎洛为自己的中篇小说《迷羊》画插图,叶鼎洛采用工细的画法将人物的五官、衣着上的每一条纹路和四周植物的每一片枝叶都加以细致刻画,让郁达夫爱不释手。郁达夫非常感激,问:"鼎洛兄,你要我为你做什么?"叶鼎洛笑嘻嘻地说:"喝酒,杏花楼许多日子没有去了,人家在骂我抠门了。"郁达夫忧郁的脸上带着一点诡谲表情

叶鼎洛绘制的《迷羊》插图

说:"这是自然的,不过,我还想送你一本新购得的书,是专门为你准备的。"叶鼎洛慵懒地问了一句:"与我有关系,是什么新书?"郁达夫眼睛抬高一点说:"知道江阴的徐再思吧,他近日出了一本《澄江旧话》,让我撞见,知道你一准喜欢的,就买了回来,奇闻趣谈不少,对你创作老家题材有帮助。"叶鼎洛有些惊喜,说:"你这老夫子,还挺通人性,知道我喜欢掌故类东西。"就从郁达夫手里接过了书。

叶鼎洛翻阅着,连连说:"好,给你画的插图不收你钱了,今后若是再碰上此类好事,你就帮我搞回来!"郁达夫笑容满面说:"不要报酬,你要书面声明,不要到时喊冤,说我郁某人强拉民夫。"叶鼎洛笑呵呵说:"你强拉,我再来劫富济贫,不就扯平了!"

第八章 在沈阳当教员
（1927—1928）

1927年元宵节后的第四天，即正月十九，叶鼎洛在参加完田汉与黄大琳的结婚仪式后，就乘船离开上海去了奉天（今沈阳）。

那天是田汉和南国社演员顾梦鹤送他上的海轮。

他们从四马路穿行到黄浦滩，朝雾里薄薄地带着一种嫩寒。当时轮船停靠在浦东，须用划子（用桨拨水行驶的小船）摆渡过去。划子在湍急的波浪里不稳定，是田汉和顾梦鹤抓住叶鼎洛的手、同行的陆君相扶着下的船。此时，船夫一点篙就离开岸边，划子向黄浦江对岸划去。田汉、顾梦鹤立在岸上，田汉高高地举起帽子，顾梦鹤却两眼发直。一会儿西岸的景物，包括人影都让雾气遮去了。叶鼎洛转过身，望着东岸，雾气里渐渐出现两支高高的桅杆，他们要乘的船出现了。

与叶鼎洛同行的许、陆、方三位先生都是近视眼，四个人在雾气里看人往往会先仰一下头，眼镜片的反光就会一闪一闪，都看不清什么。轮船上的茶房一眼就看出他们是一行人，过来将他们的行李搬进舱。他们买的是统舱票，脚刚踏进去，令人作呕的气味就扑鼻而来，还有一种油漆木腥气，不晕船的人过来闻一闻也想要呕吐。

等了好久，船顶上的汽笛才拉响声音，船开始摇摇摆摆驶动起来。叶鼎洛带着感伤与这个城市告别，在他内心里还是认定自己会回来与这个江南相见的，到那一天，自己不知能前进多少；自己能否有钱回请田汉、梦鹤喝一顿酒，就在大世界对面的青萍园……

叶鼎洛这次去奉天当教员，是受朋友许君之邀。许君是叶鼎洛的同学，他在奉天已经工作一段时间，这次回上海就是来接叶鼎洛他们

江阴才子叶鼎洛

的，说那边缺少教员，又说那边北国风光，有冬天味道，冬天烤火，诗意生活云云。许君很能讲，叶鼎洛对能讲的人总是佩服的，再加上老兄还在杏花楼请他喝酒，说了许多恭维话。几杯酒下肚，叶鼎洛就答应下来了。

叶鼎洛等四人在大连上岸后，于第二天冒着严寒步行去南满车站，他们买了火车票，就和一群穿木屐、背包袱的日本人一起上了火车。

下午3点，窗外出现高高的房子，而且越走越密，他们终于在汽笛的一声长吼中到达了奉天站。

《龄艳亲王》书影

出了车站，叶鼎洛拎着一个行李箱，向背后的雄伟城垣行了个注目礼，然后踩着满街的冰块跟着许君向前走。

在冰块中间移步，他们几个都不适应，叶鼎洛身体差，走几步就显得吃力。但步行也有好处，就是可让凛冽的寒气不觉得讨厌。

沈阳这座取"奉天承运"之意的奉天城，当时被称之为"新满蒙现象"。当年郭沫若在沈阳车站下车，繁华的街道和满街的日文店使他以为自己到了日本。叶鼎洛看了眼下景况，也不由自主地拿它和日本作比较。

叶鼎洛等租住在一条比较偏僻的胡同里，房子矮小，低了头钻进去后，见泥土墙壁是用纸糊的，靠里面也是一排土炕。住下后，第二天便在许君介绍下，大家进一所中学教书了。叶鼎洛教图画和唱歌，一个礼拜八节课，课程表排得不是太满，所以开学后不久，将带去的几本书看完，在一个黄昏的灯火里，便有了写作欲望。在那个纸糊小窗口前，趴在一张写字台上开始写《未亡人》。

一天，他去传达室，突然见到上海一家出版社寄来的中篇小说《驼龙》单行本的样书。此书讲述了一个烟花女的传奇故事。在这部小说中，有一个鲜明观点的，即为穷苦人说话。

叶鼎洛心情挺愉悦，新构思的小说，一天一天地写着，进展还算顺利。可有一天，他突然神经质地想到要搬家，本想避让女同事和女学生去躲清静的，不料搬去的那幢黄色洋楼是在南市场，这里原是一片普通的居住区，楼房也不高，有的楼房看起来有十几年历史了，显得老旧。叶鼎洛住下后，对这里的历史才有了基本的了解。大约十年前，东北王张作霖为了发展工商业，在这个奉天城修建了北市场和南市场，还有一个工业区。北市场以吃喝玩乐为主，多得是戏园子、当铺。南市场的中心就是八卦街，是当年最热闹的妓院区。八卦街有二等妓院八家，在它的小街上还有二十八家，这全是有名的，如金红馆、长乐馆等。另外还有多家"半掩门子""大炕"（辽沈地区下等妓院之俗称）。也有日本人的妓院，公开接客。为啥把"红灯区"开在这里？因为这里近邻火车站，关内关外来往旅客多。又因当时此地是外国领事馆区，有钱、有势、有闲的人多。

論文藝中的「境界」

叶鼎洛

唐朝的王維，能夠畫畫，也能夠做詩，時人說他的畫中有詩，詩中有畫。這澄思，就是說他的畫裏面有畫境，而有詩意，詩裏面有畫境，却沒有看見。王維的詩是美，能夠感到詩意，有遠，還中並沒有詩。不過看他的畫中是境界，看他的詩中畫在其中，能夠使讀者，王維是愛好自然的人。他的詩多寫田園村舍，古寺山林，他的詩能出於一人的畫來社。一人能詩能畫，詩畫雖是兩途，但都是出於一人的抒情寫景的作品，他的畫也就是他的詩，形式不同，內容則一，所以他的詩，也有畫意，這是自然之理，並不足奇，但以王維的詩畫上，來說明文學藝術作品中必須要有耐人尋味的「境界」，却能算是一個好沒有的例證了。

文學藝術品的讀者之回下，無不深深地被它決定的。因為，文學藝術品之能動人，境界愈深，動人的力量愈大。我們站在名畫和彫刻之前，會徘徊不去，忽了腹背的疲勞，聽悠揚的音樂，憂心旅的躍動，看熱烈的戲劇，這就是我們的精神，走到藝術的境界裏去了。文學藝術，必須要具有這種動人的境界，纔能算是佳美的藝術品，文學藝術作者，也必

文學藝術品在當代之感動人，就能集來成可傳之作，也只要能創製一件有如此境界的作品，就可以有文學，藝術上的地位了。陶淵明不為五斗米而折腰，委身失業，但一篇菊花源記，使當代不能不認為他是詩人，且詩人和其作品，永遠記載在文學史上。曹雪芹的紅樓夢，當時雖沒有書店和雜誌給他發表，自然有多少人給他傳鈔，留到現在成了文學史上的傑作。托爾斯泰本不是有錢的人，原該和許多餓臭漢人的富家翁一樣隨草木同腐，但因其作品成了名垂世界的文豪。杜斯退夫斯基是從因犯裏掙出性命來的，本可以和許多四犯一樓爛狗般死去，但因其作品，在歐洲享了不亞於托翁的大名。李賀短命而亡，但他的詩在唐代有特殊地位。黃仲則失戀飲恨，但終是清代一大詩人，三十歲就吐血死去。英國人不能不承認他是後漫派的詩人。比亞池

須要努力於這境界的創造上，不能創造這境界，就等於說是沒有使人感動的方法和力量，除了多文藝家藝術者，其畢生所耗之心血，除了用在研究方法，技術外，大部分要用在境界的創造上的。從事藝術者不知道通境界之重要，一味技法為要紛，他一定會逐漸降落到藝匠的路上去。

江陰才子叶鼎洛

二北西文化——第二卷

68

(14)

《论文艺中的"境界"》书影

那些日子,叶鼎洛生活中少了点限制,多了点放纵,每当发了工钱,手头有了钱,就望着近处这一带青楼,不觉心头荡漾。在他用过东北有名的蒜泥白肉或者酸菜白肉下酒后,跨着醉步就晃晃悠悠向青楼走了。

嫖妓可能是他身上的沉疴顽疾,那些日子,桃红柳绿的圈子中,便常常有了他的足迹。当知道他是写书的人后,这些躲避战乱的姐妹们,便趁机过来和他结识。妓女们都希望叶先生能将她们的不幸写进小说,让社会对她们有所理解。

叶鼎洛感到自己承受不起这样的担子,所以他在一篇杂谈中说:蒙她们不待我以普通的薄情,而我却以薄情来待这伤心的《未亡人》了。

其时正是春夏之交,百花齐放,叶鼎洛日则目迷五色,夜则醉抱一壶,颠倒于情欲之场,竟至失了自己的本性。如是者由春而夏,又由夏而秋,由秋而冬,其间恶病缠身亦有几次,而清夜酒醉,扪心自省之时亦有许多回。在失眠吐血之后,屡屡奋起自我的精神,重整自感浅薄无聊的工作,起而复仆,仆而复起,终于写成十分之七,而塞外则已经雪解冰融。

1928年开春,叶鼎洛去南郊的浑河写生,走到那里才发现城边上仍有大片的湿地、草滩、树林和麦田,竟不觉得东北的寒冷了。东北大啊,看到一个冰天冰地的世界,看到天空的一碧到底,内心就有一点小激动,他看着野景,寻找着写生角度。

第九章 养病的日子
（1928）

1928年3月21日，春分那天，叶鼎洛再次回到了上海。此时，上海的政治空气已经大不如从前了。

他没有赶上郁达夫和王映霞的秘密婚礼，听说规模很小，仅在南京路的东亚饭店办了两桌喜筵，请了几个比较要好的朋友。

这次，叶鼎洛还是住在法租界田汉的住处。几天后，听田汉讲到上个月郁达夫和王映霞已经从火车站附近的小旅馆搬到赫德路嘉禾里1442号居住了。心想：郁达夫是名气很大、对自己又很赏识的朋友，要不是身体有病，应当立即去拜访的。

他在田汉家一间光线很暗的偏房整理行李，将还未完工的小说草稿拿出来放到桌子上。

他的半部小说写了一个破落子弟君达与小姑母（一个被休了的贵族太太）的相爱之事。男主角君达内心总觉得这样的情爱不是正路，转而与另一个女子订了婚，并四处奔命，挣钱支持那女子转学外地，结果却被人家疏淡抛弃，最后生病悲惨地死去。

《未亡人》的背景与他生活的城市在某些地方是一致的：偶然有一道断涧，涧里头结着厚冰；有一座荒山，山上面也堆着积雪。其余便是极目荒凉的水滩，躺在萎靡的夕阳底下。

这篇小说以第一视角的主观镜头形式，作了一场平凡朴实的告白，一曲娓娓道来的倾诉，一次昭告天下的内心独语。叶鼎洛用他的文笔剥开了生活的残忍与虚伪，没有退让或轻佻，令每个读者心头一颤。N校的先生们直视对生活的不满与恐惧，设法在病态校园间取得平衡，梦想着逃脱一成不变的岁月。可是，正如叶鼎洛自己所述："我笔下的人物都在自己已知与未知的局限内，风风火火地想要做到最好，做那些忍不住要做的事，可最终都无可避免地失败，因为他们忍不住要做回自己原本的样子。"

他很想拉田汉过来谈谈小说，可逮不着机会，田汉太忙，到家了也总是给人一种立足不停的样子。你讲话，他也是注意力不集中的表情。叶鼎洛理解，他知道老兄还在创作《名优之死》的剧本。叶鼎洛对《名优之死》是了解的，早些时候田汉与他讨论过，他也帮助出了不少主意。

《八仙洞》书影

3月24日南国艺术学院要举行开学典礼，田汉告诉叶鼎洛，他这个私立学校，没有一个专门的行政官员，院长、科主任，全是兼职，连教务、事务也是由教授分管，具体工作由半工半读的学生去做。

田汉还特别提到留法归国的徐悲鸿，说他对这个在野的"私学"很支持，从南京过来义务兼课。

叶鼎洛由于身体原因，没有去参加开学典礼，三天后身体稍有好转，就叫了辆黄包车过去了。学院所在的西爱咸斯路，那时还是上海一个偏僻荒凉之地，路两侧散落着一些农舍、菜园、粪堆，甚至还有竖着麻石墓碑的坟地。

自从田汉的"私学"在此创立，荒凉的西爱咸斯路上突然多了一群生机勃勃的青年男女。叶鼎洛从大门口进入，看到这里的变化，内心的热情被一点一点地燃起。

田汉、欧阳予倩、田汉三弟田洪加上郑君里、赵铭彝、黄蔓岛、阎葆明等新招收的一批学生在门口夹道迎接。田汉向学生们介绍说："我的好朋友叶鼎洛，作家兼画家，他还有拉胡琴绝活，今后他来上你们的图画课好吗？"叶鼎洛有些诧异，他没有答应来这里教书，身体还没康复，心里对田汉越位做主有些不快，所以他的表情很复杂。当然，他出于礼貌还是向同学们招了招手，嗓音低低地说了声："共同学习！"

田汉领着叶鼎洛到各个教室参观，在一间教室里向他专门介绍了北平过来的艾霞。艾霞过来与他还握了手，说今后还望指教。说话时，脸上的小酒窝很明显。艾霞给他留下了热情、大方、漂亮的印象。

田汉看叶鼎洛愣愣的样子，笑了起来说："碰上美女，整个人变成个傻瓜了，喂，当心撞上墙。"

叶鼎洛任田汉说，他微闭着眼睛在回忆刚才一刻的情境，思想上点点枝蔓，让他很受用。

叶鼎洛的脚步就跟着田汉走，叶鼎洛看到一些女生长发披肩地在练习高视阔步的走法，而另一处女生则在练习低首行吟作旁若无人的表演姿势；再看露天上课的男生，有的在背诵台词，有的在作高谈阔论状；走到一个石库门的尽头，叶鼎洛还看到几个人坐在坟头，拿着一把花生米，边吃边笑谈着什么……

田汉说："这里的学生无所谓上课和下课，也不点名，爱听就来听，不想听，就不用来，非常自由！"

这就是南国艺术学院的学生生活。

田汉对叶鼎洛说："有不少人称我们学校为拉丁区。"叶鼎洛听后笑了一声，接着说了一句："倒蛮形象的！"叶鼎洛对"拉丁区"三个字有印象，那是说巴黎的一个地方，那里聚集着一批穷艺术家。此时，他对田汉从内心又增添了钦佩，对他刚才的越位做主也不再生气。一个有事业心的人，是应该得到大家帮助的。他已经想好，等自己身体一旦康复，就来南国艺术学院任课。

叶鼎洛从南国艺术学院回到住所，脑子里出现了艾霞的形象，她似乎用标准的普通话在对他说："叶先生，我在等着拜读你的新作！"不擅长叙说的他竟有了冲动，要找这个姑娘去说一说，想想天晚了，便打消了自己神经质的念头。

叶鼎洛睡了一夜，精神稍好些。黄大琳还在煤炉子上替他煨药，他就对黄大琳说："嫂子，太麻烦你了，等这个疗程的药吃完，让寿昌不要买药了，我差不多好了！"黄大琳用竹筷子捣动着笃罐里的药渣说："中药大多没什么副作用，多吃点，会起到巩固作用。"就这样，叶鼎洛找不到好的措辞来表谢意，就将他们的好藏在心间。

差不多住了一个月，感觉自己可以独立生活了，为了不打扰田汉，农历三月初三，他决定自己搬出去租房住。

20世纪30年代的郁达夫和王映霞夫妇

叶鼎洛搬了新址，离西爱咸斯路不太远，田汉等几个朋友过来探望过。

又过去几天，叶鼎洛起床后，就从箱子里再次翻出《未亡人》的未完稿，重新看了一遍，觉得写得不怎么好，想狠狠心把草稿扔到茅厕里去。走到半途，脚步僵持住了，手捏着书稿，想想毕竟花了十几个月的时间和精力，扔了觉得可惜，最后他自言自语说："为了艾霞，我要完善它，也算为自爱起见吧。"

他将书稿放到了桌子上，接着找出笔和纸，重新提笔写下去。这部书稿完成的日期是1928年的农历四月十三日（5月31日）。后来由上海新教育社于这年年底出版了单行本，1933年再版。

那一天，郁达夫找到叶鼎洛，他向好友透露，他要为所谓龌龊的农工大众搞一本杂志。叶鼎洛欣赏郁达夫做事的勇气和能力，但这位老兄缺乏韧性，他怕这件事难做长久。

很快便进入炎热的夏天，这时，田汉在上海滩上还在艰苦支撑着。他过来告诉叶鼎洛，他现在又有了新想法：第一要举办南国艺术学院暑期讲座，想从理论上统一大家的认识；第二想办《南国》杂志，以刺激创作。四年前他与妻子合办过《南国》半月刊，出版到第四期停了，这一期续接上，叫作第五期。第三还想再拾起破产的"造梦"计划，把半途而废的《到民间去》《断笛余音》两部电影完成公演。

叶鼎洛听到田汉一番演说，热情又被燃起不少，特别是听到他参与的电影《到民间去》要完成公演，他甚至想要回江阴接母亲和妹妹来上海，让她们看看他的表演。

他真觉得自己过去的日子是有些不可救药的，感到自己以前的萎靡不振，实在有改变的需要。田汉的奋斗精神是他行动的一个样板，尽管田汉的"新想法"，除了他自己主编的《南国》月刊和左明、赵铭彝担任编务的《南国》周刊终能发行之外，其他均未办到。可他毕竟是前进的一个人。

叶鼎洛关注着田汉，见他手下的人马离去不少，南国艺术学院也很快解体，内心无比酸楚。这世道要想做成一件事实在太难，因为整个社会都是颓废的。

这年7月的一天，叶鼎洛舅舅家一位溧阳远亲找到他，请他为新修的祠堂写一块碑记。

叶鼎洛思忖了一下便答应试试。随后就跟这位远亲去了一趟溧阳。

在那里，叶鼎洛游览了几个景点，史侯庙、昆仑桥，还有夏庄村的清宰相史贻直的故居等，留下了较深印象，回上海后，欲罢不能，即刻写成了一篇散文。在去日本休养前，他将稿子《到溧阳去》寄给了《大江月刊》杂志。

夜已深，我点上了蜡烛，独坐在这破旧许多人称为鸽子棚的小房中，面对着空无所有的冷冷的墙壁，而这隔壁上因为前一个月的大雨，从外面渗进来的雨水把石灰浸湿了，于是便变成了黄色，而且像人们生着疥癣的一般，成了那种不堪设想的情形。蜡烛的光无论牠怎样的耀着，这在这种时代的落伍者看起来，纵使像那些老凯萤一样在那裹发牢骚，然而终究起不上电灯。我对着牠的光，有甚麽辨法呀！不要说是白蠟做起来的，纵使这个有血有肉的我，也是无可奈何的，便是这個古时的人都点蜡烛，自譬自解說古时的人都有血有肉的，而这蜡烛的光亮确也是十分幽静的，可以不使视神经受强烈的刺戟，也可以養成恬靜的心情；但是有用嗎，我心裏終究凄然得很！

到溧陽去

葉鼎洛

《到溧阳去》书影

不几日，叶鼎洛的失眠症又加重了，白天在炎热蒸腾中更是神思恍惚。他稍稍鼓起的兴致，又如一堆纸灰，化为微尘而四散，看到什么东西都嫌烦，极细小的事情也可以让他冒火，于是他想逃避，就动了到日本去养病的念头。

1928年8月26日，叶鼎洛和S君等几个朋友从法租界出来，步行去码头。他们都不是富人，可为了让外国人不小瞧自己，都是一身西装，穿着皮鞋，打着领带，看上去就像洋派知识分子。一路上少不了乞丐向他们讨要钱票。S君对这些穷人没好态度，他有些窝火，最后说了句："我们也在讨饭吃，没钱。"

江阴才子叶鼎洛

《同志论》书影

> 同志論
>
> 葉鼎洛
>
> 人類是非合羣不可的動物,除掉死,休想達到絕對孤獨的境地,世間原無絕對的孤獨者,由人類結合而成社會。在社會中,人和人自然免不了要發生種種關係。把種種關係大部分區別起來,從前有五倫之說。五倫者,'君臣,父子,夫妻,兄弟(或姊妹),朋友'這五種人和人的關係是,歷史上的聖人之拿,所以忽然會想到這五倫之說的,原不過看出人類所有的關係,要不過分爲這五種,於是顺着那時勢,以這五倫作了人類相互間的關係的基礎,而且以保持社會或國家的秩序。這不過是許多辦法中的一種辦法而已。然而歷史上的知識階級,却把偷常的事情看成不可搖動的定律,甚且用這名義來殺了人,等到現在被有些人看作'其實,不亦衰哉!'的時候,已經通行了幾千年了。
>
> 這時代,那些古老相傳的話句,在青年們憤怒起來社會立刻暴燥起來的。人們儘可守於每一個人献出和愛之心,但對於倫常之說偏想一脚踢了開去。'孝悌忠信'的話,說的人似乎已經很少了。時代急遠地推移,'君臣的關係'第一被打

《脱离》书影

> 七月里的一天,天氣的熱度並不減於六月,寒暑表上升指九十七度,正午的太陽把原野的豐草的水分蒸乾,都平平地做一順皮臥在地上,煩燥的蟬聲,連續不斷地從遠近的濃蔭中發出。
>
> 這時候鄉間的一條小路上,有一個修瘦的青年挾着一捲東西在那里走着。看他是為太陽蒸的太利害,又似乎不敢荒棄一刻時間的,急急地向前奔走。作極強烈之反射的田野,

　　叶鼎洛有同情心,可他在养病期间,钱要用来买药吃,他只能保持不吭声,眼睛也不瞧乞丐。他怕瞧了一眼后,自己心里会发慈悲,就像在奉天,他的钱没少给这帮人。

　　他们几个从上海十六铺码头乘轮船。这次到日本是直航神户的"八幡丸"号海轮。

　　那晚风平浪静,轮船开到半途下了雨,接近海岸时,雨也停住了。叶鼎洛他们下了船,顿感雨后的清新。在码头惬意地作了几个深呼吸,眺望着大海,只见大海似安怡熟睡的婴儿,又像打着瞌睡的慈祥老人,他叹道:壮阔的海啊,人说天大地大,实际应当是天大海大!他还不想马上离开,同行者催促,他就说:"我要再看看这里的海!"此时,苍茫的天底下,几艘轮船漂浮在远处,似动非动;几羽海鸥不倦地展翅旋翔,时而飞离水面,搏击长空,划出长长的弧痕;时而扑入水

中，打碎自己的影子，惊起褶皱一滩。

叶鼎洛看到海鸥，他对远处的同行者说："我不参与党派之争，可我还是不能像海鸥一样自由，头上身上总有被缚的东西，为什么？"

同行者调侃他说："你不食人间烟火就能像海鸥一样了。"

他们一行步行到火车站搭乘火车去目的地，叶鼎洛的留学老师黑田清辉接站。黑田清辉当时身穿日式细筒裤和一件宽袖子衣服，见到了分别多年的学生，非常开心。他们作了拥抱，黑田清辉对叶鼎洛说："叶先生，你两颊瘦削了，但人看上去还是挺潇洒的，有名士做派！"他说的是日语。

叶鼎洛谦和地说："你也没变，更儒雅了！"同样说日语。

他和黑田清辉还站在一座铁路桥上望了一会儿野景。黑田清辉说这里有好多画家来画铁道，画房子，比较有日本特色。叶鼎洛随着人家的手，往一旁瞧：山脚下铁路的一侧是鳞次栉比的屋顶，好像一座座房子从山坡上滚下来的。越过这些房子，再过去一些，就是黑田清辉住的小木楼。叶鼎洛对黑田清辉说："六年了，这里好像没有变化，早知这样就不用你来接了。"黑田清辉说："但我家搬地方了，原来住的小木楼出租给别人，我现在住的地方比这里好，有一片水稻田，绿油油的很入画！"叶鼎洛同黑田清辉开玩笑说："搬地方说明人的进步。冒昧问一句，你那温顺谦恭的老婆没换吧？"

黑田清辉听了大笑："我是不安分的人吗？"叶鼎洛的日语还不错，老师听后直点头肯定。

他们住在黑田清辉家。

黑田清辉是画家，家里墙壁上挂着画了各种海景的油画。叶鼎洛对一幅幅靓丽的画羡慕得不行。善解人意的黑田清辉盘腿端坐在和室的矮桌前，他很自豪自己房间的布置，介绍时还嫌不够，起身站到叶鼎洛身边再作一番解释。他的眼镜片子泛着光，他上前指着其中一幅画说："好的风景也有时间性，比如这一幅画，看到了吧，是日落，日落比日出更优美。我明天带你去一个点先看日出，然后再移一个地方看日落。"

江阴才子叶鼎洛

黑田清辉居住的一条街

叶鼎洛说太好了,他几乎忘记了自己是一个病人,心情好了,精神也强了许多。晚上黑田清辉招待吃寿喜烧(火锅),他一连吃了好几块牛肉切片,一边吃,一边还大赞老师手艺好,调料合口。黑田清辉听得很受用,牛肉切片就全让给了叶鼎洛吃,自己专吃莴苣豆腐和魔芋丝。

9月12日,叶鼎洛对半个月的日本生活有了新认识,便按捺不住激动的心情要找朋友谈心得体会,在黑田清辉家用毛笔蘸墨给好朋友田汉写了这样一封信。其中讲到:"我到日本来,自以为想读书,其实只好算养病。一个人的精神涣散到了这个地步,还想读得下什么书?!为今之计,养病比读书还要紧,一切的事只好等精神恢复起来之后再说。所以你劝我说到N海岸不如到下市,N海岸是无味的。你实在还不知道我的苦处,我现在讲不到什么味不味,就是再有味的事物也看来很淡漠而无味的,'味'之一字只好等精神恢复时再说吧。然而我的精神能不能够恢复,也还是不得而知。"

"在'南国'时,大家东倒西横,还不觉得我怎样萎靡。来到日本,和这岛国的人比较,相形之下,我就明明白白是个病夫子。在街上走路,大家都要朝着我看看,大概是见我的面孔这么黄,步伐这么慢，都在那里奇怪。我想到这里就异常痛心，异常气馁，有些时候更灰了一半心。"

"N海岸的风景不算坏，既有青山，又有绿水，可以吸到水上的清风。可以听见山涧的鸣瀑，但是这些东西都好像和我隔了一层薄膜，感不到什么好处来。所谓好图画，好音乐，终究为有好精神的人而存在，精神残缺者是享受不到的。我现在正是个精神残缺的人，任是再美丽的东西也引不起我的心的共鸣，又何从去享受这些快乐？唉！这种苦处是没有方法告诉第二个人的！总之，我是飘摇终日，无所适从，一天到晚恍恍惚惚过着漫无目的的日子，又好像闷在一只暗铁箱中喘气，自己也不知道我的心板上起了些什么纹路。或者竟成了一块光板也未可知。即如那天你送我们到码头上，照理而论，我就是再懒得说话，当那别离之顷，也应该稍稍有一些感情，和你说一两句话；可是我和你握了一握手之后，竟糊糊涂涂走到舱里去了。等到S君提起你，我才觉得似乎少做了一件事，但是再出来看你的时候，你已经早走了。这一类的地方，我想你或者会奇怪我的态度有点改变，那么就这一点改变之处，你便可以推想出我的心状来了。"

田汉接收到了叶鼎洛的信，他手头杂事太多，也没顾得上回信。

叶鼎洛和S君等几个在黑田清辉家住了一段时间就搬家了，他们搬到了山背后的一座小屋里。

临走时，黑田清辉对叶鼎洛谈起田汉致信日本作家谷崎润一郎的事，并向叶鼎洛了解一点田汉的情况。

叶鼎洛向日本的这位老师解释了《南国》复刊的原因，尤其讲到田汉创办这个刊物与易漱瑜的密切关系问题。叶鼎洛说："在易漱瑜去世后，寿昌的心境似乎是暴风雨后的春朝了，他渐渐能够看清自己的航线，渐渐能够奋发自己的元气了。他想要做点他所能做的事。于是乎，才又出《南国》这本杂志。"

黑田清辉对田汉写的《苏州夜话》和《湖上悲剧》，还蛮有印象。然而，这次叶鼎洛告诉他："寿昌现在恐怕已经写不出那些东西了，心境变了。"

江阴才子叶鼎洛

叶鼎洛是极了解田汉的人之一,他认为本身的因素是最主要的,他想要的东西太多,能顾得过来吗?

叶鼎洛和S君等几个人搬到山背后那地方,离集市的街道远了一些,好处是清静。人站立在走廊上就可以望见海港,住的庭园中还种了些鲜花,带着些寺庙的冷落气息,无论养病,无论看书,都是很适宜的。然而在叶鼎洛看来,这里又过多地增添了一种异国的寂寞。寂寞也是叶鼎洛最害怕的。

他每天醒得很早,凌晨5点,天刚蒙蒙亮,就穿衣起床了。洗过脸,轻轻推开窗扉,便见到鸟儿在枝叶间活蹦乱跳,啁啾呢喃;他喜欢将整个脑袋探出窗外作深呼吸,花草的芬芳便会浸淫鼻翼,芬芳里夹杂着缕缕海洋的咸味。看书看累了,他也喜欢外出散步,漫步卵石小径,缀满枝头的是火红火红的苹果、青红相间的海棠果,还有赤黄的柿子。叶鼎洛最欣赏日本人对植物的保护,树上的果子基本让其自然生长,所以果子都能长熟,最后落地,成一些鸟类和小动物的粮食。

叶鼎洛在寂寞中,曾经耐心地看完一只小松鼠吃完一个苹果。

那天回来,他有了决心要读完永井荷风的《江户艺术论》一书,他对自己说:"我要像小松鼠一样花半天时间做吃一个苹果的事,做事耐心是第一的!"他看到书中有这样一句:"苦海十年为亲卖身的游女的绘姿使我泣,凭倚竹窗茫然看着流水的艺妓的姿态使我喜。"他认为也算写到家了。

他觉得人比起动物,浮生幸福得多了,一些所谓伤感也是心造的。

茅盾

他这次日本之行最大的收获就是结识了茅盾。茅盾早年也在安定中学读过书。他告诉叶鼎洛,他是1913年从安定中学考入北京大学预科第一类的。叶鼎洛告诉茅盾,说他是1915年到安定中学当图画教员的,那年十九岁。说时还取下了眼镜,一边撩起衣角擦拭镜片。

茅盾没有戴眼镜,他给叶鼎洛倒了一杯白开水,回到座椅后说了一句:"我有些孤陋寡闻,走出中学校门后,几乎就没有回去过,所以对后来的老师,就一概不清楚了。"叶鼎洛戴好眼镜后,附和一句说:"一样的,我老家都很少回,基本上是把他乡当故乡了!"

两个人叙着旧,讲得挺投机,虽然之前没有见过面,但当彼此了解这一段历史后,他们内心都平添了一种亲切感。茅盾还幽默地说了句:"当时虽然没见过面,但你的身份是教员,我是学生,我还应该喊你一声'叶先生'呢!"叶鼎洛见茅盾这样谦逊,有些不好意思起来,他讷讷地说:"不,不,不要客气,在写小说上,我还要向你讨教!"

一番寒暄后,茅盾向叶鼎洛讲了此行日本的意图,说他是7月来日本的,是为了躲避国民党的暗杀,他在日本写着长篇小说《虹》(未完)和《从牯岭到东京》等。

叶鼎洛知道茅盾是他的笔名,他原名叫沈德鸿,字雁冰。他一般就用毛笔写作,书法可谓清楚俊秀,看上去就像一幅艺术作品。

两人谈起写作,谈起书法,叶鼎洛说自己的书法写得潦草,没有写好的心思,所以一开始就挑怀素等人的作品临习,终究没正形。茅盾强调说他之所以要认真书写每一个字,是那年中学毕业,报考北京大学预科每一类时,考卷上的名字写潦草了,发榜时没有找到沈德鸿的名字,寄来的入学通知写的是"沈德鸣"。从此,他写字就一笔一画,端端正正,从不草率,而且一直用毛笔正楷书写。

叶鼎洛感叹自己没有人家的恒心,小说上也没有人家的那种大气场。他忽然认识到,人与人无法相比,人也不能以貌取人。想到面前这位半老乡,个子也不高大,长相也说不上英俊,可谓嘴上有词、肚里有货的一等人物。

叶鼎洛不是装腔作势的那号人，凭他这一年发表的小说、散文、戏剧、画作，数量上也是很可观的，可他在茅盾面前则轻描淡写地说："我写的小说不长，长些的杂志两三期也登完了，一年就十几篇稿子，值不得说的。"于是转移话题，与茅盾谈到了国民党左右两派之争，各地军阀不听中央，而国民政府内外的污浊、黑暗，眼见国家日益衰弱，共产党力量又太弱，内心不免产生郁闷心情。在国内生活不下去，日本也不是桃花源。中国政治和社会时局，一直是他心情郁结之源。茅盾感叹人生短暂，所以他想利用躲避日本这段时间，排除干扰，写些东西。

苦闷着的茅盾还与叶鼎洛谈到所谓命运的问题。叶鼎洛反问茅盾："一个人有运气好与不好吗？"茅盾先低下脸庞，然后扬起，眼睛看着叶鼎洛一会说："运气好与不好还要看自己的把握能力，把握好了就是运气好。"茅盾接着举例说自己几次脱险的经历，事实证明，运气靠个人掌控。他对叶鼎洛说，他不相信宿命论。但有时又觉得，在现实生活当中，运气这个东西，确实是存在的。叶鼎洛笑了一下。显然，他对茅盾的回答是满意的。

叶鼎洛心想：茅盾这个人眼界高，做不出成绩还是少去与他接触，免得受到轻视。

那次与茅盾见过面后，叶鼎洛想自己今后也要排除些干扰，再抓紧写些东西出来。回国时，他就没去再与茅盾打招呼，怕耽误人家宝贵时间。

1928年农历十一月初五（12月16日），叶鼎洛从横滨乘坐轮船回国。这次他的老师黑田清辉送了好些书让他带回中国，其中有一部是古典文学作家紫式部的《源氏物语》，还有当代的谷崎润一郎、佐藤春夫、志贺直哉、芥川龙之介等人的著作。

黑田清辉特地介绍说《源氏物语》在日本很有影响，是日本古典小说翘楚，有点像《红楼梦》在中国所处的地位。

他给老师留了几幅油画作品，其中一幅画的是记忆中的石子街，画功非常精细。

送这幅画时,叶鼎洛对老师说:"我的整个童年时期都是在这条老街上度过的。缘于最原始的记忆,我对老街总有一份难以割舍的情愫。我仅仅画了一段,好多东西入不了画面,比如街尾还有两家理发店、一家客栈、一家染衣坊。开客栈的是一对和蔼可亲的老夫妇,街上的孩子都叫他们姨公、姨婆,客栈门口常有人在聊天,走南闯北的人喜欢显摆他们不凡的见识。染坊门口支个灶放上一个大铁桶煮染料染布,一般都是将白布染蓝或染黑,更复杂的工艺也做不来。"

他有些哽咽,一会儿又说:"我家那条街的中部还有一家做衣服的车缝社,一家织渔网和一家做雨伞的店铺。车缝社里有几台衣车,每次过那里总见师傅们埋头忙活,机器轧轧有声。而隔壁织渔网则是一幅无声的画面,只可惜织网的不是美丽的渔家姑娘,而是几个老头老太。据说他们是从安徽来避难的地主,跑到我们江阴来,可仍然免不了遭强盗抢的命运。雨伞铺里堆满了伞托、伞辐、伞柄等原材料,让人感到不可思议的是,这些不起眼的东西组合起来糊上棉纸,画上图案,刷上油漆,漂亮的油纸伞就做成了。"

黑田清辉看着画,说:"经你这么一说,这幅画更值得收藏了!"

叶鼎洛笑笑说:"自然的了!"

黑田清辉送叶鼎洛时,情感上有些难舍,眼睛里总觉得夹着了沙粒,禁不住要掉泪水。

叶鼎洛向夜色中的老师挥手,轮船在汽笛声中启航,眼睛里的陆地开始变得影影绰绰,最后成一条模糊的黑色地平线。

叶鼎洛看着这一条黑色地平线,他想:我离开岛国,身体虽然恢复了许多,但在这个社会动荡、纸醉金迷的乱世,只做一个有理想有抱负的文人,前途就只有饿死,而且国内兴利除弊无法实施,也无益于国家前途的美好,而个人前途就更像这海一样黑暗了。

这一年,由现代书局印行的中篇小说《乌鸦》单行本出版,1933年再版。

第十章　参与《大众文艺》编辑

（1928—1930）

叶鼎洛回到上海后，就叫了辆黄包车赶到创造社的办公地点闸北宝山路三德里。本来想让郁达夫先作工作安排，然而，郁达夫不在办公室，他便再让黄包车拉他去郁达夫的家。

郁达夫在家，对他说："王映霞马上要生孩子了，我只能守家里了！"郁达夫安排叶鼎洛帮助他处理《大众文艺》编辑工作，让他明天就去创造社办公。

叶鼎洛碰上爽快人就开心，工作落实心情自然高兴，讲了一些日本见闻，一边将几样东西亮出来。郁达夫接叶鼎洛递过来的书，一边翻阅着，一边连连说好。

叶鼎洛介绍着那几本日本作家的新作，两人叙着旧，一会儿就到了吃饭时间。

郁达夫要拉着叶鼎洛上饭店吃。叶鼎洛说："算了，在家吃碗泡饭就行，我一路走得渴，身体缺水！"

当时与叶鼎洛一起参与编辑的夏莱蒂是松江人，名医夏仲方的胞弟。此人崇拜郁达夫，亦步亦趋地学郁达夫的颓废。曾在郁达夫家中亭子间里住过几个月，经常赤身露体醉酒，被王映霞下了逐客令，才不得不迁出。在上海，与他往来的有三个青年人，林微音、朱维基和芳信，文艺同道者，属于一个三朋四友的文艺小集团。这三人的领袖就是夏莱蒂。他们办过一个小刊物，名为《绿》，因此他们的集体就称为"绿社"，但没有办下去。郁达夫请他出山，他当然非常乐意。

叶鼎洛在去日本前就知道郁达夫在酝酿办刊，为这本月刊的名字，还向叶鼎洛征询过意见，他先说想起名为《大众文艺》。叶鼎洛知道这四个字是从日文里来的，但是有自己的意思。郁达夫对刊名作了这样的解释："文艺不应该由一社或几个人专卖的，而想办的周刊仍想名它为《多数者》。"郁达夫又解释说："我以为多数者的意见，或者可以代表舆论的。"

叶鼎洛后来担任了杂志的副主编，他替郁达夫解围时解释说："我们也没有名利上的虚荣……我们尤其不想以裁判官、天才者或个人执政者自居，立在高高的一个地位，以坛下的大众作为群愚，而来发号施令，做那些总司令式的文章。我们只觉得文艺是大众的，文艺是为大众的，文艺也须是关于大众的。"

在这当中，叶鼎洛和郁达夫的观点是一致的，显露了他对创造社在提倡无产阶级文学运动时所患有的左倾病的某种讥讽，并表明了他们创办《大众文艺》的目的，完全是为了广大人民群众服务，是提倡文艺大众化的一种刊物。

当时出版《大众文艺》是冒着相当大的政治风险的，当杂志出到第五期时，叶鼎洛就发现不时有些形迹可疑的人在暗中盯梢。为了预防不测，第六期的稿件编辑后，叶鼎洛就掩护郁达夫脱身离开上海。郁达夫便于这年年底辞去主编职务，到西子湖畔躲避了一段时间。

郁达夫离开后，叶鼎洛的日子更加困难，每天连上厕所也有人跟踪，无奈之下只得于1929年1月25日离开上海先到南京的朋友家暂作躲避。

叶鼎洛离开时，连现代书局印行的短篇小说集《男友》

《大众文艺》封面

江阴才子叶鼎洛

的样书也没有去取，仅带了黑田清辉送他的那部砖块一样厚的日文版《源氏物语》，上了长江轮船便开始继续认真阅读。

读了这部庞杂、冗长的小说，叶鼎洛就不禁想：男性泛爱滥情而女性守情专一，莫非竟是男女各自的本性使然？

《源氏物语》这部小说，对叶鼎洛后来的小说创作起到了补短板强弱项作用。

这时期的南京，由于蒋介石在全国范围部署"削藩策"计划，为蒟除实力派势力，南京街头各处有戴笠的特务组织在活动。

无奈，叶鼎洛在南京没住满三晚，便转换两次轮船，赶到了厦门。

叶鼎洛脱身离开南京时还搞了点化装术，装扮成一个洋妞模样，带着一个大行李包躲开国民党特务的跟踪，赶到了下关码头。叶鼎洛于1929年1月28日乘长江轮船到上海，次日改乘海轮到了鼓浪屿，进了住处才卸下女子装，让先期到达的南国社成员一个个都笑歪了嘴：

"不愧是电影演员，了不得！"叶鼎洛笑笑说："环境如此，不使小招，脱不了身，黄浦滩的特务个个像蚂蟥叮鹭鸶脚，连一只苍蝇也飞不过。"

田汉和洪深比南国社成员晚走几天，约大年三十才从上海登上去广州的海轮，途中路过厦门，两人一同到了鼓浪屿，并登上郑成功的练军台游了一回，然而却没

《苦恼中的享乐》书影

男友

龔鼎洛

他這次脫離FN學校的原故，別人都祇知道學生不滿意於他的無責任心，但是他自己確知道許多的原因都驚不得什麼，最重要的是因為自己和一個學生要好的一件事，因此才使五百多個學生覺有四百個反對他的。

他以為這件事本來極平常，而他們竟把來做了他最大的罪狀，所以他很有些好笑而不平，因這道理，所以他也不賭人家，就把這件事來公開了。

FN學校是W省首屈一指的學校，一般人當指為W省文化的中心的，正在泰山挽抱的C城的南門外，背山面水，地處高岡，學生從四下農爬山過嶺而來，離開賣土泥磚的山村，一旦能敷取餘在這半中半西的巍然大廈中供養育，個個都自滿己享夢了都會的文明了；而他剛從比那裏更繁華的豪鄉跑到那裏，却看那些東西都是頹發敗垣，蕪蕪滿目，而那些學生又個個豹頭環眼，飽背牛腰，還自岸然自傲，比起他家鄉的小朋友，以及自己小肚子的風度，無端使他嘻中絕含一些敵意，他偶於周圍的感覺上，越不痛快。

不過因為這一層道理，反激起了他一片好奇心，他偏偏要在那泥沙中間淘一些金子出來，看看那裏究竟會不會有比較美好一點的，他然不論上課退課，在學校裏在街道上，冷眼觀察起來，一個一個從他們的姿勢上，身材的比較上，皮膚的色澤上，眉目部位上，面都表情上，仔細的審判起來。

還是無疑的，任是一樣極極不出奇的東西，祇要你加以注意，軟會發見了奇趣，最後那一粒金子的光竟閃了出來，被他發見了

一個清俊的C君了。於是他把這日來的威懾，這將來的一點光榮，時時和幾個投機的同事講，如一個獵人獲得一重大的野物回來，要便別人增加他自己的快活。

本來一般青年教員們，在教台上直着喉嚨喊了一天下來，正要找一些滑賸黃昏的嫺樂，對於這種批評年輕學生的美醜的事也是勢所必然的。其中有位名義上擔任訓育主任的，開起正式會議來貢獻意見最多的，學生犯了過錯就要叫到屋裏去恩威並地勸誠的教育教員T先生在平常沒有人的時候最是風流自賞，聽到了這一宗最近他的新發見，格外的深表同情，並且把那K地方的小弟弟的來信的意思告訴大家，似乎是表明自己有這樣例外的福分，又一勞鼓勵他說：這是退樓用心，如果異的合意，就不妨結識一下，也是一時的癮事。這一來教員中竟有好幾個知道了這個人了。幸運的C君，就成了一般敎員的注意物，可愛的小學生，自從聽了T先生一番經驗之談後，越發的目光追隨着。師他呢，自從那一角在C君身上溢幾分媚愛。

有一次是殘冬的晚上，院子一角在C君身上一層凍雲，夜寒過得他不能在房中做事，鄰着門虛迎處上低低哼着些京調，常常用銅爐不像的W地方話語碼和他說話的，他聽了這聲音，推開房門，走了進去。

哦！——念念不忘的C君也正坐在火盆旁邊呢！——於是他們這一件事就從此起頭了。

那時他心裏覺好生誘勘，如恭臨愛會一樣，好好的一張發子到C君身邊，坐了下去。當時除開Y先生，C君和他自己外，

《双影》书影　　　　　《白痴》封面

有去厦门城里看望先期到达的南国社同仁。据说是田汉和黄大琳闹着别扭，洪深考虑到人家情绪，没有坚持进厦门城，他深知田汉脾气古怪，犟不过他的。

那几天，叶鼎洛等聚集鼓浪屿的南国社成员，开了一次碰头会，布置了在厦门的一些活动。完后各自寻找生路：都是文化人，大部分人选择当教员。叶鼎洛想，厦门地方小，学校可能不开美术课，再说自己在长沙当了两年多的美术教员，没新鲜感了，自己眼下要写小说，没时间浪费在去帮对图画兴趣不大的学生身上。所以，这次他将集体的演出活动完成后，就独自上街碰运气，先进了几家书馆，与人家说自己出版过几本书，在长沙、上海等地主编过文艺类杂志，个人想在书馆供职，当个编辑什么的。对方听他讲到的杂志和出过的书，比较有印象，觉得是一个有水平的人，就留下他了。

吃饭问题解决后，夜深人静，叶鼎洛忽然想起不久前在南京的遭遇，感触颇深，便铺开稿子，提笔写了一篇随笔《江上行·南京的一瞥》，此文后来在上海的《真美善》杂志发表。

叶鼎洛在书馆当编辑期间，还利用工作之便，常到别人不去的一

叶鼎洛（右二）

些街巷去了解民俗民风，做了不少文化考察之事。

　　这一年的上半年，现代书局前后帮助他印行了三本个人集子，其中有《双影》（中篇小说）和《白痴》（短篇小说集）。几本书的出版，给叶鼎洛带来了很大声誉，此时的叶鼎洛，在当时的中国文坛，已经算得上一个活跃人物了。

　　这时候的厦门，随着一场又一场的秋雨，进入了秋天，早晚间要以厚外套加身了。可到中午，太阳稳稳挂在头顶，气温一下子升到摄氏二十七八度，园中花开得正紧，草木茂盛，昼夜间皆可闻得花树草木被气温逼出体外的醇厚之香，这气味时时令他沉迷、错愕亦恍惚。这个月里，季节上的倒错，温度上的熟悉，令他惊异地发现，自己第一次完成了时间意义上的逆行或穿越，从一个正在历经的秋天中蓦然转身，再次迈进了夏天。

　　11月他的生日，没有雪，也没有冷汛，甚至是暖和的。站在窗前，能看见整个园子的全景。园子里百花虽落而百树正荣，所有大地上的颜色皆不缺失，红橙黄绿蓝靛紫，包括黑与白，无论在阳光下，抑或于偶尔的雾霾间，皆繁盛得如一幅幅饱蘸浓彩的画作，引得深谙北方冬天的叶鼎洛一次次惊诧。生命的大部分时间几乎都在各地漂泊，他对北方的某些风物，早已无形中印染了特定的符号，而似这样的冬天，这样的生日，是全然不曾经历过的。

　　1929年10月，北新书局锦上添花，又帮助叶鼎洛出版了一本短篇小说集《他乡人语》。这是叶鼎洛与北新书局总经理、江阴同乡好友李小峰的第一次合作。小说集中大部分作品是描写厦门的，主题涉及青年的无奈与压抑、欲望和沉沦之类。这部作品对于后人了解20世纪20年代真实的厦门市井生活很有帮助。

《他乡人语》封面

第十一章 两次见鲁迅

（1930—1931）

1930年2月，叶鼎洛在厦门避了一年多的政治风头后，又悄然回到上海。此时恰好《大众文艺》编辑部要召集创造社、太阳社的十几位作家举行"文艺大众化"座谈会，同时就"文艺大众化"专题向各方征文。叶鼎洛受郁达夫之托，在会上作了发言，大额头的郭沫若见了他，还上来揶揄一句说："现在看来，鼎洛兄是不厚道了，当了官也不请客。"叶鼎洛红了脸："什么官职，受人之托而已，与你比，绿豆芝麻官也不是。"

陶晶孙接了话茬儿，说："鼎洛兄，不要客气，你回来了，我不是也受你领导了吗？"郭沫若听了这一句打趣后，又调笑一句："鼎洛兄，我不能放过你了，不请客说不过去，说个酒馆，我去点单。"叶鼎洛只能就范。

接踵而至的3月1日，《大众文艺》第二卷第三期刊发了座谈会的发言记录及七篇应征文章，作者分别是沈端先、郭沫若、陶晶孙、冯乃超、郑伯奇、鲁迅和王独清。这一次鲁

鲁迅

迅也来了，叶鼎洛第一次见他，人瘦，个子很矮，嘴唇上留黑漆漆一排胡子，头发像刷子一样竖立着，穿的是长衫。没有大作家的架子，进门后主动与叶鼎洛握手，让叶鼎洛感到意外的是，先生的手较一般人阔大，还很有劲道。

鲁迅用浓浓的绍兴口音说话，脸上挂着微笑。他说："我读过你的《男友》里几篇，是依据事实的文本，我较之赏识《宾泽霖》，我们做文章的人千万不要去为阔人说话，要为穷人争取言论。"叶鼎洛顿时就感到这个鲁迅的确高人一等，讲话简明扼要，可又句句切中要害，一双眼非常厉害，文章好坏，疾风骤雨般就给出结论。他在内心又添加了对鲁迅的一份敬意。

那次座谈会气氛很热烈，大家畅所欲言各抒己见，当暮色起来时才纷纷离去。

座谈会结束后，叶鼎洛又开始忙《大众文艺》的事，一些稿子要与作者商量修改事宜，回途时在火车北站又一次碰到了江阴同乡作家胡山源。

胡山源比他长得略显阔胖一些，精神面貌要比他好不少，给人一种踌躇满志的样子。叶鼎洛望着脸色红润的胡山源打趣说："听说你娶了新娘子，什么时候也让兄弟见见！"

胡山源抱歉说："去年年底的事，朋友也没叫几个，完全是西式婚礼，当时你在厦门，也请不到你的。"他对叶鼎洛是比较客气的。

叶鼎洛问到近况，胡山源告诉他，去年秋天他从开封返回到杭州之江大学教书了，这次到上海是为了领取稿费。说他去年的一本译著《日本和日本人》，世界书局帮助他出版了。说着，从一个藤箱里拿出一本，说："送你一本！"

叶鼎洛接了书，翻着书，私下就想面前的胡山源，也是了不起的人物，英文、日文、俄文竟然都能来一下，他身上有太多的东西可以学习。

叶鼎洛翻着书，胡山源看看到吃饭时间了，就充满热情地说："我火车发车还有两个小时，有时间我们就一起吃个便饭。"

他们就在车站旁边一家小饭馆吃了饭。

吃饭过程中，胡山源提到了去年写的一篇小文章《开封的风沙》，说还没找到地方发表。他本想说《大众文艺》能否帮助刊登，可话到嘴边却没有说出来。

他这个人不太喜欢将人情带进文坛，托人情发表稿子，觉得在知识分子身上，也是一件蒙羞的事。在他看来，一篇别人不能替代的文章，即便短时间内没有发表，也不会有多大损失，就当没写好了。

《回乡杂记：在路上》书影

他们吃好饭，就开始喝茶。

这时胡山源提到了叶鼎洛出的《男友》《双影》《白痴》几本书，说自己的文章，拿来作比，完全两码事了，特别是《双影》，简直太完美了。

叶鼎洛愿意别人说起《双影》，因为这部小说是他非常用心写的，作品里有他要说的东西。

但他在同乡面前也不便太过吹嘘自己，想想胡山源在咬文嚼字上比自己有能耐得多，他谦虚了几句又赶忙引开话题。他讲到了胡山源他们办的《弥洒社创作集》，讲到了三年前因钱江春得伤寒病故后，《弥洒社创作集》停办，使得《三年》未能登完。叶鼎洛出于内心的敬重说:"《三年》是细致的,情真意切,一切文学就应当如自传般的真。"后来叶鼎洛又将话题回到他目前编辑的《大众文艺》。

胡山源无奈地说:"鼎洛兄,想不到你们所支持的文化活动竟成了左翼文坛讨论文艺大众化的滥觞。"叶鼎洛一副无所谓样说:"这一问题争论不休的,你看吧,今后有关文艺大众化一直会成为我们中国文艺界的重要话题!"

20世纪30年代的胡山源

胡山源用异样的目光打量着对方说:"郁达夫一度鼓吹文学上的阶级斗争,提倡农民文艺,但是他却质疑创造社无产阶级文学的主张,认为在当今历史条件下,根本不可能产生所谓的无产阶级文学。你认为怎样?"

叶鼎洛接过去说:"我们推出《大众文艺》,并在创刊号上为大众文艺释名,其目的就在于走出一条与创造社不同的编辑路线。我们所希望的是让文艺回到大众的手中,而不被局限隶属于一个阶级,以及声称不想以裁判官、天才者或个人执政者自居,我们影射的正是后期创造社空疏的文学主张。"

后期的创造社,由于受当时国际国内左倾思潮的影响,理论倡导和文学活动不免带有教条主义、宗派主义倾向,在"革命文学"论争中对待鲁迅、茅盾等作家表现出了偏激的情绪。两个同乡都关注着上海的文学风向。

所以,胡山源才对叶鼎洛作肯定,说你们勇气比我们强,原来是感叹自己有些弱。叶鼎洛说:"有这个心意后,在实际的编辑工作中,我们仍旧遇到了困难,所以我们前六期,几乎是一本专门发表译作的刊物。达夫兄在接连几期的编辑余谈中也坦率承认这方面的缺陷。"

胡山源深有同感地说:"我们忙于应付,一时也写不出合适的大众文艺作品。"

叶鼎洛说:"与其粗制滥造,硬写些不相干的肉麻东西出来,还不如贩卖外国货来得诚实一点。"

胡山源又提到陶晶孙接编《大众文艺》的事,说:"尽管他能邀集左翼团体中意见不尽一致的各方作家共同参与大众化的讨论,但《大众文艺》的创作一栏仍不见大的起色。"

叶鼎洛说:"所以现在让人不得不对大众化讨论的社会文化功能产生怀疑——其最终关怀是创作实践,还是另有他图?"

事实上,"文艺大众化"讨论只是一个可供人们对话交流的语言空间,它为讨论者提供了基本的词汇以及背后悄然运作的话语机制,与大多"文艺大众化"讨论的主导者和参与者不从事创作活动相对应,这一话语机制先天地排斥实际的创作经验。

叶鼎洛与胡山源还讲到了田汉的剧本,叶鼎洛觉得文字上显得粗糙,但一些剧本里面有筋骨、有气势、有力量。胡山源接

叶鼎洛绘《T君像》

着说了自己的看法，说："文学最基本的东西是什么？就是写什么和怎么写的问题。"叶鼎洛接着说："写什么关乎胆识和趣味，怎么写关乎聪明和技巧，这两者都重要，而且是反复的，就像按水中的葫芦一样，按下这个，那个又上来。"胡山源最后说："强调这个，强调那个，近几年没有停止过讨论，但目前，我们在强调怎么写时，更应该强调写什么，内容问题比较让群众好接受。"

在两个江阴人大谈文学走向时，国民党文化围剿又开始了。然而，这节骨眼上，中国左翼作家联盟却在这种白色恐怖下，毅然借窦乐安路233号（今多伦路201弄2号）中华艺术大学的地点，召开了他们的成立大会。

鲁迅提名郁达夫为发起人之一，郁达夫不大愿意，后来终于退出了。他觉得自己似乎只有当教员，或做公务人员。

郁达夫的想法和叶鼎洛、胡山源的想法基本一致，他们对官场的黑暗、倾轧、狡诈非常讨厌，而叶鼎洛对满嘴官腔却不肯承担一丝责任的某些官员尤其憎恨，所以对左翼没有兴趣，一直远离这块阵地。

葉鼎洛之傷感

哀根

小說家葉鼎洛自從在開封師範執教以來，已經有四五個年頭了。他初到開封之時，對於小說的創作，頗爲努力。他的Bohemian的愛，即在其時草成，發表於民國日報文藝欄。可是近年來他就大不然了，輕易不寫；偶爾一寫，也不過是某女郎「一走一扭，一扭一笑」，「一笑一齒露」〔葉氏原句。見文藝月刊仲春午後〕之類的悠閒文章。這或許他的個性就是如此肥？不同了。你看他在青年畢六月號中說的「人到中年，被醜惡的人間濁事逼到苦楚不堪，只得想逃到自然界法，但世界原沒有世外桃源，就是做陶淵明在現世也是辦不到。那些苟子，是如何的帶着傷感的氣氛呵！」

《内外什志》中关于叶鼎洛的记载

1930年4月19日，赵景深续弦，娶了北新书局总经理、江阴李小峰的妹妹李希同为妻。赵景深邀请了鲁迅、郑振铎、李健吾、许广平、姚蓬子、顾一樵、叶鼎洛等七人。鲁迅夫妇赶来庆贺后，回家用毛笔写了这样一篇日记：下午雨。李小峰之妹希同与赵景深结婚，因往贺，留晚饭，同席七人。夜回寓。

这是叶鼎洛第二次面见鲁迅，这次让他更细致地观察了鲁迅。在叶鼎洛看来，鲁迅是一个很真实的人，说话虽然尖酸刻薄，但他是为弱者说话的人。这个身材很矮小、貌不惊人的老头，不知他的天赋异禀从哪儿来的。这么一个不起眼的人物，何以能成为人们的崇拜者？叶鼎洛认为，还是因为他耿介而无奴颜媚骨。

在那次婚宴上，鲁迅讲到拜见袁世凯的往事：1912年，南京中华民国临时政府成立之后，他接受当时教育总长蔡元培的邀请，出任教育部社会教育司第一科科长。

鲁迅在桌上问到叶鼎洛留学日本的情况，叶鼎洛告诉鲁迅，他在日本学西洋画，后来才转向文学的。鲁迅笑笑说："我为什么要弃医从文呢？"他自问自答说："是因为我看到日本人那么欺负中国人，而咱们中国人却不敢反抗，还这么让他们欺负。在日本那些年，我才知道中国人的精神意识是多么的浅，于是我就弃医从文，用文章改变人们的精神意识。"叶鼎洛说："我没有先生说得那么深刻，但我内心是这样想的。"鲁迅说："我常听达夫说起过你，他说你很有天赋，艺术门类样样在行，不过一个人精力毕竟

李小峰

叶鼎洛绘《归家》插图

有限,还是要有一个主攻方向,文学就是文学,画画就是画画,做什么都要懂得抓住中心和重点!"

叶鼎洛感到自己今天最幸运,因为大部分时间就是他与鲁迅在交谈,叶鼎洛又暗暗感激李小峰安排他坐鲁迅身边。席前李小峰向他耳边一语:"他不入席,席上由他负责招呼!"

1930年9月,南国社被查封,社中绝大部分成员在田汉率领下加入左翼戏剧运动。

这时,叶鼎洛想到自己以后可能要写写鲁迅的有关文章,觉得有必要到实地去察看一下先生居住过的地方,以增加感性认识。于是拎了一只藤编行李箱连夜乘火车北上。没有什么公务,出来旅行,叶鼎洛感到很轻松。出站后,也不忙找住宿,进小酒馆喝了点酒,然后摇摇晃晃就向阜成门走去。

第一次到北平,叶鼎洛被这座皇城的恢弘气势震慑住了。这座城,完全区别于临海而居的上海,它的建筑更具中国传统文化特征。十几天游下来,这地方还是让他流连忘返。

从笔者掌握的资料来看,这一年,叶鼎洛忙于事务,仅有两篇随笔发表。

1931年1月17日,叶鼎洛在一家书店碰上李小峰,李小峰带了一笔稿费给他。那次,李小峰向他透露了左联成员李伟森、柔石、胡也频、殷夫、冯铿被捕后不久就被杀的消息。叶鼎洛听后很震惊,尽管他不是左联成员，但作为同为写书的人，还是生出了怜悯之心。他想不到蒋介石的心胸会这么窄小，连说几句真话的人也不能包容。

他没心情买书了，也不作客套，就与李小峰告辞，一个人向街尾走去。叶鼎洛的行为本来就很怪异，这一点，作为同乡的李小峰是完全能理解的。

隔一天，叶鼎洛经过万航渡路的一家菜市场，见一些活禽摊位上有不少鸡鸭鹅，都用网罩罩在一起，一只只挤堆一起，由这些待宰的鸡鸭鹅，叶鼎洛一下联系到死去了的那几个左联作家，他想：死去的几个好比是鸡，自己不就是鸭鹅嘛，在这个鬼地方，出点正常气的人，都会遭遇杀害，什么世道？

他心情非常压抑，一个人闷闷不乐了有好多天，一直想找个熟人说点话。找郁达夫吧，想起上顿酒是达夫老兄请的，这次他想还个礼，口袋里刚好有点小钱，是前天北新书局的李小峰送来的。李小峰听人家讲他应李俊民之约，要去河南教书，路上要费用，就送过来了。李小峰拖欠版税和作者稿费，也是看情况的，对经济困难的作者一般是不会拖欠的。

过了菜市场，叶鼎洛又想起郁达夫喜欢喝的杨梅烧酒，他想到过年的时候，妹妹从江阴带了一陶罐过来，一直没有机会请人喝。此时，他穿过一幢有西洋景的楼房时，一辆黄包车已经等在他面前了，本来，走到郁达夫住的静安寺也不远，可他对出苦力的人总充满怜悯心，就搭了人家的黄包车。车夫问地址，他说玉佛寺。本来不到半里路，结果等于自己去走了一条回头路，然后再绕回来。

第十二章 在开封河大
（1931—1933）

1931年春节后，叶鼎洛在好友李俊民介绍下，到位于开封的河南大学文学院任教。

那天，他和同行的于赓虞和万曼三人是在上海北站上的火车。

叶鼎洛不是一个喜欢闲谈的人，他个性有些怪。于赓虞和万曼倒挺逗，两人落座后，就开始了扯闲篇。叶鼎洛对他俩的情况知道一点，有人称于赓虞为"豆腐干诗人"，在天津改写有韵并且每行字数相等的诗，他爱说的一句话是："我们没有天才的人只好苦干！"

万曼在河南好几年了，一直在济南师范、南洋中学、洛阳中学、天水师范、梓潼师范教书，去年在开封高级中学，今年和他一样到河大来教国文。

万曼、于赓虞早些年曾和赵景深在天津组织过绿波社，并参加编辑《绿波周报》。

此时的叶鼎洛落得清闲，他就开始阅读《啼笑因缘》。小说情节很抓人，人物也很有个性。他一边听着两位仁兄高谈阔论，一边阅读小说，很是佩服张恨水编故事的本领，与自己的小说在表达上不一样，虽然看起来有破绽，但作为大众读物是可取的，人家将言情内容与传奇成分融为一体，在传统章回体式中融入西洋小说技法。巧合、误会、悬念等技法的应用，构筑起这部小说情节的动荡有致与波澜起伏。

叶鼎洛等一行来到了省立河南大学，由一直以来教美术改教国文。

开封是当时河南省省会城市，城市遗存除了汴梁城皇宫，基本上

《清明上河图》局部

是后来的建筑,睹物思情,叶鼎洛不由想到繁华的北宋时代,画家张择端的《清明上河图》。

叶鼎洛想到文化人终究是软弱的,宋徽宗时期就因为强大的金国挥师南下,宋军无力招架,酿成靖康之耻,曾经繁华富饶的汴梁城毁于金军烧杀抢掠之中,现在就剩下一个皇宫遗址了,除了一些少量的石头建筑之外,地上的木构建筑已经不复存在。

没有了昔日的皇城气派,叶鼎洛感受到的是皇城旧有的一个骨架,马路宽敞,街道也方方正正,走动的人较少,感觉空间很大。对比上海,这里的空气似乎还有一点乡村野味。

李俊民知道叶鼎洛是书痴,就领着他进了大学图书馆,介绍说这里藏书很丰富,各地报刊都有,连禁书《金瓶梅》也有。叶鼎洛在日本就听老师提到过中国这部伟大的小说,老师说这部小说在创作上达到了前所未有的高度,以市井人物与世俗风情为描写中心,开启了文人直接取材于现实社会生活而创作长篇小说的先河,可他一直没有机会拜读。

叶鼎洛上课前,李俊民特地过来作了一番预演,他对叶鼎洛说,张仲鲁校长会来听几堂课，好好备一下课。叶鼎洛感动的是兄弟的关切，他望着帮忙的李俊民说："老弟，没问题的，我不是第一天上讲台教书。"李俊民细致地说："张校长常看文艺杂志的，知道你是作家，你要体现一点文化的深度，哪怕话有点绕，也得往深里说！"叶鼎洛被兄弟一份热心融化了，就鼻子酸酸地对李俊民说："你放一百个心，国文课我不备课也能上，你知道我演过电影，就当来一场表演。"李俊民挠了下自己的头说："我知道，但校长不知，你还是认真一点好。"叶鼎洛就一副爽快样说："好吧，我不能给你这个小老乡丢脸。"

校长来听他的课了。叶鼎洛第一课讲了一点中国文化，还在开始时特地设了一个问："文化到底是什么？"

接下来他就作解释，他说："文化是一种时间的'积累'，但也有责任通过'引导'移风易俗。中华文化的最重要成果，就是中国人的集体人格。"他讲了一个开头，接着进一步阐述道："当文化一一沉淀为集体人格即国民性，它也就凝聚成了民族的灵魂！"张校长频频点头。

叶鼎洛开始慢条斯理，将一只手臂伸出来，像作演讲的姿态。

他的国文课，用后来校长评价的话说，叫声情并茂，抑扬顿挫。他让一段文字瞬间从书本上鲜活起来。

叶鼎洛与姚雪垠相识在河

叶鼎洛绘《海滨》插图

姚雪垠（前排中间）

大。那时姚雪垠是学生，本名叫姚冠三，姚雪垠是后来发表文章时改的。是姚雪垠主动到文学院来自报家门的，说他一直爱好文学，报考法学院的目的，是想将来从事政治或者经济，与兴趣爱好无关。

叶鼎洛肯定了他的选科是对的，说目前社会动荡，青年人要有这个道德责任，就是要做这种经邦济世的学问，能够达则兼济天下。但文学的爱好也不要抛弃，文学能帮助自身提高审美水平。

姚雪垠对叶鼎洛说，在河大两年，他获益不浅。他首先阅读了介绍马克思主义的书籍，初步掌握了一些关于历史唯物主义、辩证唯物主义的理论知识。其次阅读了"五四"以后的新文学作品、苏联作品和文学理论读物。他认为："五四"新文学运动给了他第一次思想启蒙；而大革命失败后的革命文学运动又给了他第二次思想启蒙；第三次是在河大期间，读了梁启超的《清代学术概论》等晚清学者的著作，清代朴学家的治学精神、方法和态度，给他以极大的影响。

姚雪垠提到看了叶先生的《脱离》和《前梦》，说感觉就是作者给出了一个全新的视野。小说不仅是说一个圆满的故事，更是用来走心的一种记录。叶鼎洛的小说，对姚雪垠以后的小说写作起了启蒙和引路作用。

那些日子，姚雪垠喜欢过来听叶鼎洛讲文学讲写作，顺便他也讲讲他和王梅彩的婚姻，他自己说是带有某种传奇色彩的。

叶鼎洛听说姚雪垠的新婚妻子学绘画，就紧接着问了一句："冠三，方便的话，将你夫人带来，让我看看，画画上我也好提供点帮

北京隨筆

葉鼎洛

一、釋名

「北京」現在已經被一部分人改稱「北平」了，倘使那一部分人是有些榴力的，自然我們也只好跟著他們叫「北平」；可是我之所以一定還要叫牠「北京」，其實並不是腐化，不是反革命，也不是由於封建思想，倒是因為叫牠「北京」實在比叫牠「北平」總像「北京」些，有不相信我這話的人嗎？那末請你到北京來朝那蒼古的建築物注視一會罷！

說了這幾句乏味的解釋以後，我便敢於開始這「北京隨筆」了；然而在這之前卻還有一句要說的話：那就是飛機到開封去丟炸彈的一件危險事，因為丟得過於危險而已經有落到我的頭上來的希望了，所以我毅决然勳身到北京來的。

二、隴海路寫

從開封到北京的路線，倘使遇到像這次打仗一類的事情而使東部隴海路和津浦路不通的話，那麼便必須從西部隴海路到鄭州，再從鄭州乘京漢車到北京，這一次我就依著這條路線起程的。

既然在坐京漢車之先還坐了一節隴海車，若照我索來作文的習慣，隴海路上的一番銊述是無

《北京随笔》书影

助！"

姚雪垠有些害羞地说："不漂亮，出丑的，有机会再说！"当时姚雪垠有点内向，客套话也不擅长说。叶鼎洛从心底里是较喜欢这个

实诚之人的。

叶鼎洛在河南教书，第一学期，他补写了一篇游北平的散文，标题为《北京随笔》，然后寄到给《创作月刊》杂志。这本杂志刚创办，他的稿子赶上了创刊号发表，由于较长，分作两期刊发。除这篇散文外，他还创作了《开封游记》和《旅汴杂记》。次年4月，他为河南省第一师范学校文学社的学生刊物《天河》第十二期绘制了一幅封面，这幅封面画作，笔墨简练娴熟：烛光之前，一对青年男女隔桌而坐。窗外是蓝色的夜空、皎洁的明月和隐约可见的星星。

1932年8月的一天，叶鼎洛喝了一点高粱酒，趁着酒的豪兴，点燃了一根烟，提笔给赵景深写信。

许多日子不动笔墨，毛笔也凝结成一块饼，放砚墨上泡了好一会才软出来，可第一字落下去，让浓墨画成一个大墨团，只得撕了重新换纸，第二张写出三个字，不小心烟灰又掉纸上，连烧几个小洞，只得再揉成团扔了。

换第三张纸时，内急，待上完厕所回来，写的兴致降了不少，可为文章投稿事宜又不得不写这封信，目的还是想探一探文章发表的渠道，因为当时赵景深在李小峰的北新书局当编辑，李小峰对文学不是太专业，比较起来，他还是相信这个江阴女婿。

叶鼎洛又点燃了一根烟，继续吞云吐雾，他的信是这样写的：

景深兄：孙席珍兄来沪，我的近况你一定从他那方面知道了。可是你的近状，我还在猜想之中。前由北京寄你一信，一月后退了回来，知道你搬了家，但不知道你搬住什么地方。现在我仍在开封，日听飞机炸弹之声，置性命于命运之手。每思念老友，但举笔辄觉得无什么话说，心意懒懒的，大约是上了年纪的原（缘）故。

新夫人是敝县江阴人，江阴人假（嫁）得你这样的夫婿，我也觉得欢喜，只是既北新编辑之事，谅来香蕉、糖、饼干等补品，更应该多吃一点了。

万曼已赴天津南开中学，想他必有信给你。开封一年来的朋友俱已别就，古城中只剩得一个我，真想不到人事变化如此。

江阴才子叶鼎洛

听说你在编辑近代文艺,要不要我的稿子?我想译日本现代文艺十二讲(高须芳次郎著),如果可以登载此种译稿,便译下去。因为来开封一年,已和上海文艺界隔绝,几乎无处去投稿了。此上,即颂

文安

弟　鼎洛上

1932.8

叶鼎洛发表文章,虽然没有去"贿赂",可他也相应帮人做了义务工。他深知写出的文章不能发表,就浪费了时间和精力,所以主张找关系发表。想想写一篇文章,需要克服多少的外界干扰,花了千辛万苦写出一篇稿子,没有园地发表,不就等于农民种出的庄稼没收上场全烂在了田里嘛。

叶鼎洛在河南,明显感到买一本文学杂志都成了难事,更不要说找发表的关系了。

与叶鼎洛一起工作的孙席珍和万曼也投稿,到河南后怕麻烦就索性不再写稿了,后来动了调上海和天津的念头,他们先后离开河大,

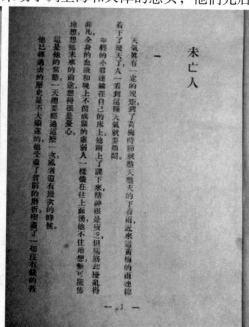

《未亡人》一书及叶鼎洛自绘的插图

还是让叶鼎洛尝到了无人可说说心里话的寂寞。他对自己的这种漂泊,内心充满着痛苦和辛酸,可是人竟不同于天上飞着的鸟,人生存就必须找一个落脚点。为排除寂寞,他只能找事情做,心绪不得宁静,写不成小说,所以才想起先搞一点文学理论的翻译,也算为自己的精神找一个依托吧。

　　这一年,叶鼎洛除有一篇译作《旷野》外,还创作了多篇文学理论文章。

叶鼎洛绘《教堂门口》插图

第十三章 上庐山当教官
（1933）

从1933年至1937年，蒋介石曾在江西庐山多次举办"庐山军官训练团"。它的全称为"中国国民党赣粤闽湘鄂北路剿匪军军官训练团"。为什么要办这个军官训练团？是蒋介石鉴于对江西中央苏区的第四次"围剿"又遭失败，认定国民党军已是一支"丧失革命精神""缺乏信仰""贪生怕死"的"野蛮军队"，决定在庐山创办军官训练团，试图用"信仰"武装起自己的军队，提高"剿匪"技能，增强军队战斗力，以求毕其功于一役地彻底消灭共产党。

在河大教书的叶鼎洛，本来与蒋介石、陈诚等人是八竿子打不着的关系，为何"军官训练团"要请他上山当教官？原来这件事全是杨杰总教官的主张。叶鼎洛与杨杰是在日本认识的，那时杨杰第二次到日本，是为云南省留日学生监督去巡察。这次蒋介石让他担任庐山军官训练团总教官。他为响应即将推出的"新生活运动"，在庐山军官训练团特地开设了艺术课，也算先行一步做新式教育的样板，他的建议获得了老蒋通过。

军官训练团在庐山的一个半山坡上，从远处看，显得逼仄，到近处，才发觉这地方挺开阔。训练团的营房是硬山顶建筑，屋顶是绿色单檐庑殿顶，面阔九间，楼的两侧有附楼，附楼与主楼呈"门"字形，周围不设围墙。中间场地就是会操的地方，主楼正中墙上挂有半人高的国民党"白日徽章"，两侧附楼墙上是有蓝漆写的"精诚团结、效忠党国"的大幅标语。

全体学员都着军装，教员里除少数几个穿中山装和便服外，一律是镶铜扣的黄呢制服、军帽。叶鼎洛穿的是中山装，杨杰说："你不穿军装可以，但胸前要挂一枚白日徽章，显得正式。"

叶鼎洛就戴着那枚白日徽章走进了学员中间。受训学员几乎全是蒋介石的嫡系子弟，教官也大都是国家第一流人才。这是蒋介石指令南昌行营从严调选的各训练学科的主任教官，而且亲自指名调陆军大学校长杨杰为庐山军官训练团总教官。蒋介石对杨杰说："你是从培养国民党高级军事人才的最高学府来的，这里同样重要，还是强调三分军事、七分政治的策略啊！"

杨杰很听蒋介石的话，他为了树立蒋介石的威信，对学员说："庐山军官训练团是培养军事人才的，我们要带头崇拜校长，今后，在一般场合，当听到有人提蒋委员长时，我们就必须做立正的动作！"蒋介石当初在阐述"攘外必先安内"的反动卖国主张时，就受到很多爱国人士的反对，杨杰在训练团推行个人崇拜，蒋介石自然高兴，所以给杨杰很多权力。

叶鼎洛属于杨杰的旧友，他在庐山办学，能不想办法把一些讲得来的好友请上山？叶鼎洛在杨杰印象中，才艺了得，是让杨杰念念不忘的一位江南才子。这次出面邀请叶鼎洛去庐山当教官，还准备了一份委任状，连同一封书信寄到了开封的河南大学。他知道叶鼎洛有文学抱负，写小说需要熟悉各种生活，正巧在暑期，他会答应过来的。

叶鼎洛果然有这个想法，文学的确需要熟悉各种生活，这庐山军官训练团，便于他将来写一部军事题材的小说，比如对家乡1645年的抗清守城记，就有心要将其写成小说。他就这样上了庐山。上了山，让叶鼎洛惊讶的是训练团的体育设施齐全。想到他们河大也仅仅只有可供打乒乓球、篮球和足球的一块大操场而已，这里连体操项目中的跳马、平衡木、高低杠和自由体操都有。他对体育不十分爱好，现在看看这许多设施，身体也痒痒，跃跃欲试，趁着没有人，他放了行李还去拉了拉高低杠。

后来他还了解到这里不仅学军事，也学三角函数、抛物线和米位演算。他想自己是来对了，至少让他打开了补习文化的又一扇窗口。

《乌鸦》封面

但也有让他不太开心的事，就是罚做错动作要领的学员站一个小时军姿。烈日当空，想想站一个小时是什么概念？后来有学员对叶鼎洛诉苦说："我们被罚站的人，时间仿佛凝固了一般，就盯着远处教学楼的窗户默默数数，数着数着就觉得窗户渐渐放大，世界在眼前颠倒了。"这种残酷恶劣、超乎生理极限的训练，叶鼎洛没有受感动，相反，第一次有了对从军之路的反感。

叶鼎洛在整个过程中，没有近距离接触过蒋介石。直到8月4日，第一期军训团毕业时，他才混在中下级军官的人堆里，远远地见到了瘦削的蒋介石，一身黄呢制服。他耳朵里好像仅仅听到了声嘶力竭的一句"不成功即成仁"的训话。

第十四章 河大的抗日救亡

（1933—1938）

叶鼎洛结束暑期在庐山军官训练团培训班前几天，他还花时间去游了汉阳峰、五老峰、香炉峰等几个地方。他心里想来一趟庐山也不容易，就去作一次对老家徐霞客的东施之效吧。游下来感慨很多，特别是游了徐霞客重点考察的佛手岩周边景致，回到宿舍想写一篇随感，可浑身筋骨酸痛，加上疲倦，没能写成，返回河南大学后，忙于教学，时间一拖，就失去了写作激情。

后来，叶鼎洛每每想起这件事，还会有懊恼心情产生，写文章这种事，也是"过了这个村就没有这个店"的。

新学期开始后，安排好了教学，他突然想起去传达室寻找自己的信件，有一封电报是说母亲病危，忌日是1933年7月10日，时年59岁。可信拖了两个月才

1935年《文艺大路》中赵景深回忆叶鼎洛的文章

拿到，都是蒋介石的戡乱闹的。学生帮他去校门口的鏊子摊买回的煎饼，香喷喷地冒着脆香，正是好吃的当口，但他这下没心情了，咬两口还是忍不住，一只手捏着电报，鼻子酸酸，即刻就号啕大哭起来。随后扔下煎饼又找信件，竟又让他找到一封妹妹随后跟过来的信件，信中妹妹转述母亲遗言，让他积些余钱，找个女人成家。母亲不希望他把写文章的事当正业，要他认认真真教书，

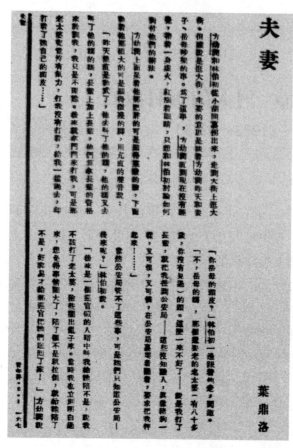

《夫妻》书影

过过安稳日子。

　　很长时间，叶鼎洛都不能从母亲离世的痛苦中解脱出来，本来想等教学正常后，写篇纪念母亲的文章，可过于自责的他却写不了了。刚写了"我的母亲"的标题，往下写正文，眼睛就模糊，拼命咬住嘴唇，让眼泪不往下掉。

　　等了两天，坐下来想再写，可像得了过敏症的，笔下出现"母亲"字眼，眼睛就模糊，只能作罢。

　　一个月后，叶鼎洛又思念起军中好友杨杰来了，私下又想：现在文章写不成，我就先用画笔来画些画，于是铺纸磨墨，凭记忆画了若干张以训练团为生活蓝本的国画。

票友的藝術

葉鼎洛

在中國戲劇界，有一種所謂「票友」的，那是將唱戲當做游戲的事情。自己既非眞人，但卻喜歡唱戲，而且也覺唱得很好，於是湊着自己的時間與興緻，登台唱出拿手的戲。這樣的人，當他唱戲的時候，他是介乎戲子和普通人之間的人，而普通人又把他常作了戲子即他的心情他的藝術也介乎普通人和藝員之間，因為他並非正式旂唱戲吃飯，不過追於內心的要求和術動而登台獻技，他的技術必較高於常人，卻又能給常人的快樂或是藝員，既不和藝員的利害衝突，卻又能給常人的快樂或是有益的貢獻，所以在藝員和常人兩邊，都同樣的喜歡他。這種人的唱戲生活，我想是快樂的，以唱戲一事而言，他是過着眞正的人的生活，他唱的戲，也是眞正的藝術。

在票友中，很有許多唱得異於尋常之好的。他的藝術有時覺高出於平常的藝員，因此便正式下了海，和藝員一樣，將唱戲作爲一種生活，到處受了羣衆的歡迎。從前的汪笑儂，現在的言菊明，就是這樣的人。

班子裏出身的戲子，大半是戲子的子孫，或是窮人家的孩子，因為沒有法子，送到科班裏而去學戲。不問他是否有戲劇的天才，只是依着規矩來敎訓他，將他硬嵌入一種模型，造成他一生的運命。吃了許多苦、勉力成爲一個完全的戲子，但眞正唱得好的，實在很少很少。大半只是靠唱戲吃飯，在流派之後來化裝，在換打之後來表演，十分關心觀衆的喝采與捧場。因為已經成了一種不得已的生活，竭力想把住衣食的來源。所以常作為門戶之見，一種藝術的形式靠了他們維持住，但眞的藝術也因他們而毀壞了。

《票友的艺术》书影

叶鼎洛想起母亲要他"过安稳日子"，可他又想到自己身上有自寻麻烦的毛病，比如对一些女生的帮助，往往被误会成他在引诱人家，而别的男老师可以找女生谈话，轮上他就不行了，因为他是单身，再加上有《悼金楼》和《骷髅怨》的戏剧桥段，他成了一个反派角色。

可他脾性上却偏偏喜欢帮助人。这时候，他反而去安慰女生说：

"我不怕别人说闲话,真金不怕火来炼,我行我素就行!"

1934年春,北新书局的经理李小峰到开封办事,顺便到河大向叶鼎洛约稿。李小峰告诉叶鼎洛,上海的北新书局编辑部从七浦路搬到河南路杏花楼附近,他还讲到商务编辑所已经让日本人的炮弹炸毁了,现在也迁到内地去了,他们在内地准备出文学研究会新辑,在生活书店出文学研究会的文艺新刊。都是文坛的消息,叶鼎洛当然有兴趣听。

这次,叶鼎洛让李小峰带回上海三篇小说稿,其中有《恋爱》《朋友》《夫妻》及《追想一位故友》等随笔杂记。

半年后,叶鼎洛受李小峰之邀,去上海取北新帮他出版的短篇小说集《他乡人语》的版税。叶鼎洛对这位同乡非常感激,在朋友中没有少替李小峰做宣传。李小峰也挺感谢他,他就说了句:"如今这世道,我们只有互帮互助,不然我的书没地方出,你也没有钱赚!"

在上海,叶鼎洛与这位同乡又开始了很长的聊天,他又念诵一些诗,大约是喜欢这诗句中流淌出来的神秘、悠远、自由的意韵吧。

叶鼎洛皱了皱眉头,抬了一下左腿,慢悠悠启口说:"对于这世界的哭声,我想必是听得太多了,其中或许也有属于尚是少年时的他的悲伤,离弃的一些男欢女爱,母亲的爱恋。"

李小峰能够理解叶鼎洛内心,知道他那无法消解的痛楚如一道深不可测的鸿沟,将他的人生一分为二,他只认可自己十三岁以前被至真至深的爱意萦绕拥裹的岁月,之后(从当学徒起),他便停止长大——"我的成长其实就是学习怎样接受并承载失去的悲伤,可我一直都没学会,所以,我一直停留在生命的某个阶段。我只是假装在长大。"

李小峰也就苦笑,接着说:"你可能看到了我外表光鲜一面,自我接受大哥这份产业以来,生命的每一天就如箭在弦上了。"

叶鼎洛理解地点了下头。那次,他们还讲到了最近与鲁迅之间不愉快的版权纠纷问题。李小峰说:"鼎洛兄,你别全信他的说法,我们做生意的也有许多难事的,他说我是资本家的乏走狗,尽是为自己

众人合影（李小峰夫妇中排右，赵景深夫妇中排左）

大把捞钱，这不又是一种'吃讲茶'吗？"叶鼎洛知道社会上"吃讲茶"的意思，所谓"吃讲茶"，就是过去上海流氓请人吃茶而强迫其人承认某事。

两个老乡还讲到郁达夫的风格，叶鼎洛说："他的小说和我基本一致，都不追求曲折的情节和周到的构思，但却努力写出自己个人的情绪流动和心理的变化，仿佛是靠激情、靠才气信笔写来，松散、粗糙在所不顾，只求抒情的真切以成情感的结构。"

李小峰听后也发表了一点看法，他说："文艺与人生之间存在着极深刻的关系，我是比较赞同文艺影响人生主张的，我还是希望你以后改变一点方向，写那些对人生起作用的小说。"

两个人在创作观上达不成一致，李小峰承认知识分子的偏执难拉回，多说了不客气，也就转移到另外的话题了。

叶鼎洛从李小峰这里了解到不少作家的事，因而，他想得最多的问题就是自己届时也要吸取教训,要求书局先付版税了。当然,这种策略恐怕也只有像鲁迅这样的大作家才可以运用。叶鼎洛自己也是清楚这一点的,一般知名度不高的作者同书商还是要讲一点策略。

这一年,叶鼎洛还与人合著了一部短篇小说集《归家及其他》,由上海良友图书印刷公司出版。

1935年大明星阮玲玉出殡是一件大事,隔天,有关明星的花边新闻就登在了各大报刊上。

叶鼎洛在上海时认识阮玲玉,由她的不幸遭遇,自然联系到去年同样选择自杀的艾霞。阮玲玉死后,其主演的电影《新女性》再次放映,叶鼎洛在开封带着缅怀两位女性的心情,买票进戏院看了《新女性》。开封这个地方小市民为多,可这些人也都喜欢阮玲玉,不喜欢胡蝶。叶鼎洛由于她演的是艾霞,便更加不排斥阮玲玉了,在一段时光里,阮玲玉的一张电影海报,被叶鼎洛当成了收藏品。

叶鼎洛对这两个女性都很同情,特别是艾霞,想起1928年春,在上海西爱咸斯路的南国艺术学院相遇,当时田汉作了介绍后,这个漂亮女生就让叶鼎洛印在了脑子里,直至1929年随南国社在厦门从事戏剧活动,那些日子他们相处得很投缘。后来,叶鼎洛一直关注着艾霞,关注着她回到上海后进入天一影片公司和华利影片公司等当演员、并加入中

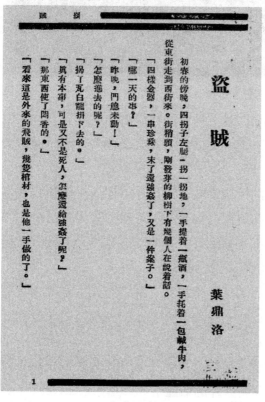

《盗贼》书影

国左翼戏剧家联盟等事宜。

1932年又听说艾霞转入明星影片公司后，主演了电影《旧恨新愁》。1933年又主演夏衍根据茅盾小说改编的电影《春蚕》，这是中国新文学作品首次搬上银幕。后又连续主演了电影《时代的儿女》和《丰年》，这时期的艾霞，在上海影坛已经引人注目，用她自己的话说，就是朝着"具有灵魂的演员"的方向成长，尽管她扮演的角色大多数因身姿袅娜、性格泼辣而赢得银幕"性感野猫"的称号。如果不是那么早就结束了如花的生命，艾霞一定像胡蝶、王莹一样跻身明星之列。

更难得的是，艾霞热爱文学，是"影坛才女"。艾霞去世前不久，就有人称她是上海影坛"四个女作家"（高倩苹、胡萍、王莹和艾霞）之一。许多读者认为艾霞"很努力于作品，她的文稿，染有一些自我论的气息"又"颇能恰到好处"。而艾霞身后，又有论者把她和另一位明星作家王莹并称为"舞台二杰"，是因为她们不但电影演得好，而且是中国女演员中少有的"能提动笔杆的人"。换言之，艾霞和王莹一样，也是电影表演和文学创作双美并具的难得人才。

艾霞留下的文学作品并不多。她的中篇小说《现代一女性》连载于1933年5月22日至6月27日《时报·电影时报》，艾霞同时把它改编成电影剧本，缩写的"电影本事"则刊于同年6月《明星月报》第一卷第二期。电影《现代一女性》

艾霞

我仰望天上的星星

叶鼎洛

理，再想想仙人的生活，便他们贴到这仰望天上的星星的快乐了！

近年来，我学习打坐，用强迫气功夫洗刷思虑上的污浊，又学若迷气到丹田，想贯通玉枕关，除了生方法刷削鼻人的鐵以外，也没有别的什么大效果，但是仰望天上的星星，这真抵得过一千次的打坐。

孤狸想成仙，要有几千年的修煉，但人要成仙，因为受了教育，成见太深，要想成仙至少得几万年的修煉，几万年以后地球或者将要破裂，依只要费很大功夫也要跟着他破裂，所以不如目前仰望天上的星星。

上的星星！無際的天、廣漠的天、沉着的、闊遠的、神秘的天！搖搖的最遠，閃閃的星長，我認識那两斗星和北斗星、牽牛星和織女星、彗星耀

夏夜，仰望天上的星星，是苦惱有，所以我孤獨，而孤獨也還只是苦惱。只有仰望着天上的星星，那時候，我感到了舒適。

人生的暫時舒適，也可以說快樂的，不，是既甚苦惱，且連快樂也不覺得的恬靜的心情，這才是真的人的心情，嬰兒般的心情，太古時人的心情。

我的生命不能算是苦惱的，從前，將新困的後盤時代除去，我雖有過一個樂天時代，但因為好讀書，好觀察社會和人生，好將自己和别人比，於是覺得常常是苦惱——又頗有趣的話，但自從上了無數次的常，使我對於同類甚害怕了！——見了人比見了鬼見一些妖精，吊死鬼，然而鬼鬼還沒叫的和人們為什麼要成仙的道

現在我這院子裏有一棵櫻樹，白天是綠蔭蔭，晚上，燈光照着它，成了粉綠色，也好看。戰在這樹下，老父躺在身邊藤椅上，我睡在行軍牀上，靜靜地仰望天上的星星。

有許多人，將愛人抱在懷裏，或者被愛人抱着，又有被媽咪，雅片酒精剛破了的人，他們都覺得快樂，但是，我覺得這比不上仰望天上星星的時候，因為這才是一種真正的快樂，連快樂也不覺得了，一切都忘記了。

《我仰望天上的星星》书影

在人民会场演出《茶花女》

由李萍倩导演,艾霞主演,明星影片公司出品,公映后引起很大反响,好评不断,争议也不断。艾霞以此成为中国电影史上集编剧与主演于一身的第一人,她创下的这个骄人纪录保持了很多年。

艾霞的音容笑貌,让情感体验丰富的叶鼎洛一生都忘不掉。

阮玲玉和艾霞相继自杀,让叶鼎洛沉默了许久。在暗淡的宿舍里,叶鼎洛常常拿出那张合影,有几次,看着看着,就不住地流眼泪,伤心地念起逝去的时光。几年前在一起的共事日子,依然有怀恋的温馨,只是故人已去,怀恋里加进了疼痛。

又一位佳人香消玉殒,让叶鼎洛每次回到上海就添了一层孤独。他按捺不住心中的悲情,含泪写下了一篇随笔《我仰望天上的星星》。

1935年春,大导演、老演员唐槐秋率领他的中国旅行剧团在开封巡回演出,一次在人民会场上演《茶花女》,唐槐秋的女儿唐若青主演玛格丽特,陶金演阿芒。叶鼎洛也应邀在舞台上出现,开封城好多观众都认识他,他在舞台亮相后,得到了非常热烈的掌声,使他不得不站到舞台的中央,一次次向观众鞠躬示谢。

江阴才子叶鼎洛

唐槐秋是叶鼎洛的知己,在1926年田汉拍《到民间去》的电影时,两人曾经主演过青年甲和乙。

当时,河南省政府里的公务人员组织一个新声剧社,剧社管事的就是叶鼎洛。那次,叶鼎洛看到了穿着一身新款式旗袍的唐若青,觉得这小女子长相上变漂亮多了,粗略看,相貌还与《良友》杂志上登出来的阮玲玉照片相仿了。在那次演出前,她身着高领盘扣无袖旗袍

鲁迅(李建华速写)

上台"走秀",叶鼎洛还注意到了她竟跟大明星一样穿戴着一对"义乳"。他当时就在私下嘀咕,唐女士的腰身变得这么细窄,要系上扣子,一准是要吸一口大气才能办到的,女人为美,是肯受罪的。"义乳",是20世纪初中国人对"胸罩"的称呼。当初阮玲玉穿这样的旗袍,非得搭上这种"义乳",才能勾得住男人眼球。

叶鼎洛对唐若青说:"这次开封的风光,让你一个人独占了,我们都是绿叶啊!"唐若青笑笑说:"你本来就姓叶,就只能做一片树叶子!"

1935年,上海出版的《电影新闻》第一期上刊发了题为《充满朝气的开封剧坛:汪漫铎叶鼎洛颇为努力》的报道文章,文中讲到叶鼎洛在话剧方面,也颇有造诣。江阴才子叶鼎洛又一次被媒体所关注。

1936年10月19日早上5时25分,鲁迅先生病卒于上海寓所,享年56岁,即日移置万国殡仪馆。由20日上午10时至下午5时为各界瞻仰遗容的时间。依先生的遗言:不得因为丧事收受任何人的一文钱,除

祭奠和表示哀悼的挽词花圈等以外，谢绝一切金钱上的赠送。

在开封的叶鼎洛，过了三天才从报纸上了解到鲁迅逝世的消息，惊得呆了好半天，他有些不相信自己的眼睛，对这条消息的可靠性十分怀疑，还找来平时不关注的报纸，见也载着同样的噩耗，他的心被揪成了一团。想想就增添无限的哀愁，人去了，从此便永远失去与这位文化伟人再晤面的机会了。无论是人和物，为什么到失去了的时候才特别感到可贵和恋念呢？他恨自己在上海时，没有与先生作过一次深谈，还是有些顾及寿昌（田汉），怕他误会自己，现在只能让怀念永远与惆怅交织在一起了。

人不能死而复生，鲁迅是一去不复返了，中国的新文艺可不能让它和鲁迅一同逝去。叶鼎洛深深地感到鲁迅遗留下来的责任的重大，怎么办呢？好在"鲁迅已经给我们留下了一个榜样"，他便决定于10月25日在水专学校召开追悼鲁迅的大会，这是进步文艺家的激进活动，要冒着被当局追查的危险。

为鲁迅，叶鼎洛平添了勇气，他还连夜赶画了一幅鲁迅的速写，是以一张照片作参考，加上自己的理解，用毛笔绘就的一幅大速写。看上去五官清癯，脸上刀刻斧镂，一双深沉的、睿智的、坚定的、阅透人生的眼睛，同样达到了感人的效果。

第二天早上，叶鼎洛招呼马可等几个热心学生布置了会场。叶鼎洛在会上含着

《关于男女的话》书影

热泪说:"认识先生八年多了,一个声音始终留在我的耳边,他的为穷人争取言论,声音是那样温和,那样恳切,那样熟悉,但他常常又是那样严厉。我不知对自己说了多少次,决不忘记先生,可是八年中间,我究竟记住了一些什么事情?此刻,我只能注视先生的一幅肖像了,望着望着,我的眼睛模糊了,我仿佛看见先生在微笑。我想,要是先生睁开眼睛从画像中走出来该多好啊?我多么希望先生活起来啊!八年前的事情仿佛就发生在昨天。不管我忘记还是不忘记,我总觉得先生一直睁着眼睛在望我。"

叶鼎洛沉浸很深,可他的声音却很响,比平时讲课都大,还时不时仰头望天,仿佛要从苍穹找答案,最后他说了一句:"对比先生,我蹉跎了岁月。"

那晚,他翻阅旧杂志,突然读到自己发表在《文艺月刊》1934年第一卷第2期上的一篇随感《追想一位故友》,意犹未尽,觉得修改一下,可以拿出去重新发表。后来他还画了一幅插图,同时寄给《西北风》杂志。

《几种家畜》书影

这一年,他还写了科普文章《几种家畜》等。

那时,叶鼎洛住在大兴街17号,后来搬到游梁祠居住。有一年暑期,他还带着几个学生去巩县,看过那里宋陵石雕后,留下的印象,真可谓"东陵狮子西陵象,滹沱河上好石羊"。这里的皇帝陵墓虽没有汉唐那样气魄,但精致富丽却毫不逊色,光是陵前的石雕就相当可观。由皇帝陵墓的浩大,不由让他想起前年去世的母亲,自己连奔丧的事也没达成,更不要说墓地的讲究了。

叶鼎洛对马可等几个学生说:"这世界何有公平,有人说唯死亡是公平的,你们认为死亡公平吗?看了这里边一大片陵墓,我自己都感到为母亲、为贫贱者的死叫屈。"

为了看"七七事变"的消息,叶鼎洛的床头堆着许多中国报纸。他当然不会轻信日本人在报纸上的歪曲宣传,说什么事变的起因是由于中国驻军枪杀了一名日本士兵。上海出版的《大晚报》讲得客观,叶鼎洛从中知悉,此事的缘由是7月7日那天夜里,在北平西南宛平附近举行挑衅性军事演习的日本侵略军,诡称一名士兵失踪,要求进入

演剧二队在开封时的合影

宛平县城搜查，并要求中国驻军撤出宛平等地，遭到中国军队的严词拒绝，日军竟炮轰宛平城和卢沟桥，当地驻军即奋起抗击。叶鼎洛从报道中意识到此事非同凡响，实际上昭示着中国已经揭开全面抗日战争的序幕。

  时局吃紧，这年下半年，北平、天津成为危城，众多高中生匆忙南返，来开封城报考河大的考生人数成倍增加，作为考场的大礼堂里坐满了考生。但这一代学生注定不能安坐于教室和实验室了，因为紧接着开封也成了危城。叶鼎洛在开封听说了刘峙从北京、保定一带退到了安阳，开封全城震动。当时日本人的报纸上说，敌人仓皇逃窜，皇军追之不及。所以开封百姓给他起外号，叫"飞将军"，对他的不作抵御进行讽刺。

  为适应非常时期的需要，学校安排文学院教授轮流在大礼堂主持讲座，每周定时、定人、定题目讲形势，谈看法。国难当头，教授们的看法大不相同，有人认为中国军队会一退再退，劝告大家做长跑准备，设法多交"西藏朋友"；有人公开主张联苏抗战；而品德、学问都深为学生敬佩的范文澜教授，则以抗战到底激励全校师生。

  此时，全国性的抗日救亡掀起，曾经在河南大学法学院预科读过三年书的姚雪垠又从北平辗转来到了开封，他首先到河大拜见并告诉叶鼎洛，他是1931年暑假被学校当局以"思想错误，言行荒谬"罪名开除的，这次过来是和别人合办《风雨》周刊，他希望叶鼎洛招呼些文化人写稿，支持他们。

  叶鼎洛对姚雪垠说："中啊，我帮你招呼，听河大的人说你国文非常好，后来又在《河南

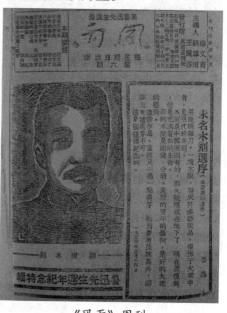

《风雨》周刊

《反抗》书影

日报》副刊，看到过你用雪痕的笔名发表了处女作《两个孤坟》和其他作品，这些小说写了下层劳动者受封建势力迫害致死的悲惨故事，表现了鲜明的民主主义倾向，很有说服力，这样的小说我写不出。"姚雪垠有些脸烫，说："叶先生，你是前辈，你的《前梦》和《脱离》两本书，我一直带在身边的，得空就读一读，常读常新。"

叶鼎洛看着长得老实的姚雪垠，心里还挺受用，但他口头却说："比比人家，我的不中啊，还是浅显的。"姚雪垠一脸真诚地说："叶先生，你不仅小说写得好，还能设计封面，你才是了不得的才子！"

在送别了姚雪垠后，叶鼎洛便联络学校的热心人士，组织了一个河大抗日救亡队。

等到人员到齐后，叶鼎洛和学生马可两个人就登高宣布说：河大抗日救亡歌咏队现在成立，我们的队名叫"怒吼"。

叶鼎洛情绪激昂地说:"老师和同学们,这'怒吼'两字是我们的小音乐家马可想出来的,为中华民族不被侵略者灭掉,我们起来发出万众怒吼吧!"

马可是叶鼎洛最关爱的一位学生,徐州人,不出几年,他创作了传诵广远的歌曲《南泥湾》等。叶鼎洛从内心钦佩这个年少同道人。

这一年,叶鼎洛重点写了一部配合抗战的中篇小说《反抗》,小说分三期在《国闻周报》上连载。另两篇随笔也为配合形势而作。

上海"八一三抗战"后的一天,叶鼎洛、马可带着"怒吼歌咏队"从外地归来,刚进校门就听说学校来了两位他们敬慕已久的客人——著名作曲家冼星海和戏剧家洪深。原来,洪深、冼星海组织的"上海抗敌演剧二队"来到了开封。冼星海就住在河大的东斋房。洪深、冼星海是第一批参加救亡演剧队到内地进行宣传的人,所以大家对他们的到来,所以感到新鲜和好奇。

那时,马可在叶鼎洛影响下,已经学会了拉胡琴,叶鼎洛教马可的二胡曲是老乡刘天华创作的《光明行》和《空山鸟语》。开始练习时,叶鼎洛先操琴拉一遍,然后作一点讲解。他说《空山鸟语》采用了极具中国传统音乐特色的多段式结构,全曲以第一段为基础进行重复变化和自由展衍,这种创作手法为中国音乐的常见模式;最后的尾声再现了第一段,结束部分加入了大三和弦分解音型,形成带有西洋式的三部性结构思维,加强了全曲的统一。

而引子慢速要带装饰音的八度、五度、四度的大音程跳进,恰似空谷回声,刻画出一种幽渺、静穆的意境。第一、二段的音乐清新活泼,气氛活跃。第三、四、五段运用各种拟声的表现技巧,形象生动,展现出一幅鸟声四起、争相飞鸣的喧闹情景,表达了人们对美丽大自然的热情赞颂。尾声部分再现一段旋律,末句采用分解的大三和弦的上行旋律,明亮有力,表现人们对美好生活的热切追求。

叶鼎洛还讲到此曲的创作背景,说标题采自于唐代王维的《鹿柴》。他把古诗中的"空山不见人,但闻人语响"改为"空山不见人,但闻鸟语声"。叶鼎洛说他的故乡是江阴,长江边上有一座山叫

《春色》中关于叶鼎洛的介绍

黄山，满山都是竹林，鸟语花香，非常美。小时候，他经常与同龄人去比赛爬山，比他大两岁的刘天华也经常去，这首曲子就是刘天华根据当时的情景创作而成。叶鼎洛说起就满含悲伤之情，他对马可说，刘天华这样一个天才，可惜在五年前染上猩红热死了。那次他还顺着说到了刘半农，说在其弟死后两年，刘半农竟也染上回归热死了，他比天华大四岁，年仅四十四岁。叶鼎洛说刘半农这个人了不得，是"五四"新文化运动的积极倡导者之一，绝对称得上一位富有开拓精神的人。他发明出了汉语中的"她"字。他还是中国摄影艺术理论家、中国摄影年鉴编辑第一人，中国散文诗首位译介者和实践者，中国实验语音学奠基人。他在语言学、乐律、考古、民俗和敦煌学诸方面都留下了熠熠闪光的丰硕成果。

叶鼎洛唉了一声说："真是天妒英才啊，刘家两位兄长的过世，让我不由想起古诗中说的'出师未捷身先死，长使英雄泪满襟'。"

马可对老师的讲述记得很牢，当时就觉得江阴地方出人才。他对叶鼎洛说："老师，等赶走了日本人，天下太平了，我跟你去江阴看看。"

叶鼎洛豪爽地说："热烈欢迎，我陪你登黄山看长江，再去乡下听听船夫划船时唱的船歌！"马可想当作曲家，听了这些话，自然高兴得跳了起来。

再说到演剧二队走后的情况，开封各个学校已经纷纷开始组织起农村服务团下乡作宣传，马可担任了学联歌咏队的总指挥。他向叶鼎洛老师告假后，就整天奔走在学校、部队之间教唱一些抗战歌曲。20世纪90年代初，他的同学、怒吼歌咏队的队友王麦还在回忆中描述马可当年的样子：他总是身穿黑色棉袍，提着一个小包，包中放满了花生，匆匆忙忙，一边走一边吃着，这就是他的一顿美餐。很快，还是青年的马可就成为开封的"知名人士"了。

二队走后几天，贺绿汀、宋之的组织的"上海抗敌演剧一队"也来到开封，与河大的"怒吼歌咏队"和"大众剧团"一起，将开封的抗日救亡运动推向了高潮。

这一年夏，叶鼎洛、汪漫铎等还发起成立了中州文艺社。同年9月创办《文艺月报》。曾写过长篇历史小说《袁世凯》的高有鹏，在2014年4月29日贴出一篇《20世纪文学豫军的知识群落》的文章，其中开篇这样讲：古老的河南大学生产了很多知识分子，也催生了不少文学艺术家，形成了中州文坛上一支特殊的文艺群体，有研究

《海狗戏》书影

者称为"河大作家群"。

此时，高校的搬迁已成大势所趋。1937年7月前，中国计有专科以上学校一百零八所，其中大学四十二所，独立学院三十四所，专科学校三十二所。这些高校大多在容易遭到日寇攻击的地区，时刻面临被摧毁和被敌占领利用的危险，为保全中国文化教育命脉，尽力迁移成为唯一的选择。

这年12月，日寇铁蹄践踏黄河流域，豫东、豫北先后沦陷，开封形势异常严峻。当时的国民政府教育部、河南省政府作出了河南大学搬迁的决定。

但是，这么一座老牌大学往哪儿搬？时局的发展和河大的去向，一开始并不明朗。时任校长的刘季洪主张南迁鸡公山，然后相机迁往内地四川；但部分教授主张迁往南阳镇平。结果学校被分为两部分搬迁，校部和文、理两院搬迁到与湖北交界的鸡公山，农、医学院则迁往豫西南的镇平。学校的图书、仪器都装箱打包，分批启程，不能移动的校产和实验用具，都登记存放，征得职员一人和工友数人自愿留校长期看守，并发放给他们足够两年使用的费用和粮食。

然后，教职工带着家属和学生告别校园，开始了颠沛流离的迁移，可谁也没有人能够想到，这一去就是整整八年。

很多学生和部分老师没有随学校流亡，他们作出了别的选择。未满二十岁的马可毅然决定终止自己的学业，以音乐为武器投身抗战，他和同学们组织的抗敌巡回话剧队在农村开展宣传，这是马可第一次离开学校，走进农村。

叶鼎洛对马可非常关心，曾经陪马可走了几个点，看话剧队能否将巡回演出进行下去。他和队员一起经过被炮火侵扰后的废墟，到地方后，看队员们用板子、笛子、胡琴等简易乐器作表演；看他们男女声高腔高调的说唱；看他们在天寒地冻、冰雪交加中进行演出，有的同学竟喊哑了嗓子，哭肿了眼睛，台上台下的情绪连成一片。叶鼎洛放心了，他觉得马可成熟多了，会带队了。当时，叶鼎洛真想随学生们这样一直走下去。

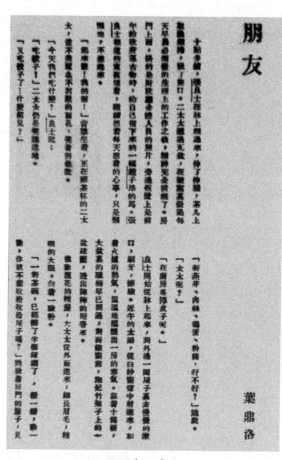

《朋友》书影

可叶鼎洛是教员，还不能像学生一样说走就走，他只能按学校指令行动。分别时，他对马可说："你要带好大家，要有主心骨，路还是靠自己走！"

马可哽咽着说："老师，你保重，我不会给你脸上抹黑的！"

叶鼎洛送走了马可，知道自己在开封也不可能待太久，怀着对这个城市凭吊的心态，给自己放了半天假，去参观游览相国寺，早听说那里的仙鹤雕塑是一绝，一个画画的人是应当去看一看的。

然而，河南大学被迫从开封搬迁至鸡公山和镇平后没几天，形势更加吃紧了。日寇开始进攻南阳，大学又辗转迁至潭头镇。此时，叶鼎洛和部分师生决定随北京大学、清华大学和天津南开大学的教授、学者去西南联大。

叶鼎洛和师生们便紧随三校师生经过一番转战，一个月后终于到达岳麓山下新组建的国立长沙临时大学。当时三校的师生已经在11月17日开始上课，他们到了后，学生就插入其中跟着上课。然而，复学后才一个月，日军便沿长江一线步步紧逼，危及衡山湘水，长沙危急，师生们不得不于1938年2月再次搬家。进入云南昆明，学校改称国立西南联合大学。

师生先租得蒙自海关、昆明大西门外昆华农业学校、拓东路迤西会馆等处为校舍，总办公处设在城内崇仁街46号。

这里的街道后面就是荒地，那里茅草已经相当茂盛，艾蒿也超过人头，一旁的一条涧水清悠悠流过。远处的山坡层峦叠嶂，四周也是裹着葱郁的竹林。

学校的扩展也是靠师生利用课余时间，自己动手建设起来的。在昆明城西北角一片荒地上，他们开始修建新校舍，大半年后新校舍落成。有学生宿舍三十六栋，全是土墙茅草顶结构；教室、办公室、实验室五十六栋，为土墙铁皮顶结构；食堂两栋，图书馆一栋，为砖木结构。西南联大设文、理、法商、工、师范五个学院，共二十六个系，另有选修班和体育部。

河大过来的叶鼎洛在选修班教授美术课。

叶鼎洛在联大工作生活了两个月，当时的校舍就是在荒地搭起的临时房子。

赶到的那天，又开始下了小雨，一丝一丝的，细如针尖。

好在云南不算冷，雨点落在身上没有一点寒意。上课的地方，四面是山坡，远处有村落。近处却全是阔叶绿树，一些杂乱开着的南国的野花，有粉红、嫩黄、紫酱等，都笼在一层薄薄的雨雾之中。先

叶鼎洛绘《死美人》插图

后来到的师生,并不怕雨,大家欣赏着南方的风物,都觉得昆明气温是最合适人来生活的。刚过年不久,要是在北方,这时候还是黄沙漫天的飘雪时节,哪里会有青枝绿叶的影子,但在云南,南国春早,树叶滴翠,红花满地,如镜子似的水田里,农民们已经开始忙着莳秧了。

叶鼎洛想,这地方比老家江阴温度高了许多,老家要过了芒种才开始莳秧,现在这个季节麦子还没有拔节抽穗呢。他想,我们中国真是够大的,心里平添出一股自豪感。然而这大好河山让暴虐无道的日本搅乱了,中国人在自己国家反而要东躲西避的,真是天大的笑话。

隔一天,叶鼎洛上课了,在一间临时教室里,他对同学们说:"现在上课,我们连块黑板也没有,我找了块门板来凑合,板书只能少写了,就靠同学们耳朵听,笔头记。"他还讲到战事,说一时半会停不下来,我们不能等不打仗了再上课,教育是停不得的,十年树木,百年树人。

叶鼎洛全身心沉浸在美术教学中。然而,有一天下午,他很突然地接到在武汉国民党政治部工作的老友郭沫若的电报,让他安排好手头工作到武汉报到,说那里工作更重要。

学生们听说叶先生要去武汉,有人竟难过得一天没吃饭。

叶鼎洛安慰同学们,说:"等赶跑了日本人,我们才有和平环

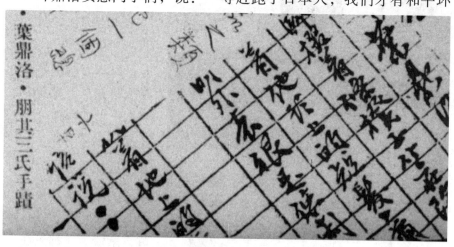

叶鼎洛手迹

境，我们才能安静学习，我们会再相见的！"其实，他也很难过，也不愿意离开昆明、离开同学们。

第十四章

第十五章 抗战洪波曲

（1938—1946）

叶鼎洛去向校长递交了辞呈，连夜到昆明乘火车北上。

叶鼎洛后来了解到郭沫若这次紧急召集他们奔赴新的战场，是国民党要正式恢复政治部工作，成立一个负责抗战宣传的"三厅"。

"三厅"成立之前，战地服务队从苏浙一带转移到了武昌。他们在八路军办事处，首先由周恩来亲自召集了一次会议。周恩来当时出任军委会政治部中将副部长，穿了一身国民党的黄呢子制服，身材很匀称，络腮胡子刮得清悠悠，人很英俊。

那次，周恩来还豪情激荡地给他们作了如何在国统区坚持工作的重要讲话，嘱咐他们，要为统一战线做有益的事。

随后，叶鼎洛参加了扩大宣传周的活动。

这个宣传周，名义上是应陈诚的要求，借此扩大政治部的影响，实质上是为了大规模宣传抗战的意义。

郭沫若动员和组织了三厅的全部力量投入到这一空前的宣传活动中去。开幕的那天是

"三厅"旧址

我的藝術生活和寫作經驗

葉鼎洛

這裏我只能分做三段來寫：一是我的藝術生活，二是我的寫作經驗，三是結論。

一 我的藝術生活

同想起來我好像是遠古時代的事了。生長在前清末年彫穀薄的社會的家庭裏，從小我就喜歡繪畫，寫文章，喜歡看翻譯傳奇小說，這是維持滿了這些東西的。家入小學中學，圖畫，作文這兩門算是我的拿手，物理化學之類近乎魔術，總答不出算題，最愛文滿在異國文圖是老師給我的護符鍵沒給我的父親。那因為我在二年級考試時將同學的〇〇當作我的〇，我寫了三十回《康熙奇俠傳》，是第一部的大用恩，他閱遍風雅的語商，健佐了老闆，常叫我罵他小說，老闆看我也沒有大用意，此後我就進了上海美術專科，跟着劉海粟的到〇魂住，被老闆暴風的外的〇〇〇，決心想做一藝術家。此時我也算步入了。

這時郡我沒有作過文字，筆只畫木炭條和自然界的把戲上賣心，造把了世界上還有別的玩意。同時被同學鼓勵，我平撑下台來，後來老練了。記得新佞始德字在演美校校演〇《一〇剛》，我將〇〇幾個脚色，演一〇〇〇麥城一，我揀任馬夫，陳獨〇跟斗和打車輪，蕪且男和一個同學，藝術麻醉了我，各種把子和台步，在乾坤大劇塲花了多少錢，因此鬧了一場大病，除

了想創作外，沒有別的心思。但從畢業之後，我的藝術波有人賞識，我只好到湖南去敎圖畫，夢的是藝術，但自己的被術只供荒鏡進步，沒有法子補救這種煩惱，聯合同學開了幾次畫展，雖鼓勵了長期的文化界，但歐化的藝術在中國就會打不開局面，我將永遠不能以繪畫為職業。同這樣的煩惱心裏明白。敎課之假，我開始研究文學，寫了些新短篇小說，當時施景深和田漢歌图文，悉琴深和我出了《湘累週刊》，不彈自己為「銀行」了。因為我那個演戲，是寫道不在現在的演員的，不彈自己為「銀行」了。因為我那個演戲，出刊物，被幾位先斯的父母，唱戲，出刊物，被幾位先斯的父母，當和青年日白為「行徑浪漫」，有次都是猜雲中學慕僑科的樓上，夏日炎炎，屋第一人頓自連的將心，打於青年學子的感傷的，後來在尤薦總局對「你便〇〇下了個漢」。你自己〇〇〇〇，故鬧人一張見去了。

〇〇〇〇〇到上海，在實〇〇〇〇，一張自靈傷自己覺得很漂亮，排在教室裏做沒〇，給人〇老，殘作燈信，但我的心撐完全體到支〇真去了。常聽和田漢法〇〇，人〇〇不饌，神命頭背，鬧翻香〇〇〇〇始終把什麼我金陵大〇〇，〇〇〇〇〇〇〇〇作品，但〇不〇〇也〇〇，田漢想幹電影，我和他〇〇〇〇，〇搬到蕪

《我的艺术生活和写作经验》书影

第十五章

4月7日,恰逢台儿庄大捷,中国军队击毙万余敌人,缴获大量轻、重武器,消息传来,武汉三镇一片欢腾。

三厅全体聚集在汉口总商会的大礼堂举行了宣传周开幕典礼。

三厅厅长郭沫若在讲话中强调"我们要有最大的诚意与必死的决心""把我们的精神武装起来"。旋即大家又赶到汉口北郊的旧华商跑马场出席"广场歌咏会"。

当天晚上,郭沫若还主持了庆祝胜利大会和火炬游行,欢呼台儿庄大捷。

有一次,郭沫若走到叶鼎洛的住处,一脸凝重,叹气说:真是憋气啊,我实在不想再当这个厅长了,可周恩来那里又不好开口。周恩来对他们都说过:"我们是到尖锐复杂的环境中去工作,去斗争。我们不是去做官,我们是去干革命的!你不干,我不干,那么谁来干?"

叶鼎洛不想说大话,他也知道自己说服不了郭沫若,脸上浮着笑意转移话题说:"今天我们不谈工作,找馆子喝酒去!"两个人都有这个爱好,一拍即合,起身就出了门。

郭沫若与叶鼎洛在小酒馆谈起这次蒋介石为什么要请他这个刚从日本回来的人当厅长,目的是想利用他的声望去羁縻人才,装点门面,表明他们煞有介事地在"改组政府机构"了,以掩盖其一党专政的真面目。

文字宣传日一炮打响,当时三镇自大革命失败后已沉寂了整整十年,民众的热情又一下子再度被调动起来,七天的宣传活动起到了轰动效应,令蒋介石、陈诚等国民党要员大惊失色。

阳翰笙、叶鼎洛跟随郭沫若等人精心筹划了各项事宜,由武汉各报纸推出特刊,各团体出版壁报,以政治部的名义发送说明第二期抗战形势的特刊、通俗唱本、告将士书、告同胞书、告战区民众书、告日本民众书、告伪军书及其他传单共十多万份。为扩大宣传的影响,还发动各界人士写国际连锁信和国内连锁信各一万份。

叶鼎洛积极参与美术宣传日活动,利用晚上休息时间绘了多幅抗战宣传画。宣传日当天,他会同其他同志,一起把作品摆放在武昌黄

《我们怎样打破目前文艺界的苦闷》书影

汉口举行"七七事变"一周年献金活动

鹤楼旧址的两侧和台阶上。

13日是宣传周的最后一天,是游行宣传日。为组织好游行,叶鼎洛随同郭沫若等,除广泛发动武汉各界民众积极参加外,还指导戏剧、美术等团体组织化装、彩扎游行队伍。这天虽风雨交加,但群众热情很高,有数十万人参加了游行,武汉三镇彩旗飘扬,歌声不绝,口号声如雷,盛况空前。

三厅组织的第二期抗战扩大宣传周取得如此轰动的效应,令陈诚感到害怕,他原本是想借宣传周为他领导的政治部增添一点色彩,没想到武汉民众的抗日热情竟那么一点就燃了。

五月的昙华林,满坡榴花红似火,弦歌之声响遏行云,三厅附属的团队为上街头和前线进行抗日宣传,正在紧张地排练。

在抗日宣传排练的间隙,叶鼎洛遇见了几个以前的老友,田汉是其中之一。田汉这个人热情似火,做什么事,情绪上来立马要办。说写剧本,冒出了一点想法,要找人说,这会儿终于看到懂得点艺术的叶鼎洛,就过来拉叶鼎洛去听他讲新剧本的构思,目的是想让脑子灵活的叶鼎洛出奇招,好让他在主题开拓上深些、再深些。

田汉要写的剧本叫《春帆楼上的对话——台湾是这样丧失的》，用现在的说法，实际上是他一直想写的《甲午海战》的一次小品练习。田汉演说能力很强，一件平淡事也能讲得娓娓动听。可叶鼎洛却感到此剧会适得其反，最后可能弄巧成拙。政治性太强，对艺术可能会造成损害。

那次，叶鼎洛没有说出自己的真心话，在抗战形势下，他只能鼓励人家写。但他自己心里清楚，田汉这个剧本仅为政治宣传，谈不上有多大的艺术性——此剧后来果然没有打响。

新组成的抗敌剧团要派往台儿庄、徐州等鲁南前线慰问演出，冼星海、张曙等音乐家正在为指导群众歌咏团而奔忙着。洪深、应云卫等编导则为繁荣抗战戏剧而煞费苦心，连孩子剧团也在日夜忙着演出、开会和座谈。

战友们保持着一种少有的凝聚力。

叶鼎洛与这几个朋友打招呼，有点应接不暇。他的工作很杂，由于他是多面手，什么都能来一下，所以找他指导的人特别多；他又是好好先生，有请必到，有到必尽力。

这段时间，他几乎没有自己的作品。

武汉会战中中国军队以重机枪向日军扫射

《今后中国艺术形态上应走的途径：新浪漫主义》书影

一天，他刚从孩子剧团完成指导回到宿舍，又迎来了马上要赴徐州前线采访的姚雪垠。这一次重逢，作为曾经的河大师生，真是有一点"老乡见老乡，两眼泪汪汪"的感觉，他们就拉着手深谈了半宿。

此时，叶鼎洛的河大学生马可等人也来到了武昌，叶鼎洛领他去见了郭沫若。后来，叶鼎洛又帮着马可等人安排住宿。

8月的武昌像蒸笼，到了傍晚，酷热还迟迟不肯消散。叶鼎洛对马可说："这几天，日本人的飞机不断来轰炸，整天都在响警报，什么也不能做，想写个活报剧也难，现在，人一点精力都没有。"

马可讲到自己所在演剧队经历了近一年的颠簸，时时遇到前面的路，不知作什么选择的迷茫。后来通过洪深的指点，他们与郭沫若的三厅取得了联系。

这样，马可等人就从信阳一路赶过来了，好几百里路，顶着毒日，所经之地两旁没有一棵树可挡荫，吃不消了，嘴里就含上一颗防中暑的八卦丹。夜里找到一个歇脚的地方，草草地填饱肚子，整个人就瘫倒在门板上。就这样别扭的睡觉，半夜还常常被冻醒。

马可说，他真的是经历了一场体力和精神上的考验。

1938年8月10日下午，抗敌演剧队十个宣传队的授旗礼开始，叶鼎洛也穿着国军的军装，戴军帽，扎武装带。他身体瘦长，军装穿在身上还挺精神，鼻梁上架着近视眼镜，看起来像个参谋长。果然，调皮的马可就戏谑地喊他叶参谋长了，大家听了捧腹大笑。

1938年9月9日，叶鼎洛随抗敌演剧三队的二十八名同志一起离开武汉，向第二战区的防区进发。他们先乘火车沿平汉铁路准备北上山西。

火车在日军飞机的轰炸声中，吐出阵阵白气，时不时发出像马嘶一样的鸣叫声。一路走得缓慢，有时向前行进不久，遇上路障后又得停下来。尽管时走时停，车厢里还是充溢着征尘的欢歌，在铁路周边阵阵爆炸声中，夹杂的就是剧队同志演唱《大刀进行曲》等抗战歌曲的歌声。

火车像负重的老牛一样慢悠悠行驶到郑州火车站时，他们又遭到了日本飞机的轰炸。三队的同志，走出车厢，钻进弥漫的硝烟中，沿着铁轨,立即投入到抢救伤员的工作之中。10月30日一早,三队同志趁着晨曦未露启程,准备从那里东渡黄河转入吕梁山抗日根据地。这里的老百姓赤贫,皆是面呈菜色,一些妇女、老人几乎衣不遮体,一些小孩子,也不讲究性别,光着屁股。

演剧队同志走过去,那些人就向他们乞讨。触目惊心的这一幕,让叶鼎洛想起早些年出版的一本小说集《脱离》,他想:从目前看,自己的小说表现得还不够,要让麻木的百姓尽快觉醒,取得一定的共识,要脱离剥削制度,恢复人的尊严,才是我们大家终生要做的事业。

叶鼎洛原本想他们只要鼓动军队抗战就行,现在才意识到,老百姓一样要他们来作启蒙教育。

演剧队其实就是要做老百姓的工作,他们的队长徐世津就反复作过这方面的强调。

现在他们也明白,演剧队劳军仅是工作的一部分。

叶鼎洛他们随后又经漯河、许昌、郑州,过潼关,最后到达西安。叶鼎洛在武汉搞的抗战画、木刻画也再一次派上了用场。演剧队到达演出场地后,叶鼎洛就将画板布置在剧场门口或者场地周围。这

延安

抗戰以來我所最愛讀的書籍

葉鼎洛

一

說早我是個專門研究洋鬼的，因為洋鬼不合中國社會，亦把它丟了，捨洋鬼而研究西洋文學，因為西洋文學不合中國社會，我又把它丟了，捨西洋文學而研究國文，教中國的學說文，使我認識了我們中國儒家的哲學，是中國幾千年來思想的正統，惟有這種不偏不倚的道德觀念，繼續繫住我們中國人的心，繼續德觀念也可以從我們的對錢民族精神，我以這思想作為生活的重心，同時我讀了許多西歐近代風行一時的思想，甚至於邪腥外道各種奇書，此外更讀了中國古來的文學、音樂，和五花八門文學藝術的書籍。惟病不精，淺嘗即止，把我弄成了神經刺激似的人。

抗戰爆發，我所有的書籍被敵人的煙火一齊燒了。我以為這些燒掉到我到北來，參加了政治宣傳的實際工作，是我們個書獃子，不會離邪，所以苦得不得了，在逃苦悶中，我發覺我們的領袖是一位中，包含了多少被徒前人不懈的道理，立身、處世、愛人、做人，日常生活頭通達項，而這些道理便是救國化的近心化的，這淺成我認識我們的領袖偉大和英明，是一位巨人，一顆巨星，光明燦爛，照耀着我們四萬萬五千萬同胞的心。

抗戰以來，很少讀書的機會，也難於我到驚讀，書店裏的書，覺得都很陳舊，屬於我不愛讀，鮮讀品是陳糟舊的，不合我的胃口，惟有領袖的治軍著論集，給與我很多的教訓，好像悟到我過去的所謂文學和藝術生活的缺陷，所以領袖言論集是抗戰以來我所最愛讀的書。

二

冰瑩兄：你知道我近來害了一些小病，卻臆脹氣，這答案真使我無從說起，因為你也許知道，我是無翼書的與趣太濃，才會害了這些小病呢！

病中安慰我的還是書，它可以給我解脫煩憂，戰鬥的新奇消息，建歐的艱難寫影，美麗悟生動的描述，使我凱遊世界，面對着金玉實實抗戰建國的親辛歷史料（Current History）同是我的新聞（London News）和英斯特朝聞（Mos Cow Guntherr和歐洲內幕（Inside Europe）近代人和藤金次郎著日本軍閥論，瓦爾加著，國內都有譯本（文摘社出版）這幾本書，當然成了我過這本書，時與現社會相……繹世界上許多重演的事蹟，年青的讀者，大時代錯綜複雜，體察，把握現實，陰暗的事情，便能了解與看，外國人看中國事情，所遇中國事情，難免有些錯誤，外國人看中國事情

《抗战以来我所最爱读的书籍》书影

些道具由一匹老马驮着,现在东西从马鞍上卸下来了,那马的缰绳拴一棵槐树上,马就进入了一种轻松休闲的状态,大家远远就可以听见马用一个蹄在刨地,还时不时发出几声喷鼻的呼噜声。

演剧队在西安演出了十多场节目,观众达一万多人。演出了《宣传》《大兴馆》《沦亡之后》等剧目,激发了古城人民的抗战热情,在当地青年中产生了深远影响。其中有一位来自重庆的青年,特别热心支持演剧队活动,天天过来义务帮助叶鼎洛做收场工作,抗战画展、木刻画展的木板架子很大,干下来出一身汗水,可小伙子每次不说一声累,表情总是十分欣喜的样子。叶鼎洛和他接触几次后,了解到青年叫李绍文,父亲在西安经营药材生意,他本人喜欢画画,想跟叶鼎洛学习。叶鼎洛答应教他画画。李绍文学画时对叶鼎洛说:"等抗战胜利后,我们要回重庆的。"当时就给叶鼎洛写了重庆的地址。叶鼎洛也没有料到几年后,自己会真去落脚重庆。

11月演剧队离开西安北行,来到洛川和宜川地区。

这一带的山川与西安略有不同,叶鼎洛他们感到这里的风俗有些小区别,所能见到的老乡,也大都是高个浓眉,手和脚一样粗大。老乡们背着沉重的三角形犁铧,赶着秦川公牛下地耕田。窑洞门口一些娃端着的饭碗也是脑袋大小的耀州瓷碗。叶鼎洛心里想着,唐朝时这里人的习性是否与现在一样,不知道当时国际大都市是如何引领世界潮流的。

几天后,叶鼎洛他们行进至圪针滩渡河,转入山西敌后战场,辗转在吕梁山区,流动于吉县、大宁、隰县、灵石、永和等地。在渡黄河期间,张光年激发了创作灵感,脑海里孕育了《黄河颂》的大部诗作。在吉县文城乡,三队先后公演了六次,演出了《军民合作》《三江好》《东北一角》等剧目,前来观演的观众每次都有七八百人。

三队一路沿途演出,像一支文化的游击队出没在敌人的据点空隙。在此期间,他们广泛收集现实素材,在创作和表演上,注重结合当地风俗民情,采用地方戏剧表演形式,得到了广大军民的欢迎和接受;同时,剧团组织机构方面更军事化,更适合戏剧运动战的需要。

冼星海指挥《黄河大合唱》的排练

1939年春,叶鼎洛他们的演剧队来到延安,在陕北公学大礼堂演出,受到延安军民一致好评。张光年就在此时创作出了著名的《黄河大合唱》歌词。冼星海日夜突击将八个乐章和全部伴奏曲谱一气呵成,经过一次次的修改排练,在鲁艺音乐系协助伴奏下,于陕北公学大礼堂作了首次公演,获得好评。

几天后,三队接到通知,要求演剧队立刻返回二战区。队员们在没有思想准备的情况下感到很失望,一致提出要求留在延安,或者派别的同志去。意见汇报上去后几天都没有回音。叶鼎洛又犯失眠症了,关键是自己的命运不能掌握在自己手上。

随后,抗敌演剧三队来到河南渑池,与抗演十队和陕西专署巡回剧团会合,在举行了一次大规模联合公演后,又再次回到了第二战区。

1939年5月,叶鼎洛随三队回到了宜川,此时,山西新旧军矛盾已经尖锐,决死一纵队政委薄一波过来邀请三队到晋东南工作。

队员们便轻装简行,渡过黄河,向中条山进军,经垣曲、阳城、高平，到达长治。在长治进行了"七七事变"两周年纪念公演。

1940年5月，日军进攻太岳山区，演剧队体弱有病的队员都撤到后方军部留守处，身体强壮的队员则组成工作队到第九十三军补充团做协助工作。在连续不断的前线慰问演出中，不少同志生病了。队长徐世津患了肺病，咳血，仍旧坚持工作，直到再也无法支撑下去，不得不离队，后很快病逝。被大家亲切地称为"小弟弟"的只有十七岁

《怀江南》书影

的庄玄,也在行军中得了伤寒高烧不退,队友们在暴雨中用担架抬着他奔跑,当终于把人送进中央军医院时,他已经结束了年轻的生命。

最让叶鼎洛忘不掉的是那个开朗活泼、一向被大家称为有"男人之风"的女高音蒋旨霞。在长途行军前,蒋旨霞为了减少病痛麻烦,在村里由一个中医用土法割治痔疮。手术后,因消毒不严,感染腹膜炎,疼痛难忍,在转往医院的路上,不幸逝世。

叶鼎洛对蒋旨霞的离去,非常伤感,他认为这完全是缺医少药造成的,他几次梦到蒋旨霞:红苹果似的脸庞,绽开着充满信心的笑容。然而,仅仅三天,一个小小的手术就断送了她朝气勃勃的生命。

这一年,叶鼎洛主要为演剧队创作节目,其中有反响较大的三幕歌剧《汉奸的跳舞》,剧本分三期在《黄河(西安)》上发表。

另外,他还写了诗歌

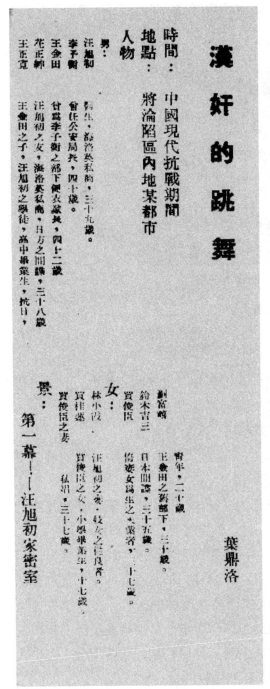

《汉奸的跳舞》剧本

山西东南一带

《我想起了松花江》和《怀江南》。

1940年冬，叶鼎洛随队到达河南省渑池县常村，他们在那里进行了为期五个月的休整。

这时，他们打听到第二战区获得蒋介石发来的"皓电"，文件限令黄河以南的新四军于一个月内撤到黄河以北，同时密令其数十万军队准备进攻华中新四军，从而掀起第二次反共高潮。

三队的人员都很紧张，怕二战区的人向他们下手。他们静观其变，关注着报纸上的一些报道。

有一天，叶鼎洛在共产党办的《新华日报》上，看到了周恩来的亲笔题词："千古奇冤，江南一叶。同室操戈，相煎何急！"

此时他们才知道，1941年1月6日国民党发动了"皖南事变"。后来他们还了解到了一些详细情况：1月4日，项英率新四军军部和部队共九千余人北移。6日，当进入安徽泾县茂林地区时，突遭事先埋伏的国民党军队七个师八万余人的包围和袭击。广大指战员经七昼夜浴血奋战，但终因众寡悬殊，措施失当，弹尽粮绝，除两千余人突出重围外，一部分人被俘，大部分人壮烈牺牲。

军长叶挺与对方谈判被扣，政治部主任袁国平牺牲，副军长项

《后方杂记》书影

英、参谋长周子昆在突围中被叛徒杀害。17日，蒋介石竟反诬新四军"叛变"，宣布取消其番号，并声称要将叶挺交军事法庭审判。

抗敌演剧队的顶头上司郭沫若，也被解除了第三厅厅长的职务。

这年7月,国民党军委会政治部下达命令,各演剧队按配属的战区番号重新排列,原各抗敌演剧队或解散或改组,并对改组的演剧队进行更名。三队正式改为"军事委员会政治部抗敌演剧宣传队第二队",即剧宣二队,成为共产党领导下的占国民党编制的文艺团体。

叶鼎洛他们由渑池常村跋涉七百里回到吉县进行改编。此时,战区政治部要求他们集体加入国民党。经过耐心疏导,大家终于同意加入国民党。

可是,即便入了党,演剧队也还是要受到怀疑和监视。不断有人佯装亲热找上门来聊天约打球,目的是为了探寻他们读些什么书,看看他们褥子下面藏着什么东西。他们的节目也还是受到审查和挑剔,甚至连他们为什么出门总是两个人以上,女队员为什么不在队外找对象也都成了问题。面对来自上方的种种猜忌和指责,叶鼎洛他们的日子很煎熬。

形势一天天恶化,尔虞我诈的阎锡山与日本军队频繁接触,做着投降的准备。

《红豆》封面

《红豆》书影

和文藝工作者共同商討一個問題

葉靈鳳

在從前覺得是好笑的事，現在想起來成了一個問題了。最早我學西洋畫，我把我很得意的傑作給家裏人看，他們看不懂，因此我覺得他們很笨，並且在他們之間，我覺得很孤獨。後來我又寫了些小說，儘管讓看的有些人稱我為「藝術家」，為「文學家」，但我知道他們起不知道我說的是什麼，我認為他們更不了解我，我更孤獨了。同樣，我拽着我的畫和小說，在社會上翻騰，在時代中翻騰，不知道我畫的什麼，我寫的什麼，我感到了「藝術家」和「文學家」是最不好聽的名詞，傷了我的心，我更感到孤獨了。

其次，畫洋畫和寫小說的朋友還很多，大家一見面很喜歡，覺得藝術和文學的天地仍然很大，然而大家一

走到房子外面，其餘的同胞仍然對我們板着臉，於是我適應得，我們這種人，在人生、社會、國家、民族的舞台上，我們僅是一個小丑而已。

但每個小丑又常不滿意另外一個小丑，甚至所有的小丑不滿意這同的，多少年來，常在雜誌報章上，看到過這樣的文章，說：「中國為什麼沒有偉大的文章？」「中國為什麼沒有偉大作品產生？」

抗戰以還，文藝工作者的寫作的內容都改樣兒了。並有文章下鄉，文章入伍等口號，而「中國為什麼沒有偉大作品產生？」的問題，在雜誌上仍然有人提出。口號是口號，問題是問題，可是苦悶的情緒，似乎更緊張地充塞了從事文藝工作者的心。苦悶的原因，大概是感到生活和生活條件

之不足。我也是這到苦悶者之一，但我感到，生活和生活條件不足的問題，在目前是沒有方法可以解決的，主要的是從事文藝者本身有一個共同的缺點：就是中國的、又是西歐的腦筋太歐化。所謂「歐化」云者，即是說我們的腦筋的變了就是中國的。我相信，我們從事文藝者，比較其餘的智識份子，更是接收西歐的文化和技巧的。生來又是富於情感的擴物了。沒有犯西歐的文化和技巧的份子，沒有狂熱地在腦子裏分析和融化，好像地在腦子裏分析和融化，平常，照着西洋的設風畫寫寫東西，很苦悶，倒覺奧天知命似的消磨了我們的生命。一旦担起抗戰的責任來，便覺得手忙脚亂了。第一、我們不能應付人事，沒有忍耐力；第二，我們覺得我們的工作是徒勞，不能應付人事的原因是我們的主觀作祟，沒有忍耐力是我們戀慕和理想着中國並沒有的物質文明，工作的徒勞是倒寫我們的日記針對中國民衆的心理。現在，從事文藝者大都從事文化工作，可以說幾乎不知道中國民衆的心理。現在，從事文藝者大都從事文化工作，就是我們的政治工作

演剧队能否坚持下去？是否应该撤回延安？

大家意见不一，心绪不宁，队里派人秘密前往延安汇报情况，带回来的指示说：延安是一块光明的地方，你们回来固然可以增加一分力量，但国统区一片黑暗，你们在那里是黑暗中的一点火光，能给人们带来希望。

之后，剧宣二队在洛阳一带演出多次，期间还与抗演十队、抗宣四队一起，举行了联合公演。

以后，他们以"剧宣二队"的旗帜在河南演出了《月亮上升》《演戏》《反攻》《国家至上》《狂欢的夜》《祖国》及三幕歌剧《农村曲》等，在沉寂的黄河岸边放射出活跃的朝光。为纪念1941年12月晋绥军华灵庙抗战胜利，二队编演了以这次胜利为主题而创作的《华灵庙》，谱写了大合唱《华灵庙战歌》。演出很及时，极大地鼓舞了抗日部队的士气。

这一年，也是叶鼎洛发表文章最多的一年，累计有十六篇。其中散文《后方杂记》分三期在《西北研究》连载，获得较大反响。

叶鼎洛他们的剧宣二队在行军途中，见到了不少逃难到山西的难民。他们了解到是河南发生了大饥荒，当时河南省发生大旱灾，夏秋两季大部绝收。大旱之后又遭遇蝗灾，饥荒遍及全省一百一十个县，沿途饿死、病死及扒火车挤、踩、摔（天冷手僵从车顶上摔下来）、轧和遭遇日军轰炸而死者无数。陇海线郑州以东已被占领，能通车的是洛阳以西。坐火车逃难的，充其量占逃难总人数的三分之一。当时火车数量很有限，运载效率很低，大部分是运货的，难民都是坐在货上面。火车时速只有三十公里，从洛阳到三门峡走走停停估计要两天。家境稍好的，才有可能坐上火车，多数人是徒步。一路上饿殍遍野，饥民相食，惨不忍睹。

这次灾害，据说有三百多万人饿死。在这样的背景下，日本人给中国灾民发粮食，要求他们帮着消灭中国士兵。难民们对叶鼎洛他们说："这粮食我们能吃吗，我们吃了就是禽兽。"

叶鼎洛他们从1942年6月至1945年10月，就住在隰县南沟。

日本醒來罷

葉鼎洛

多少年前的往事，忽然重新湧現在心頭了。

那時節，是軍閥時代，二十來歲的我，雖則藝術的生涯已經遭了經年落後的厄運打擊，這是受了帝國主義的壓迫啊！我還不想放棄我的勇業。受了一個朋友——C君的鼓勵，在梧桐落葉蕭蕭的時候，和C君一起帶着幾具行李，東渡到東瀛三島的日本去。

我已經不是第一次坐海船，但乘這異國的船，和許多異國人——這些猥瑣的日本人，一起飄向異國去還是第一次。開船之後，海輪駛出黃浦江駛出吳淞口，在洪波濁浪中，漸漸離開祖國的海岸，祖國的大陸漸漸變成一條奇綫，又漸漸隱沒到天際後。壁面夫的時候，我只覺得像嬰兒離開慈娘的懷抱，心中悵悵了無限的悲傷！

一起瓢向異國去還是第一次。本人——這些猥瑣的日本人的船，和許多異國人——。我已經不是第一次坐海船，但乘這異國

點，活潑地學了浴中到浴室去洗澡，遇着問題就和日本人扳談——那種譜美日本話——我和這他在爭聲說日本話。無論怎麼立說，批評中國的議論，我很不服。深受祖國文化的感染的我，意識中總以為我是中國人，導東亞文明的日本人。傾生在這樣小天地中的人物，怨願會有這大的胸懷，又怎麼不對神州大陸注三尺，日夜想實現他侵略的美夢呢！

C君是老留日，多示他給我多少的指。我問過頭去看沿岸邊，只見碧海連天啊！祖國呀！我已經忘了倫退了！一點無鄉愁，許多資小玩意兒奔上船來，身子靈便，跳躍像猴兒似的，將玩意兒排列在船艙上，一個個醒坐着，正像一排列的如來佛，買的小孩，這真是小玩意，沒有一件較大的東西，真是和他們的人種、國家、文化相稱，這是中國人趨味後，但我倒從中國去，只覺意思不懷。

現在想起來，當時的出國也只是一時的熱血而激盪到像團出風尚，我求到的是什麼學，這樣的求學者，日本又有什麼可學呢！

船行一晝夜，二十四小時以後上午九點鐘，已經到達埠頭。船上的人都整理行装，從上海動身的時候，賣了一個紅木衣

岸上的救物射鴻了衲腦，我像补佈得了新大陸似的，到船紘上去觀望。遠海是從未見過的奇景。浮出在海面上的山巒，像我們常見的廳堂擺設駿山從灰似的

樹，小屋，小路，小人黑鴉堆滿在山上，層層芥田從山上劃成了綫格，想見日本人的了不可開掘的砂石外，已經沒有一塊陸地，這纔是蓬萊仙境，纔使我佩服日本人的精勤勵苦，同時所以是那種小骨，小器，生長在這樣小天地中的人物，怨願會有這大的胸懷，又怎麼不對神州大陸注三尺，日夜想實現他侵略的美夢呢！

啊！祖國！我已經忘了倫退了！一點無鄉愁，許多資小玩意兒奔上船來，身子靈便，跳躍像猴兒似的，將玩意兒排列在船艙上，一個個醒坐着，正像一排列的如來佛，買的小孩，這真是小玩意，沒有一件較大的東西，真是和他們的人種、國家、文化相稱，這是中國人趨味後，但我倒從中國去，只覺意思不懷。

從此我在N海岸住下了。起初我同的寫所在市街的一條小街上，寓所的主婦延C君的老房東，C君爲了要討電老王婦，姓的閨媛，同時也覺神同船中的姪個人，格外可愛了。她在大海中像隻魚水點鐘，已經到達埠頭。船上的人都整理行装，從上海動身的時候，賣了一個紅木衣

《日本醒來罷》书影

这段时间，叶鼎洛沉浸在农村，天天嗅着腐烂的草木气息和牲畜们拉出的粪便的气息，也一点不当回事了。想想女同志能忍受，身为男子汉有什么不可克服的？！他画画时，有时黑棉鞋就踩在粪便上，吃饭时才发现味不对，看到自己的鞋，就大笑。

他们都不会惊讶，继续工作。叶鼎洛用画作、散文《日本醒来罢》和《我们怎样打破目前文艺界的苦闷》等多篇论文，来为抗日救亡作着宣传，其画主要揭露日本军国主义的侵略给中国人带来的大灾难，号召民众救生亡图存；其构图和表达上极具个性，不仅讲述了半个世纪以来遭遇的苦难和灾变，兵灾和匪祸，更通过一些标志性人物，用隐喻的方式呈现了中国人在这一历史进程中所承受的心灵隐痛。

有时他也写抗战歌曲，用二胡伴奏教大家唱。

叶鼎洛已经很久没有写小说了，这次行军途中，他首先写了短篇小说《掮客》，带点政治讽刺，像相声，让人捧腹。稿子交出去后，他又开始写作中篇小说《红豆》，是前几年就构思好了的，一直找不到写作的契机。前年在河南渑池进行五个月休整时，他就重新作了一番构思。

他在这部中篇中，思考最多的便是"人生的艰辛和人性的碰撞"之主题探索。人性碰撞的问题上，他觉得实在是不那么简单的，有时感觉到还相当沉重，是充满纠葛与无奈的，哪怕是至亲之间，哪怕在表面上看并非惊涛骇浪的普通人的日常生活中，也不总是那么尽如人意、细语柔光的。

这部小说1943年首发在《黄河》的第5卷第1期和第2期上，1944年西安新建书店印行了单行本。这也是叶鼎洛公开出版图书中的最后一本。后来颇受舆论赞赏。有评论说它"描写细腻，技巧新颖"。作品没有明确的指涉性，它的魅力就在于模糊性、暧昧性和神秘性。作品对心理、情绪、感触的捕捉体贴入微，文风恬静温婉，其古典文学修养化作一种温润的文化情怀，沁人心脾。

《红豆》成为叶鼎洛的一种生命呼吸、一种生活方式、一种自我拯救、一种抗衡灰暗的武器。叶鼎洛在这部小说中，将那些个人独

老摩登的藝術

葉鼎洛

他？老摩登，大家這麼稱呼他，我們也不必一定考據他的真名實姓。他曾在可以說是我們這一羣人中間的出乎尋常的朋友，也可以說是社會上惹人注目的一位人物，誰談起老摩登來，誰都要把他咀嚼得津津有味，而他所以能夠使人有口皆碑的原故，實在因為他的樣子很不平凡。

在葉秦集會處所……尤其是遊藝會這一類場所，大家總可以看見老摩登在那裏面精神抖擻地活動。

他其實是沒有一點事情，也不負任何責任，也沒有必須參加的理由，但他總是熱烈地參加。一會兒爬到台上去，一會兒鑽到後台去，一會兒走到會場裏來，一會兒走出會場，一會兒又走進會場。活還玲瓏，搖頭，擺手，若起來，精神抖老是認真地，禮貌地和人打招呼，諧謔逼這些工作幾全是一個太會的主持者的責任，也可以說迎值所有的集會之開會無關係，他已是快近五十歲的人，而且他那副天賦的形容，實在很不平凡！

瘦瘦的身體，疲得像紋兒似的。一個皮色紅紅的，但是瘦得只剩皮包着骨頭的腮上，高高的顴梁上，架着副白金——也可以說是白銀吧——迷你的平光眼鏡。玻璃後面透出了一對下眼泡已經浮腫了的大眼，常常迷疑致慮惜了地眨着。兩條眉毛，原來許是很好看的。因為是老了，其粗疏了，混了幾橫在額邊和黃色全混不清了。鼻子原來水

他的頭頂已經開始發禿了，但儘管老，他始終把那秋草漸衰般的頭髮長長地留着，從耳朵邊摺過去，遮問後邊。齊着頸子，而且浮着閃閃的油光。

他喜歡穿花衣服，長袍的衣面總是鏽緞，短裝的質料總是花呢。他的袍子總是窄窄的袖口長長的下擺，並且還穿在肩頭圍上條絲巾，穿短裝的時候，燈籠袖歪在毛鞋子裏，漆皮鞋刷得晶亮，手腕上還常套着根皮鞭。總之，他這一切的服裝打扮和他的年齡全不相符，是這麼年輕而鮮豔，然而，當他這小矮個兒，人們遠遠地從後面望過去，估量他是一位尊貴的姿太。

因此，大家送了他一個外號：
「老摩登！」

他也就接受了這個奇特的綽稱，笑着說：
「呵呵呵！對對對，我，出名的老摩登，誰都知道我是老摩誰看了老摩登這個樣子，誰都會驚訝萬張開嘴，嘉若

《老摩登的艺术》书影

江阴才子叶鼎洛

《掮客》书影

到的"经验""记忆"进行了精致的雕刻，抒写出个体真切的生命体验。作为一位画家、作家，他对画面、色彩、光影有着敏感的把握，对事物的观察细微、独到，这使得他的这部小说极具细节的美感。从他的描摹中可以看到云淡风轻的画面、静水深流的情感以及看似随意撷取的意象，它们像诸多碎片组成的万花筒，构成斑斓的世界。他的小说有着独特的叙述语调，感情节制，语言洗练、明澈。

叶鼎洛是小说家，颇具文学修养。他以自己独特的眼光，创造着文学的梦境，延伸着他艺术的想象，丰富着他关于文学的奇思妙想。他常常把美术上的东西应用到小说中，这些看似随意的写景或人物的一个肢体动作，却是作者艺术的借用，使文字更具有表现力度和真情实感，让人阅之动容。

这部《红豆》，不由让读者要去联系他的《未亡人》和《双影》，这些作品在叙述个人经历时，身心是怀着对处于底层民众的巨大同情的，他是用文学在代人受过，以忏悔者姿态作着文学凭吊，得出了"同情心、恻隐之心是人性的重要元素，抨击恃强凌弱是作家的良知所在，所以说创作比人生更痛苦"等感悟。情到深处，令人唏嘘，这是作家情思的真实流露，表现出他对自我生命的苛责和对艺术的孜孜以求。

从《红豆》的复调和交叉叙述的语境里，可感觉到作者隐藏在其后的身影。这种若即若离的抒写，总是不动声色，而且扑朔迷离，甚至于在高潮的铺张和宣泄时，急转直下，跌入阴冷的冰窖。

《红豆》用的许多字眼非常准确，准确到让其他词语都不算数的程度。这是值得研究的一部"私小说"，它不仅构成了叶鼎洛小说鲜明的辨识度，而且可以从中看出他对生活况味与种种细节由衷的珍视和敬重。

由于战乱，叶鼎洛后来中断了小说创作，文学与现实难以获得一个平衡。

这一年，郭沫若的《屈原》在重庆演出成功，据田汉给叶鼎洛的信中转述夏衍语："客满了十七天，卖座近三十万。"田汉信中还讲到郭沫若的得意，称"前演《棠棣之花》批评文字特别多，这次却甚寥寥"，甚至诗兴大发地为剧中的金山、张瑞芳、白杨等十四名演员分别赋绝句一首。

叶鼎洛也为朋友高兴，他还将信的内容通报给了力群、庄言、金浪、钱辛稻等几位志同道合者，他们很受鼓舞，后来又创作了大量为人民喜闻乐见的、富有战斗力的木刻和漫画在战地作巡展；并时常举办艺术训练班，培养艺术骨干，播撒艺术的种子，激发人民大众的抗日热情和奋勇杀敌的战斗精神。

抗战胜利后，社会环境对戏曲的生存和发展极为不利。内战、独裁从总体上窒息着文化创造不说，单就苛重的演出税和把戏剧从业人员视同妓女的侮辱性的"艺员登记"来说，戏曲几乎被挤到了死亡线上。"王八戏子吹鼓手"这样的传统偏见还指导着当局的文化决策。但是，面对这样恶劣的环境，二队仍然顽强而执着地用话剧和戏曲作着反对内战的宣传。显然与国民党宣传的戡乱政策背道而驰。

"一·二六事件"以后，二队队员们决定全体迁往北平，在离开太原前举行了告别演出。1946年7月，全体队员到达北平。

第十六章　从东北撤回重庆

（1946—1947）

《东北画报》封面

叶鼎洛在1930年9月下旬游览过北平。当第二次踏上这片故地，便有了一种自然的亲切感。这次到了北平，他很想进大中华书场听京韵大鼓的名家白云鹏说《孙总理伦敦蒙难记》，可节骨眼上，却就接到老家鼎力妹妹发来的电报，告诉他父亲已经于上个月的6月5日过世了。

读着电报的叶鼎洛顿感大脑一片空白，有那么一会儿，整个人彻底崩溃。尽管印象中的父亲不十分完美，但父亲毕竟才73岁。比起十多年前作古的母亲，觉得父亲又是有福的，母亲只活了59岁。

然而，对于双亲作古这件事，叶鼎洛认为一个人即便再有英雄气概，心中对家人的惦念还是盖过一切的。他决定告假，然而领导不批假，原因是北平地下党派人入队进行摸底，队员一个都不让离开。那时，叶鼎洛突然想到东北画报社的老朋友罗光达，他想通过工作调动的机会回家奔晚丧，立即给罗光达发电报，罗光达很快回电，让叶鼎洛等他。罗光达过来不是让叶鼎洛回家，而是要挖叶鼎洛这个人。

罗光达告诉叶鼎洛，《东北画报》影响很大，他们的画报发行到部队的排，并在各班传阅，使所有战士都能看到画报，有些部队还把画报作为奖品发给战士。战士们也把能得到画报当作一件光荣的事。有的部队在订立计划时，把"打个漂亮仗，争取上画报"作为战斗号召。战地记者看到战士爱看《东北画报》，特别是看到自己拍摄的照片能够极大地鼓舞指战员的士气，很有成就感，上前线拍摄的劲儿更足。渐渐有了一个体会：要想拍出反映部队战斗生活的好照片，就要深入连队，到战斗最激烈的地方去。东北战场成了记者们磨炼胆量和提高摄影技艺的大学校。

罗光达拿了一本《东北画报》过来，叶鼎洛翻阅着八开大小的画报，看看内容十分细致，画报的封面、封底为彩色，内容为黑白印刷，中间有一张彩绘图画插页非常引人注目。

画家出身的叶鼎洛，看到这样一份精致的画报，自然被吸引住了。罗光达又讲到当前他们的工作，提到国民党在往东北运兵，此时枪林弹雨下，回家不太合适，让叶鼎洛顾全大局。叶一度万念俱灰，可最终他被说服了。

他回赠人家一本新近出版的中篇小说单行本《红豆》，说："秀才人情半张纸，文人相敬，就送你一本书吧。"

叶鼎洛跟罗光达去了东北。

他们从沈阳（1929年4月2日由奉天改现名）火车站出来后，叶鼎洛一下感到自己像掉进一个冰窟窿里了。与1927年到这里相比，似乎不是一个地方了。可能是年岁长了，不扛冻了吧？寒风穿透棉衣，扎进皮肤，戳中骨头，侵入血液，彻底将了他一军。

罗光达也裹紧着棉衣，挨着叶鼎洛，用胳膊肘碰了碰他说："禁不住吧，坚持一下，到目的地后，我给你找棉大衣穿。"

叶鼎洛有些不好意思起来，笑笑说："我来过东北，没有想到今年冬天会这么冷，这天气冷得让人绝望。"

到目的地后不久，画报社就开始了搬迁工作。

当时，由于处于国共交战时期，画报社也只能处在野战状态，三天两头要转移，火炕的木炭也没有烧过一次。骡、马驮着印刷设备办公用品，蹄声嘚嘚地行驶在丛林莽野中，一天下来人马都已经十分疲惫。

有一天，为解决制版印刷问题，罗光达派叶鼎洛带领成立的"敌伪印刷物资接收委员会"，去沈阳的制版印刷设备厂搞接收。10月15日出版了《东北画报》时事专刊第三期（前两期于4月在冀东盘山出版）。10月底，由于国民党运兵秦皇岛，准备内战，李运昌率部队移驻锦州一带，画报社改由中共中央东北局宣传部领导。为紧密配合形势，首先用套色精印毛泽东主席、朱德总司令大幅肖像及传单、标语，出版了对开单张的《东北画报增刊》，并用中苏友协名义编辑出版《中苏友好画报》，同时开始编辑八开彩色胶印的《东北画报》创刊号。

郁达夫生前最后一张照片

叶鼎洛得闲时便拿出铅笔画速写。坐在一块石头上，由于喝不上茶水，整个嘴唇看起来干裂着，但他的表情却是一本正经的。那时，他曾给好友赵景深寄过两张荒榛蔓野的东北风景，这两张画一直挂在赵景深家的客厅里。一年以后，因国共打内战（兵燹）而遗失。

1947年1月11日，中共中央军委发电报指示林彪、高岗等，要求东北部队利用冬季最寒冷时有计划地发动进攻，找敌之薄弱点，采取围城打援的方法大量歼敌，平均每月歼敌一个师以上，转变敌我形势。

此时画报社人员又冒着凛洌的风雪，由本溪北迁通化，骡马驮着印刷机之类重物艰难行进，人背着行李跟进。走了大半天，视野里的山峦变化着样貌，有时进入开阔地带，这时带队的人会招呼大家急行

追想一位故友

叶鼎洛

前幾天裏，忽然從南邊來了另外一個朋友的信，好像順便告訴我，他好像特意便我知道，說：「老方一年间起回家鄉，死了」。讀了這信中的極簡單的一句，我感到無窮的悲哀，追想起這個朋友來。

開始和老方認識，是在上海的四馬路的鹿鳴旅館中，那時是所位舊同學——許君陸君——拉我到南滿洲去做事。便在鹿鳴旅館中，認識了老方。

「我給你們介紹，這是一位同鄉，同到那邊去做事的，方一覺」許君在我眼光中看來是交際家，同時也是革命家。（我這眼光並無差錯，他現在正在中央當一面的車。）而勒着面上的近光眼鏡説。

「什麼一覺一覺的，多難聽的名字，就説老方是了─」陸君是高大個子，但却藐視失勢者，他這樣心直爽快的説，使我第一面見方一覺君，便覺得他這人在這社會中，是一個华悲劇的零餘者。

方君的身材正和陸君一般高，皮包和許君一般的白，但輪廓却和我一般狹長，是個並不見其瘦的長挑身材。臉上也帶着近光眼鏡，漆黑的頭髮是鬟鬟的（以後我總羡慕他這頭髮，以為是中國的最美的頭髮。）但是彷彿有一層什麼東西蒙着他似的，使我覺得他這人的出現在人的面前，總是不十分清楚的糊塗。（大約就是所謂沒有精釆吧？

穿着膝盖的棉袍子的他，正捻着他口喝五茄皮。經許君的介紹，他立起來和我們招呼，但是奇怪的是，總好像只做望板壁中擠進去，對於人是讓開來的，像是我個人的感覺）於是我開始在心中認為他是個弱者，但都更覺得他是個可以相處的人。

那時候，我是最能够喝酒的，就連一切不肯讓人一步的田漢，惟這酒上也只得對我讓了步。他不關和我為酒仙，便說我是酒徒，遂行的人一走，我便開始和一覺喝五茄皮。才知道他也是和我一樣，是個無論怎麼喝他也不會頭出醉態。腕子發紅的人。用他那似乎沒有睡醒的面孔，望着大理石桌面，發出些關於酒的議論來。

「老方末，只賸得喝酒，少喝點麗—喝不斷的酒—算啥個道路呀—」對於他致不滿之意的陸君，用藐視的斜視的眼光望着他說：「喂，我對你說，老方—道次你除那邊去，可不能只賭喝酒呀—做事要盡責，不要連我們面子也塌了呀！」

我也免不了是個勢利小人，一直看着穿蓝棉袍子的他，又有陸君這態度，第一便發見這將來的酒友的，不知甚於何種理論，因這窮酸的推斷，便又斷定他是沒有什麼學問，且又摧測他這人在任何方面沒有勢力，似乎且大可以隨便任意擺弄起來，或者覺是可以欺悔的人，但雖是這般想，對於他，我是抱着好感，以酒作了介紹，我

《追想一位故友》書影

军，怕头顶上国民党的侦察机发现。入夜后找住的地方，住下后，半夜时常能听到交错回绕的狼嚎狗吠，阴森吓人。叶鼎洛有时睡不着，披了衣在门口走走。整个夜是一派无涯的混沌，有雪映衬，四野并不黑透，所以黑暗才会变得不是黑的，全是一个个浓浊浅暗的剪影。

天气一天比一天寒冷，山路上全部是融化不了的白雪。画报社人员"嘎吱嘎吱"行进在干燥的雪地里，大朵大朵的雪花还在飘下，雪淹没到了小腿。年轻人爱动，边走边抓了米粉蓬松的雪打雪仗，打出去的雪球仍是粉状的。白天，在太阳的光照下，这一片雪地更显得白亮，有些刺眼。

叶鼎洛他们在几株报春花前踟蹰，要不是国民党飞机的轰炸，大家为了防空，真不想立即离开。文化人天性中有亲近花草的脾性，大家都想望着小花作一首诗。

轰炸过后，得立即转移。很多时候是夜行军，一双黑色的棉布鞋踩着积雪发着窸窸窣窣有节律的声响，叶鼎洛他们在一幅黑白强化的画面里前进着。逼视而来的黑色是树干、建筑物、人和骡马的活动体，白色的是空间，是雪，是画家叶鼎洛要抓住的一个画面，当然也是画报社同仁所要展示想象力的一个起点。

叶鼎洛他们在通化三个多月，印制了大批军事地图和单张画刊，还出版了古元的第一本木刻选集。

在与国民党军交火后的日子里，画报社作转移时，要经常走大车不能进入的小道。窄窄的两个车道的小路，道旁是齐齐高高的杨树，树背后是一簇簇叫不出名字的灌木林，再下面就是一片片苍青野草地、一团团粉紫色的杂花。隆冬季节，山地一片灰土色，远景中有一点绿意，显示一点生气。

叶鼎洛他们的车，顺着小道与山势一起上上下下、弯弯绕绕。坐在车里，高一下、低一下，浮一阵、沉一阵，这场合让他想起小时候在江阴农村时的情景。在这半天的路途里，经历了峰峦沟壑、树林湿地、丘陵草原、荒漠沙野，经过了散住户、农田、驼乡、牧区等，才算走到驻地。已经入夜，外面非常冷，半轮寒月，高挂在天上。淡青

第一卷 第十期 進步 13

夫妻兒女

長篇飄葉子的一章

葉鼎洛

飄葉子始終認爲宗法社會的思想實在是痛苦和罪惡的根源，我現在雖然年將半百，而一想起那種種制度，便感痛恨。請你們恕我廢話除了父母妹妹以外的純粹屬於我本身的事。

我實在至今不知道家庭之間有什麼樂趣，而所謂夫妻的恩愛，又從那裏說起。實在，我除了愛父親外，其餘喜歡交朋友，父親和妹妹，在我覺是不得不關心他們的一種義務和責任，至於我和我女人，我們始終是一對陌生人，現在雖然死了，就在生前，我也沒有對她說過一百句話。我實在不愛她，所以，我對待她，實在無話可說。我和她結婚之後，我前後在家不到三個月，而中間的兩個多月，是爲了父親的疾病和死亡。所以，我當時和我的妻子，實在僅是一種名義，我之所以要爲她的「丈夫」，也是父母一手包辦，而我之所以服從父母，是因爲他們需要一個人侍候，（妹妹們是靠不住的這是我和父母同樣的感想）父母是需要財產的人，而我，絕對不肯輕易賴財產生活，這中間，在生活的方式和思想上，已經發生了衝突，但他們確是我的父母，所以，在情感上，我是不能不供養他們到死亡，而這供養費，實在由於我和祖宗共同負担了。

我現在想，我之所以特愛父親，是父親曾經爲賴努力負担了我們子女的生活的原故。記得有一個時候，災歉之年，父親浪費產業，不理家事，母親爲了保存產業，爲人家紡紗，並且拿出自己的私蓄，供給我的學費。實在，我愛我母親，她雖然是有產者的妻子，也曾經以勞力之所得，補充了有產者的消耗，這一點，我所以特別愛我的母親。

但「飄葉子」自從成爲飄葉子以來，除了童年，他曾在沒有享受過一點祖宗的遺澤，和按照上代的制度作成的家庭的幸福。飄葉子的所以這能敘述關係他自己的一些故事，實在是違背他的理智，另外在這世間延續了飄葉子的家譜，這一點，實在是出乎我的父母的意料之外，也出於飄葉子的意料之外。

我前面好像已經敘述過，飄葉子從小就有「出家」的思想，但他後來竟生了男女，而現在卻又成了一個和尚，人生的變化，也可以說是微妙了。

雖然我那個陌生人的妻子已經死去（關於她的死亡，我不想加以補敘，增加自己的感傷。）我對於她雖然不愛，卻是同情，但飄葉子是不能負責任的。我記得，當我還在病院，知道我將來的妻子就要是某人的時候，我曾經給她的父親去了一封信，說明我並不喜歡他的女兒，請他對於女兒「婚姻」加以考慮。我的所以如此，是不能拂逆我的父母的意思而設法阻止對方的許婚。我現在想，如果是一個明白父母，對於女兒的許婚，一定會因此停缺，但她的父母卻竟好像趕緊將女兒推出去似的，漫不爲意的允諾了，（她也有一個吃鴉片的父親。）

準備的糊塗，就從這時候開始，那時候，我尚在壯年，而且已經向她那一方面表示了態度，怎麼還能負責任呢？

飄葉子後來和另外一個女子生了一個男孩，一個女孩，要不然，我這一生，對於一個在人類中應該完成的使命，幾乎是沒有交代，而在飄葉子的故事中，缺了一個格外的節目了？

但我並不想向大家廣播愛情的故事，也並不是演講人生哲學的態度，所以，對於這一節，略而不說。欣然和女子同居，自然會生兒女，欣然有了兒女，自然要養育成人，兒子和女兒，他們現在已經長大，這好像是我的能力，但這實在自然的事，所以，覺得不必多說廢話，這是種敘說關於飄葉子的故事。

請你們不要用「一夫一妻」，「男女平等」這些理論來批評我，因爲，在「飄葉子」的生活中，自然會發生這種事情，況且，現在這種事情，在社會上很多，爲什麼要單獨責備飄葉子呢？況且，飄葉子實在不想要上代的遺澤，他的直屬好家庭，是他自己建立起來的。

但不幸的是，兒女現在雖然長成，他們的母親又沒有了。飄葉子老早又成和尚，想到這些經過，我更不願意多說什麼話了。

在開封的時期，實在是飄葉子一生中最受磨難的時期，我的所以在那地方住得較久，其原因是爲了父，妹，妻室，兒女的拖累，如果我仍是一個人，我想，我已經不知道又飄到那裏去了。

但開封的社會對於我印象也是一樣的不好，也可以說是更壞。我在那裏認識了一些朋友，我知道他們有些是吸鴉片的。打牌是公開的賭博（這當然到處皆然）逛窯子也是平常的事。

那時候，是中國幸而沒有發生內戰的局面，我記得，實在是足有五年，那裏的人民生活很舒服，我也享了些福。最初我教課，很感費力，但後來成了習慣，並且學到了講課的教法，連自己也不相信是的竟得到了許多年輕人的信仰，但我至今只是慚內愧，因爲，我承認，教課實在是將一些書本上的年代，人名，理論，名辭，扯到一起，而又參以己意，很有條理的講出來，這是每個教書匠都懂得的方法，但我覺得，他們聽了我這一套，有什麼用呢？將來，他們將我這一套再去講給別人聽，這不是更糟嗎？我仍然在報紙上胡謅文章，而竟有人稱我爲「學閥」和「文閥」，這種新鮮名辭，我實在受不了，我其實僅是一個「飄葉子」，我的胡說白道，大放厥辭，實在是不得已，而且這樣的人中

《夫妻儿女》书影

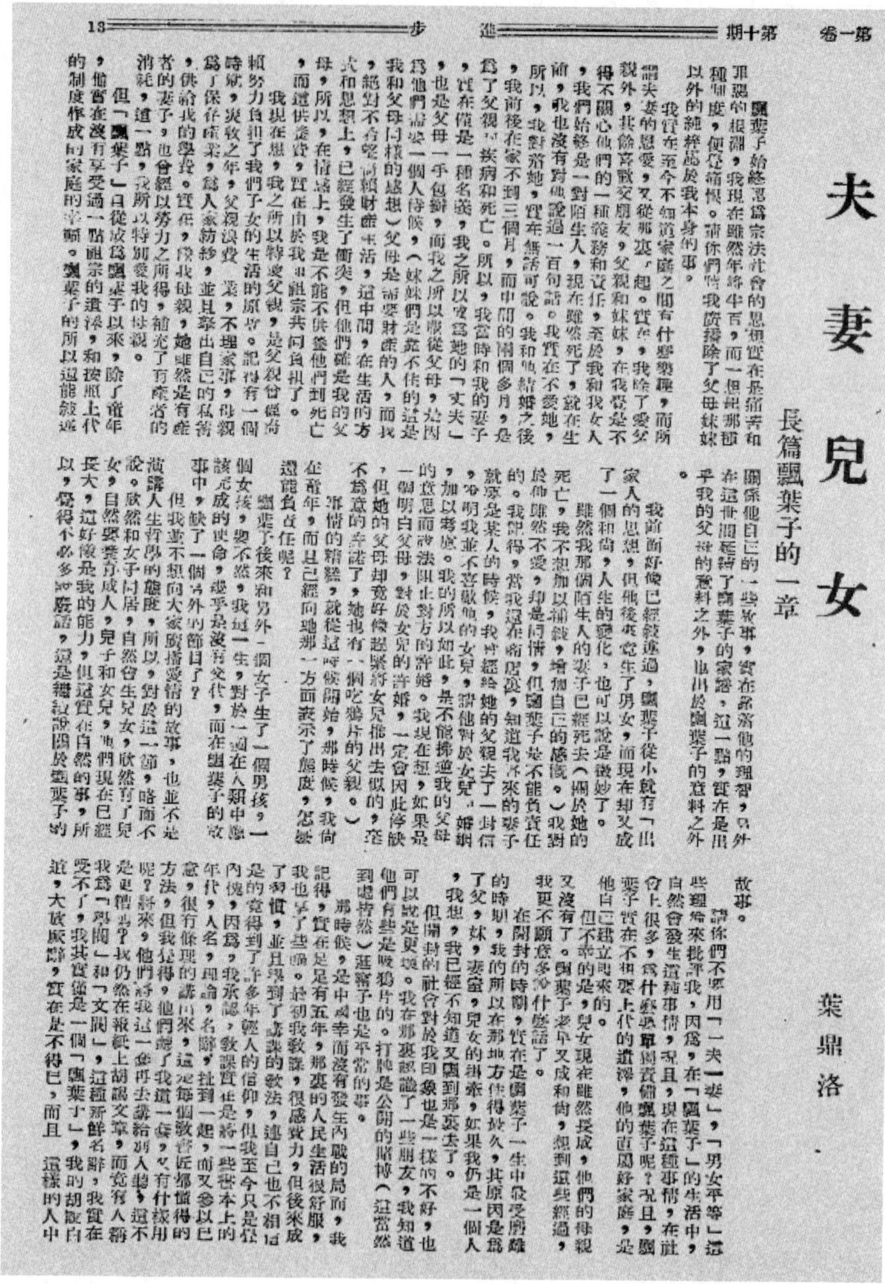

的圆形盖里，几点疏星，散在半空。叶鼎洛找一个茅房大便，这几天闹肚子，刚进去就暴风骤雨下来了，轻松后提了裤子出来才开始欣赏这北国寒夜之美，同道者对他这样也只有摇头和感慨连连。

其时，北满土匪谢文东的残余分子活动猖獗，常来袭扰，画报社警卫队和工作人员多次与匪徒开火交战。叶鼎洛眼前有一个撒马飞驰的剪影晃过，他生生被一颗流弹击中大腿部负伤，开始觉得一股湿湿的热流从裤管里淌出来，后来才感到疼。由于在行军途中，子弹没法取出来，仅简单消了一下毒就被人抬着走。

到傍晚，叶鼎洛感到这个伤，能把人往死里疼，疼得脸都掉了色。疼，把一个人所有的神经全部抓住，二十四小时脑子里就是这个伤处的事，晚上也不能进入睡眠，经常是疼得嘴巴连连嘘气，然后是咬住嘴唇。他自己揶揄一句说："这算得上对战争的体验了。"养伤时得到许多人的照顾，他感觉到了一点骄傲。

叶鼎洛疗伤时，就想着那谢文东。谢文东1939年投降了日本侵略军，投降后，还曾赴日本东京受到天皇裕仁的召见，无耻地向日本政府表示反省，跪在所谓"忠魂碑"前忏悔谢罪。

人不能太精于算计，计较于得失。谢文东一直三心二意，明八路、暗"中央"，最后跟了国民党反动派，走上了一条背叛人民，走向自我覆灭的道路。

叶鼎洛对同事说："我这一枪要记在谢文东头上，尽管一个月前这个坏蛋被勃利县政府公审处决了，可流窜在夹皮沟一带的土匪还没有被全歼，有些土匪作了隐藏，专门在暗中搞破坏，他是阴魂不散的。"

叶鼎洛本来就患有失眠症，这一下，身体就垮了下来，不能随大部队前进，便于这一年的4月，转战千里来到大后方重庆一位叫李绍文的青年朋友家养伤。本来他是想回江阴的，刚巧出发前收到演剧队转交来的一封信，来信就是1938年在西安办抗战画展、木刻画展时所结识的李绍文写的，信上讲他们已经回重庆安居并准备开办画廊，希望老师有机会去作指导。

叶鼎洛回忆起李绍文，觉得他人挺仗义疏财的，性格上与自己也差不多，都是没有心计的人，再想到江阴的妹妹在生意场上，整天提心吊胆，危机四伏，让他去过这样的生活，他觉得后怕，便打消了回江阴的念头。

重庆朝天门码头

离开东北时，罗光达安排了一名重庆籍战地记者随行。

叶鼎洛较为顺利地到达重庆，他们几乎没有询问，就找到了李绍文在罗汉寺附近开的画廊。随行记者在李绍文家吃了一顿饭，连家也没回，便连夜乘船转道回东北。叶鼎洛在李绍文家住下，几天下来，他感受到小伙子悟性挺高，画画功夫已经很好了，越发热心指导。李绍文父亲也为儿子能结识文化名人，而自感脸上有光，对叶鼎洛的到来，同样高兴得不得了，等于是他家为画廊特聘了一位顶级画师。

叶鼎洛身体稍好一点后，一边到一个学校兼些课，一边就赶绘出一批画作放在画廊作了一次展览，引来无数慕名者观看，几幅仕女画当场就让人订购了。那阶段，他时常能得到可观的润笔费。当然，他不会全部进口袋，而是拿大部分投入画廊建设。这时候，他的状态好极了，又恢复昔日的幽默机智和风流倜傥，步履轻盈，着装十分年轻。李绍文知道一点叶鼎洛脾性，开得起带荤的玩笑。端午节，去买了些粽子回来，两人一边吃一边聊说粽子店老板娘是寡妇，丈夫在东北战死了，没有孩子，朋友说这女人挺有女人味，要不帮你找来做个临时老婆怎样？叶鼎洛吃着粽子，过一会回话说："干么事啊，我有老婆！"

李绍文愣住了，眼睛睁得像牛眼说："你有老婆，我没有听说过呀！"

叶鼎洛认真地说："我真的有老婆，不信，过几天领来见你！"

其实此时，叶鼎洛并非信口胡诌，他心里还真有一个目标了。

当时，叶鼎洛正暗地里喜欢重庆罗汉寺旁边一家茶楼的一个女招待。她姓薛，名字叫兰珍，三十多岁，端

薛兰珍（李建华速写）

庄大方，丰满的身材，圆圆的脸，一副笑容挂在脸上，淳朴率真，尤其说起话来，快言快语，热情四射。叶鼎洛第一次见到薛兰珍，便知她是典型的川妹子，但脑子里一下蹦出的，却是《红楼梦》中的花袭人的样子，有居家过日子的温柔在内。

听说这个薛兰珍也会唱京戏和昆曲，家在农村，为人热诚，穿着打扮都很朴素。叶鼎洛常利用卖画送画的机会去隔壁茶楼串门。每天，他都默默地注视着薛女士的背影，有那么几次，竟忘记了时间。起初，薛兰珍并不领他的情，对这份爱意假装不知，还故意避开他。有时，为避免尴尬，叶鼎洛只要碰到薛兰珍当班，就立刻躲开，绕道走。但他的内心，又渴望见到薛兰珍。不止一次，叶鼎洛的朋友发现他躲在寝室的窗户背后，偷偷地向外望。望一会儿，又转身看是否被人发现。那种惊慌失措的样子，跟一个盗贼没有两样。后来，通过观察，道上朋友才发现从寝室的窗户望出去，正好看见薛兰珍工作空间的一个角落。窗户边上的那个缝隙边沿，被叶鼎洛磨得光滑了。

这段时间，叶鼎洛开始写长篇小说《夫妻儿女》，其中的第一章发表在《进步》杂志上。另外，他应《水星文艺》杂志的约稿，又

赶写了长篇小说《梨园子弟》，小说也仅发表了其中的第一章。这一章，主要写了戏曲艺人在日本帝国主义入侵后经尽劫难的故事。

这期间，叶鼎洛还写了一篇追忆性的散文《记西子湖》和怎样学习音乐》等四篇系列论文，均在《青年界》杂志发表。

这年6月，叶鼎洛的朋友李绍文，为扩大画廊影响，想到成都举办一次画展。

那天晚饭后，李绍文雄心勃勃地过来将自己的想法告诉叶鼎洛，希望叶鼎洛能给予全力支持。

叶鼎洛听完后，很高兴，当即表示将拿出最好的画作去展示。

接下来，叶鼎洛废寝忘食地赶画了几幅山水和人物画。

于是，叶鼎洛才有了这次成都之行。叶鼎洛在成都的一个星期里，他还去了青城山、武侯祠、杜甫草堂，感觉成都不愧享有"天府之国"的美誉。

回到重庆，叶鼎洛又关注着薛兰珍。这时候，同事们明白叶鼎洛的心思了，都想帮他一把，便有意当着薛兰珍的面，开他俩的玩笑。薛兰珍倒是个开得起玩笑的人。最先，一听到同事的玩笑话，她说："摆龙门阵的场合，大家别乱说。"言语中还透着几分严肃。后来，开玩笑的次数多了，她也不置可否，还跟随上门来的老师们一起笑。这时，大家都在鼓励叶鼎洛，说机会来了，要把握住。可越是鼓励他，他越是怕上场。只要有人再开玩笑，叶鼎洛的脸就憋得羞红，好几次急得眼泪都流出来了。

大家都在替叶鼎洛着急，心想，这事肯定黄了。可偏偏这时，薛兰珍却主动向叶鼎洛靠近，关心起他的工作和生活来。旁的老师都在为叶鼎洛感到高兴，并对他和薛兰珍的爱情抱有希望。在薛兰珍的影响下，叶鼎洛慢慢变得放松、开朗起来。两个人经常在一起聊天，偶尔还相约去逛逛街。那段时间，叶鼎洛的脸上始终挂着幸福的微笑。

两个人真的恋爱了，叶鼎洛有女人缘，恋上了，女人就离不开他，薛兰珍恨不能一天里来学校几次。她没有定规，忽然进来，不由分说，声音依旧是欢欣清脆的——薛兰珍的嗓音是极美的，柔柔

《收尸》书影

的爽脆，像春天里欢快鸣叫的报喜鸟。薛兰珍见过叶鼎洛，表达着歉意，说耽搁你休息了。叶鼎洛反倒不好意思了，找寻倒茶水的碗。她坐卧室一角，自言自语说她开始爱上画画了，叶鼎洛吃惊不小：这女子，昆曲什么的，不是她一生的情人吗？爱情不是她的生命吗？这也忒花心了，又画画去了！叶鼎洛知道，这也便是她，敢说敢做敢当的女子。

她执意要叶鼎洛先看她的画，她带来了几张素描。好家伙，还挺像那么一回事。

叶鼎洛重新打量薛兰珍，这女子是有变化了，瞧见其姿态也觉得更加年轻，眼神更加清明，着装更加夺目，有不管不顾的决绝，轰轰烈烈的张扬。

他对她开始由衷地欣赏和敬佩了。他想，薛兰珍从唱戏游走到画画，从一个俗女到追求艺术，有了对未来的想法，用心经营着自己的人生，她完全是让爱情拯救了！

薛兰珍是能感知时世的艰难的，但幸运的是他们可以在相见中得到慰藉和安宁，并静静地思想。她认为已经找到了自己要的……

不到半年,他们结合了。李绍文帮助操办了朴素简单的婚事。叶鼎洛连江阴老家的人都没告诉,事后仅给妹妹写信说明情况。

妻子的持家能力,让叶鼎洛想起自己的母亲。

他觉得薛兰珍是母亲位置的一个填充。

夫妇常闲谈些生活与文学的关系。有时,薛兰珍会睁大双眼,反问丈夫:"为什么写作的人一定就要清贫呢?不应该呀。"叶鼎洛回答说:"是的,不应该,可为什么现在会这样的呢?写作也好,画画也罢,都是生活方式的一种,都需要调动全身心的智慧和体力来奋战与拼搏到底,可使劲越发大的事,往往离钱越远,这说的就是生活中的矛盾。"

两个人组建了新家庭,应当说还算得上志趣相投的。

一天,叶鼎洛突然对妻子说:"我还是十分佩服《红楼梦》这部书。我看过很多小说,《红楼梦》却很特别,其他的小说,包括一些国外的,都是在搞推理,一步一步接近真相,最后才知晓结局。《红楼梦》的写作异乎寻常,作者在第五回就通过宝玉醉酒,梦到太虚幻境,便把所有人的结局告诉了读者。可读至此的人也就如同文中仅十二岁的贾宝玉,哪里知晓'玉带林中挂'是谁,'金簪雪里埋'又是谁。"薛兰珍随口接一句:"知晓了人生结局又如何,命运让我们务必都要有经历。"叶鼎洛又说了一句:"也许人生不是结局,而是所有这些点点滴滴、每分每秒所加的一个不可知的状态吧。"

他们就一个人生结局问题,聊了一个黄昏。薛兰珍也很有自己看法,她说:"人活着难道只为一个结局,结局,其实大家都很明确的,就是死。但怎么死的,什么时候死,死在哪里,就有话头可讲了。"

叶鼎洛说:"写小说先告诉大家结局,是对自己非常自信的展示,《红楼梦》这部书我还得看看,它能帮我解决一些思路问题。"

又有一天,叶鼎洛与妻子又谈到了自己几乎失败的人生,他说:"自己一直在外漂泊,没积攒上一分钱;找了娘子,连结婚仪式也搞不起来,更不要说送戒指之类。"

薛兰珍大度地说:"我们不请证婚的媒人,也没请亲戚朋友过来喝喜酒，新房里也没有搞一对红蜡烛，连鞭炮爆竹都没有放，我们不是照样做夫妻了嘛！"

叶鼎洛苦笑着接了句："我很惭愧，在革命的路上没有坚持下去，我还是较为自私的一个人，与演剧队一些同志无法作比，对那段生活，我只有怀念，尽管当时大家在物质上很贫穷，可我们精神上却觉得十分富足，干劲都挺大的。那时，我们没有多少想法，就觉得保存实力，活着就是胜利。"

薛兰珍喜欢他的坦率，安慰了一句："你是活着的胜利者，你离开队伍，是身体的原因，你的身体不允许过飘忽不定的生活了，再说你为国家已经做了许多事，现在你有了我，就安心过日子吧！"叶鼎洛欣慰地笑笑。

那时，叶鼎洛和薛兰珍喜欢漫步在朝天门码头不远处的一条老街上。两旁的店铺，由于战争，小部分已经坍塌，有些败落样子。一些保留较好的店窗，还能看出昔日繁华的景象。薛兰珍告诉叶鼎洛，这里商业鼎盛时期，古街连着渡口，商船的货物都从这里登岸流向各地商埠。古街有鱼行、商行、货栈、食杂、钱庄、酒肆、客栈、药堂等，商贾巨富云集之时，人走在古街上，熙来攘往，川流不息，擦肩而过，一片盛况，不像现在的情形。叶鼎洛苦笑了一下说："面对衰落的古街，我又不得不想起这一场内战，日本人赶跑了，形势反而吃紧了。什么时候才是个头哟？"就是那次散步，叶鼎洛想到了自己该结束漂流的日子了。浓浓的乡愁向他袭来，突然，他带着凄婉的口吻说："古人眼里的桃花源，是一片避世的净土，如今哪里是净土？没有地方可躲避，只得回江阴了。"薛兰珍接受了这个建议，她说："重庆也太不安宁了，三天两头枪毙人，太可怕了，还是跟你回老家吧！"薛兰珍的表态令叶鼎洛感动得泪流满面。

第十七章 落叶归根
（1947—1949）

这年秋冬时节，叶鼎洛带着薛女士乘长江轮船悄然回到了江阴。

他们在黄田港码头上岸后，在江边见到一片像水上森林的芦苇荡，一片芦花连绵不断，向远处延伸开去。这情景，顿时让叶鼎洛想起元代诗人耶律楚材"潇湘一片芦花秋，雪浪银涛无尽头"的诗句。他对初次踏上江阴土地的妻子说："看到这一片芦花，让人联想到自己漂泊凄苦的一生，又想起自己少年时代外出求学的情景。走时是春天，那时，一片接一片的芦苇还静静地站立在碧绿的河水中，而人也真可谓年少轻狂时，内心的确是豪情万丈，当历劫尘世，回望过往一派沧桑，转过去几十年，到了而今这个秋天，洁白的芦花在萧瑟的秋风中摇曳，内心的

江阴要塞景区

《闲话》书影

栏杆封闭，旁边竖起了"封城令"的告示牌，一个班的兵力守着，对意欲入城的民众进行盘查，阻止一切嫌疑人进入城区。叶鼎洛和妻子出城后，经忠义街过了端明桥，拐入石子街。

在路上，叶鼎洛对妻子说："我家租给方家开裁缝店的，南边一家是孙家弹棉花店，北面一家是沈家木匠店。小时候，我爱去沈家木匠店看雕花，一幅松鼠摘葡萄图要雕刻好几天。"他对那幅雕刻记忆犹新，作品描绘了结着两只鲜桃的桃枝上松鼠正欲前去偷食的情景。一只松鼠蹑手蹑脚，小目圆睁，直视鲜桃，长尾翘起，正欲前行。画面构景极简，布局平正中寓奇俏。桃树枝叶的翻转变化一一描画而出。尤其那只松鼠，动态传神可爱，其身上的细毛根根精描细勾，显出毛茸茸的感觉，憨态可掬。

叶鼎洛讲着自己的童年经历，不知不觉走过了家门。

薛女士看看街景店铺都不对了，就问了一句："我们还进家吗？"叶鼎洛抬头看看门店，拍了一下脑门说："走过了，已经走到天伦布厂，我们返回。"在这一段窄道，遇到几个人，叶鼎洛想认，又怕打扰人家。再说自己也算不上什么荣归故里，值不得惊动街坊邻居。

那天他们回到老宅，叶鼎洛喝了口茶，抹一下嘴对妻子说："我今天不认童年伙伴对不对？"其实他一路就在作自我谴责了。薛女士说："你不是不想张扬吗？"

叶鼎洛在《江声日报》工作也不怎么称心如意，总编辑没有用稿权,自己想发的稿子常受国民党县党部的批评,说他倾向过左了,要重点报道"国军"在前线的胜利。

明明西北东北都被攻克了,还让他们睁眼说瞎话,报社这活也无法干了。他有几天没去上班,想想大半生东奔西走,本想赶走了日本人过太平生活,哪料又开始了内战。他对妻子说,他做不到像王国维一样,对待人生既入乎其内,又出乎其外。但战火烧起来,遭殃的只有民众。他说,我是文化人,我只有用手中的笔来为老百姓说话,使得高高在上的人知道民众的苦涩。

在这段时间里,叶鼎洛用化名在报上发表了不少揭露抨击国民党黑暗统治的消息与文章,曲折地反映了被压迫人民的心声,为人民所称道。

此时,县中校长蒋宇宗听说叶鼎洛在报社做得不愉快,就有心挖他过去。学校被内战搞得人心惶惶的,一些有背景的教员辞职离开了,

《徐悲鸿》书影

学校缺教员，尤其是国文教员。蒋宇宗就过来邀请他到学校兼授国文课，叶鼎洛欣然允诺。

1948年，叶鼎洛从一些朋友间的谈话中了解到共产党在东北、华北、华东战场上连连获胜。蒋介石的元旦广播演说所预言的"一年内消灭共军主力"成为泡影。事实上，他的统治将要垮台，然而他并不甘心这个残局，还在长江一线作垂死挣扎。

11月，江阴县政府还根据蒋介石手谕，提前征集1949年度兵员，要紧急补充徐州各部队，徐蚌前线摆开了决战态势。

蒋宇宗

蒋介石顽固地要打内战，他的所谓"戡乱"，给当地老百姓带来了不尽的灾难。叶鼎洛家的租住户，开裁缝店的方家要出一名壮丁，因他家有两个儿子，大儿子是智障，政府说大的不行，就要小的一个去。小的刚满十八岁，方家想不出壮丁，过来找叶鼎洛托关系。叶鼎洛在这种国共相争天下的形势中，在政府面前抗拒得了吗？抗拒了，一家人都得死。叶鼎洛为方家唏嘘了一阵，想想唯一办法只有出钱去买。

方家说家里老人病了几年，钱都用来买了药，哪里有闲钱？

叶鼎洛无奈之下，只得在自己身上动刀子，将一间自己夫妇住的房子卖掉，又借钱给人家去缴纳了壮丁费。

叶鼎洛和妻子就搬到了县中宿舍住下。从此，石子街就很少去，怕方家看到他们会生内疚。

这时，叶鼎洛终因力不从心，几个月后，就辞去报社总编辑职务，专心在县中任教了。那件别青天白日党徽的中山装不再穿了，而专门穿起了长衫和圆口布鞋，更像一个教书匠。

江阴才子叶鼎洛

成都散步

叶鼎洛

中国大多数的人，对于历史上三国时代的人物，写在纸上是同情刘备而讨厌曹操呢？其实，雄才大略的阿瞒，十分的可爱，从他的诗句中看来，他的内心还那样悲凉而忧郁，有不禄不那样苦辛的气概，所以能割分汉末土地的一隅，不过因与他争雄的姓孙、姓刘诸葛之所以能使苦诸分裂末亡而已。但因为诸葛亮、吾儒亦、一惊就起工诸葛先生而巴。但因为诸葛亮、又经过后代的文人一捧场，天府之国的四川，平添了许多故事，人到四川来，特别回忆到诸葛亮，戴思在过裹大居故的悠患，也觉没有被四川册的现代人造忘。所以能使我们和对蒙安一样引起许多的幻思，我想成都会邓艾以古代的阵落伞并行那样的作法，暗渡陰平到聚了几都，现在想到成都最那壁夺取，足北之翅窥，中的成都，资在是值得一提的地方。

但这都是已经埋在远古的历史中，一的故事，我现在只想谈现在的成都，现居有八十万人口的这个城市中，我不敢穿作了一年，成都的一切其实不及成都的许多时候如此，查本人的辛苦，我在成都所第二次，坐在中上，家跳食大行，看见那蒲萄般的女人在大玻璃的许多是数食的阳隔，置在惊鼻成都的繁华笛。雏五色的霓虹灯，但一星期之后，便悟然却是不过是一块白布而已。位居长江流域的这一馆都市的，位居长江流域的这一馆都市的下游的都市上海的作风而其实还是堡上海的作风而其实还是堡垒来的货品，堆在大门口，每间商店里所有的诱惑过路的人，看见那五颜六色的有招贴，不很高明，许多客人的所在特别的注意装饰，但其实并不道地的好看，红绿黄蓝黑白清幾色，搭起了成都的架子，每個成都人，终日是那么忙，但却使果坐在那里不动，也想不出究竟那一件事是值得那么的辛苦。

成都所有的街道有一种共通性，而缺乏各具的相异性，东大街，同堂街等幾条新兴的街道有点特色，其余的街道的情调大都

成都的年轻的女人都在追遂着时髦，将所有的财产全装在身上，从二月初起就光了大腿，一直光到实在非常穿脱子不可的为止，我想赤着两条光腿的时，最初是那些新式的高跟鞋吗是，京剧演员们等失买不就的辨法，但还其终也是那么尚，将宾纸包黑，一个手提包侠在手旁，另明略睡不顧倒用力一法握住，包袱在手旁，英明略睡不顧倒用去的，一法挥！，人美的心理。即便是年纪还不多的妇女，在坊上也尽力地注意打扮，我在那要是看见一次迫会上，一位少女艺饰得漂亮的了一次打扮，副比少女更注重而常带上其环，这像下来孩子吗？是一次，在大街上走，看见一个小脚妇女，最近头发烫了，手更拿学拿！一个游览街的男子议笑凤生地走过，送我也觉得甚不最被可笑的眼睛。茶外一次，我见到那像会日在神迷粉，在成都大街上看路，有一只见女人身上的招牌，无和招牌，辅对广播的，上着一付相当的男子，而看女人身上的，片贷搂雕，脚上的色彩颜和，大腿鞋上的一片锦绣，将许多而贵买的一点清节，皆苦，装膝的男人的色彩盖住了。春熙路是成都的一点精华。新式的人宽弃广告两边招，年青人走到那要会日岐神迷，大都不容易避免骨平洋货碎。偷帽管播着硫碎的主题，人们为什么会挤到要买，不过是了热闹，在那要是人头，人右人，人看货，货看人，人有人，人看货，其实大可以不必如此拥挤的紧张。但电影院和小吃店裹，有十足的生意，因为道並不道要多少钱，而能得到眼前的痛快。

《成都散步》书影

夫妇住明伦堂东庑一间厢房内，得闲，叶鼎洛会画画素描，画画国画，油画难得画，主要是成本问题。因为现在方家的房租不收了，他得过苦日子。那天，有一同事送了他两条刀鱼，他高兴坏了，一堂课就布置学生写作文，自己拎了鱼回宿舍报喜。一只脚刚跨进门槛，又退了出来。他想：我不能马上做搭饭菜，我要把它们画下来！就拎回他的一间办公室放好，继续回到课堂。下午没有课，他就一个人把自己关在办公室逼自己画画。本来是画素描，但觉得刀鱼的形象出不来，改画油画，原先的颜料还有一些，画小幅足够了。两条刀鱼新新鲜鲜跑到了他的画布上，跟真的似的。鱼身白得和雪一样，而鱼鳃却鲜红得如同胭脂，红白相映，分外惹眼。

刀鱼画完，他松了一口气，拎着鱼回去让妻子做成菜。妻子是重庆人，生活在水边，除了河豚，各种水产都会烹饪。重庆没有刀鱼，但前年看到丈夫烧过一回，她没忘记烧法。

夫妇俩吃着这一道时令好菜，叶鼎洛心里又想到自己应当把江阴的长江三鲜都画下来。

他对妻子说："我们江阴人，对长江的感情犹如滔滔江水，绵绵不绝。对长江三鲜——鲥鱼、刀鱼和河豚都很熟悉。"

接下来，他介绍了三种鱼的特色和吃法，说它们都以味美鲜嫩而著称，是难得的美味佳肴。

吃过饭，夫妇校园内散步，叶鼎洛就对妻子讲经过的明伦堂，说当年曾做过江阴抗清指挥部。他首先解释"明伦"的来历，说这两字出自《孟子·滕文公上》，"夏曰校，殷曰序，周曰庠；学则三代共之，皆所以明人伦也，人伦明于上，小民亲于下"。意思是乡里办的地方学校的名称，夏朝叫"校"，商朝叫"序"，周朝叫"庠"；至于国家办的学校即大学，三个朝代都叫"学"。无论是乡学还是国学，共同的目的都是阐明并教导人们懂得人与人之间的伦理道德标准。

叶鼎洛接着讲到了抗清斗争，他说：这件事固然给江阴带来了"忠义之邦"的美誉，庙学的建筑群却也付出了沉重的代价。

叶鼎洛对妻子说，当年他去庐山军官训练团时，就动过要写《抗

關於電影

葉鼎洛

電影是戲劇的一種，但他的性質和戲劇大不相同，日本人稱之為「活動寫真」，很有道理。在近代藝術裏面，電影動人的力量最大，因為，他本身是戲劇，而又是科學的輔助，傳達的能力極快也極廣。普通一場戲只能在一個地方、一個時間上演，他的觀衆也只限於一個圓子裏面的人。但電影却是書本一樣是印板物；一個電影劇本，攝成片子之後，可以翻印許多，輸送到各個不同的地方去同時上演，而且還可以像書本一樣翻印下去，這實在是其他藝術窒礙莫及的地方。電影的完成也和舞臺劇不全。電影劇本也和普通的劇本不全：他不分場分幕，而是分出了許多鏡頭。導演也是按照這鏡頭，選擇地方，支配演員動作。一部影片是無數鏡頭的連續，而一個鏡頭又是無數畫面的連續，再將攝影機中的軟片取出洗出來，成了另一條軟片，將這片從電光中放射在銀幕上，這鏡射進入的眼睛，這是一套科學的把戲。

電影完全是科學發明以後產生的藝術。近代各種藝術，多少和科學有關；有些地方，借科學的力量，減少了許多人力。但電影實在是絕對從物理和化學中演化出來的藝術，他的胚胎是攝影。所以，在全部電影藝術的演出中，除掉戲劇演出中的各部門，應該增加了攝影一項，下面也分開來說：

一、編劇和鏡頭　電影劇本和舞臺劇本不同。舞臺劇本上寫著的是時間、地點、背景、人物的說明，和每幕每場人物的對話和動作，印刷裝釘之後，是一本普通的書籍；但電影劇本實在更不宜於閱讀，並且不宜於出版，因為他完全像一本賬簿，一頁一頁，只是寫每個鏡頭中應該出現的人物和景象。有聲電影上人物的對話，是另外寫給演員問讀，而用收音機保留起來的。自然，收音機和攝影機，可以全時並用。日本人稱電影為活動照相，實在說明了電影的性質。電影中的人物的活動，實在是無數透明的畫面急速地在光線中移動而留在布幕上的痕跡，當我們看見銀幕上的一個場面沒有改變時，就是一個鏡頭了。鏡頭是指攝影機前面的鏡頭而言。當演員在某個場所勤作時，鏡頭面對着他們，將他們的形象攝了進去。但一個鏡頭只能攝一個場所；假使，演員在另外一個場所同一場所，就要抽去原來的底片，換上新底片；因為，一條片子上不能同時播攝種種景像。攝影的時候，鏡頭對着劇本上所寫的場面：編劇的人，也按照着攝影機的功能，分出了許多電影劇本，和鏡頭相互有關。攝影機前面的鏡頭，在表示一個鏡頭相互的符號之下，說明表演的人物，上場的先後，應做的動作和他們活動的場所。場所的說明不必像話

《关于电影》书影

《学校生活之一叶：十年前的学校生活》书影

清守城记》的念头，江阴人忠勇、刚烈的秉性应当作一些歌颂。此外，还有一些惨遭冤死的人也应当有一个交代，比如管理粮饷的夏维新和王华等人。

而这一年11月，他们家也出现了一件大不幸的事，妹妹鼎力被人暗杀了，才49岁。

叶鼎洛隐隐得知仇敌是生意场上的。那次妹妹急于去上海中央银行将金圆券兑换成黄金或美元，回途在长江轮船上被人用麻绳勒死在厕所里，并且作了残暴的毁容。消息一个月后才传到江阴，然而由于国共交战，社会动荡，案子一直没有侦破。

因此，叶鼎洛大病一场。

创作上值得安慰的是：这一年，叶鼎洛收到了九笔稿费，还是以论文为主的文章，例如《与刘开渠谈雕刻》《艺术的原理》《关于建筑：建筑是造艺术，同时也是空间的艺术》《关于电影》等。

有关成都之行的感想，终于写成一篇散文《成都散步》，并发表在《文艺杂志》的试验刊号上，另有杂感《秦蜀行脚》、散文《上海回忆录：飘叶子之一章》和人物素描《徐悲鸿》等发表。这些让他心里找到了一点平衡。

關於建築

葉鼎洛

建築是造形藝術，同時也是空間性的藝術，與彫刻、繪畫、有相關的地方。建築雖然是工匠的事，但建築的設計，是藝術家的事。我們不要以爲現在普通人住的房子，其中沒有什麼值得研究的地方。普通人造房子，大都也經過一番思索，不過，歷代相傳，大槪上已經被規定成那種格式，所以，只要在小的地方，稍加改良罷了。從前中國人造房子，對於風水最講究，其次是方向、地位，再其次纔是式樣、組織，就很費一番研究功夫了。但這種建築，共目的還不過是求適於普通的居住，不能發揮建築藝術的最高價值。其實，建築不僅是宜於人的居住，在居住以外，還有更重要的意義，他應該要能夠喚起人類的精神的向上性。因爲，建築物可以說是人們經常活動的中心地點，要相當的講求的。因爲建築是保存一切人類文明的遺產的處所的人，又當別論。如果自以爲是文明人，對於居住的地方，沒有建築物，一切的遺物從何保存，又從何使後人承繼前人的精神的歷史呢？中外古今宮庭和神廟的建築，就很講究，因爲還是羣衆集合的地方，要有喚起人們合羣、和愛、團結、向上的精神的功能。所以，在建築之外，常常要有許多彫刻、鑄造、繪畫等類的藝術去幫助他，使他莊嚴肅穆，使人起崇敬之心。近代各國對於公共場所的建築也很講究，好像圖書館、會議廳、公園、運動場、美術館這些地方來了。私人的建築，也應該最好要合於他的個性職業，居住的地方，和人的心境很有關係。建築需要的材料很多也很廣，雖然是工匠的事，但最初的設計圖是建築家構思出來的。所以，用多少材料，多少人工，怎樣可以程度上期的問題，也都是建築家必須知道的事。對於建築藝術這一門，我們不能勝造房子的人當作建築家。眞正的建築家，應該有各種建築的知識，而能精緻地設計的人，所以，建築家應該是一個學識淵博、心思靈巧的人。因爲建築是一種很大的工程，他裏面可以包括得很多，而對於人生和社會，有至大的關係。所以，如果需要講究

《关于建筑》书影

秦蜀行脚　·葉鼎洛·

西安對我印象較深的是一圍壯麗的城牆，以建築而論，我想，除了北平，它應該站第二位，還並不是要南京之意的城牆，而是說西安北部的大陸，在中國西北部的大陸，地方並沒有甚麽偉大的城牆，它不是等閒的城牆。

終南山角落的路上走着，夾道的路上走着，角形的巨屏似的一座。晴天，它顯現了清苍，雨天，它顯得威…… 常有雲霧在山頂和山腰上繁繞，如果你到山上去，倒沒有甚麽好玩，因爲它和北方的許多山一樣，石頭方的巨山相較，顯出它有無數的山峯富於靈性的美，和南方的巨山相較，顯出它有無數的山峯富於靈性的美……

山上樹木多，鮮花比野菜少，而又缺少溪水和山澗，人立在這荒涼；然而，正因爲荒涼，仰首長嘯，望着晴空無限的天，俯視一望無垠的地，可以想見，西北並不是沒有出產的地方。

這山上沒有虎豹之類的野獸，而有很多的狼，狼常下山咬去人家的嬰兒，有時，晚上站崗的軍警，他的腦袋也被狼咬下了。

多疑而狡猾的狼，狼是多疑而狡猾的野獸，它大都悄悄地跟在人後面，用狗爪抓着你的肩膀，人以爲有人和他開玩笑，回過頭來，所以，在有狼的地方，你一定以爲有人和他開玩笑，從後面用手去拍人的背，它就咬斷了你的頸子，準備背上有一把鍋刀，和朋友開玩笑，狼怕火，也怕繩子，在有狼的區家，都帶着刀、繩，以在那邊千萬別和人家，驚會把火把點根，用白粉畫一個大圈子，就不來了。

如果你遇見狼，最好是站定，對着它不動，它對你就變，加以考慮，而使她懷疑你有什麽辨法的時候，他或者就溜之大吉了。有一個朋友，曾經扶病自行車在山道上遇見狼，狼

西安城外的漶漞京津，慈禧后挾着光緒帝逃奔西安時現在還顯得很新，這城牆救了西安無數的人民，最驚險的防空洞就在這城牆底下，從前日本人的飛機上，特別顯出它的崇峻，而且並不頹毀。

西安城郊，可以望見終南山，終南山一名翠華山，唐代以詩題聞名的王維，當時就隱居在翠華山腰，據說他在這裏叫家山仙之一的韓湘子，據山中的美稱與此。又和漢時的政治，文化區的長安相近，因此，行駛已達到，但抗戰直到今日，這地方除了一個訓練班外，軍事上，已是那麽冷落的一個去處。

《秦蜀行脚》书影

第十八章 从兴奋到困惑
（1949—1958）

1949年，叶鼎洛在县中当国文教师。解放前夜，江阴的天空中常有国军的飞机发着"隆隆"的声响，一会儿是两架，一会儿是三架，飞得很低，人们能清晰地看到飞机翅膀上的"青天白日"图案。

叶鼎洛对学生进行着防空知识教育，他告诉学生，平时不要穿大红色的外衣，如果一旦看到有飞机飞过来，应该立即在近旁的房屋处站立，不要乱走动。当时的国民党一方已经知道守不住江防，便设法对一些公共设施进行破坏，最便利的方法，就是在地上设定目标，让

开学典礼现场

飞机过来掷炸弹轰炸。

江阴的地下党做着迎接解放的工作，其中一部分就是护厂护店护校。

叶鼎洛虽然没有加入共产党，可他一直认为加入仅是一个形式，不加入并不能阻止他做拥护共产党的事，共产党为人民着想，他就要无私地捍卫这个政党。

那时，他担负着护校工作。国民党虽然败局已定，可仍然有一些顽固分子暗地里打冷枪和搞破坏活动。

叶鼎洛记得，当时离解放不到三天，"国军"突然换防，在江阴外围增加了兵力布置，他们占据着沿江几座山坡的制高点，与江阴要塞原有的一个军的兵力，构成了很强的江防。江边的形势很紧张，枪声时起时落。江阴要塞官兵举行战场起义，是解放军进城后才得知的。要塞起义作用很大，江阴古城没有受到损伤。当然在江阴外围的遭遇战中，不少解放军战士为此献出了宝贵的生命。

4月22日，人民解放军胜利解放江阴城。走进江阴城的战士们不惊扰市民，不住民房，而是选择露宿街头，这一亘古未有的历史画面，伴随着《三大纪律八项注意》的铿锵旋律，引起了市民对新政权

县中学生在明伦堂听报告会

江阴才子叶鼎洛

叶鼎洛在县中的宿舍

的无限向往。叶鼎洛和师生欢快地走上街头,与游行队伍一起扭秧歌,一起敲腰鼓,高唱着当时的红歌《解放区的天》。

此时,叶鼎洛亲身感受到了祖国的新生。

这年7月,他从教导处沈文涛那里要来一张《人民日报》的报纸拿回宿舍阅读,看了从前的上级郭沫若先生在第一次文代会上作的题为《为建设新中国的人民文艺而奋斗》的总报告,感受到这是一次全国文艺工作者大会,是大团结的大会,从这里,中国文学将揭开一个崭新篇章。他情真意切地希望文艺有春天。

有一年,叶鼎洛每天上完课,就到设在尊经阁的学校图书室看一本《文史哲》的杂志。他坐在窗口一张书桌上阅读起来,杂志上发表了李希凡与蓝翎合作撰写的《关于〈红楼梦简论〉及其他》一文,叶鼎洛看出点意思来了。他认为这篇文章将会拓宽红学的视野,可能还会引发红学方法论的变革。

他心潮澎湃,找出《红楼梦》翻阅,也想写篇东西去唱和。然而,叶鼎洛马上想到眼下的各种运动,就收起了想法。

此后,叶鼎洛一度被带到无锡接受调查。据说是外调的人从郭沫若那里搞清楚了叶鼎洛的历史问题:叶鼎洛他们是集体加入国民党,与个人没有关系。他在三厅工作时也没有反党言论,他的历史功绩是不能一笔抹杀的。

半年后,叶鼎洛从无锡返回江阴县中时,妻子见丈夫身体状况很差,整个人显得十分疲惫和苍老。可面容憔悴的叶鼎洛为了宽慰妻子,他说,一切都弄清楚了,他没有问题。

那年春节,叶鼎洛在家有二十多天寒假,他除去睡觉,就是站在窗口看背阴的屋顶和屋后的残雪。看到新落的雪覆盖在旧雪上,他就思考旧社会和新社会。上午10点半到12点,下午4点半到6点的固定时间,他都会一个人在厨房。从前,他们是吃学校食堂,现在改成自己在宿舍办伙食。当妻子忙不过来时,他会帮助用菜刀切莴笋,把莴笋丝切得粗粗的。而这次,他能把它们一刀一刀地变成纤细喜人的模样。关键是心态放平了。是啊,为什么不细嚼一下生活呢,急吼吼忙完了要去处理什么大事?没有了。他现在想到,厨房之于自己,颇似禅房,它能让自己在浓郁烟火气息中学会沉静与自在,并一点点弄清那些被无心漠视、被故意冷落、被渐渐忘却的生活中的情境与枝节。

有一次,叶鼎洛去司马街一家理发店理发。剃头师傅有一手掏耳

学生在三桥河畔自习

屎的绝活,他爱去那里看师傅干活,听理发店来来去去的人讲本地新闻。剃头师傅已经知道他是谁,心里对他充满敬意,很客气,总会搬椅子让他坐。

叶鼎洛看他戴上一盏头灯给顾客掏耳屎,一大块东西从耳朵里挖出来,非常有成就感,真的平添了几分五官科大夫的感觉。还有他以兰花指捏剃刀,给一些"毛胡子们"刮脸,剃刀像在平地上走似的,直直拉着走。有时,他的眼睛不瞧顾客,瞧着与自己讲话的人。叶鼎洛看着担心破了人家的脸,或将顾客的鼻子削掉。有次理好一个人的发,师傅的目光有片刻停在叶鼎洛鼻尖上,说:"叶先生,敢和我打个赌吗?我能闭着眼睛给人刮脸。"叶鼎洛看着一个满脸刮得溜光的顾客挑衅似的朝他笑着。那时,他就感到自己不如一个剃头匠。人家精湛的手艺已经获得众人口碑,而自己所写小说融入不进新社会,感到过去的人生充满了滑稽的表演成分。

于是,他开始心焦意躁,酗酒,妻子劝阻也没有用。他认为"醉里乾坤大,壶中日月长"。只有喝酒,一个人在微醉的醺然中,可以暂且忘记人世间的烦恼与无聊。

正月初一,他独自一人去爬江阴的黄山。到了炮台碉堡处,望着北面混浊的长江水和对岸靖江的孤山,心里感到空落落的,无处可依。

叶鼎洛本来是一个很要强的男人,经历审查后,他的精神就有些一蹶不振,后来连课也上不动了,学校只好安排他到图书室干点轻活。

入冬后,薛兰珍扶他出屋外晒太阳。晒太阳是重庆人最熟悉、最擅长、最惬意的生活方式。薛兰珍到江苏后,这个传统也保留了。每年冬季,在太阳穿出云层的时候,她便要硬拉着男人晒太阳。叶鼎洛不大配合,她便说:"太阳不向你收钱,多奢侈的享受啊,再说外面空气好,对你身体有好处!"所以,漫长的一个冬季,不论什么日子,只要有太阳,在叶鼎洛宿舍门口,就会有这对夫妇的身影。

一天,薛兰珍为了能够帮助丈夫释放心中郁闷,到光华戏馆买了两张电影票。上映的是戏曲电影《双推磨》,讲寡妇苏小娥受尽地主张大有的剥削压迫,靠磨豆腐为生,过着孤苦伶仃的生活。

《文艺上的造型性》书影

戏一开场，苏小娥一天晚上到河边挑水，不提防水桶给一个行走匆忙的过路人撞翻了。这个人名叫何宜度，是地主张大有家里雇佣的长工，为人忠厚老实，他辛苦工作一年，张大有竟狠毒地把他的工钱赖掉了。一路上，他想着家里的老娘正饿着肚子，年关又到，一个钱都没有，急得心慌意乱，不小心便把苏小娥的水桶给撞翻了。苏小娥问明白了何宜度的底细后，很同情他，就把他请到自己家里去，还拿出五十个小钱给他过年。何宜度非常感激，又见她一个人孤苦伶仃，怪可怜的，便帮她干起活来，挑水、推磨、灌浆、烧火……苏小娥一个人平常要忙到二更天的活，今晚在何宜度的帮助下，没多少时候便全部做完了。

豆腐磨完了，何宜度就要回去。苏小娥心里有些舍不得让他走，请他喝了一碗豆浆，又借给他一件棉衣穿上。何宜度是个忠厚老实的人，他从来没有受到过这样温暖体贴的关怀，感动得连话都说不上来。苏小娥对何宜度说了真心话："你我都是苦根生，应该互相来帮助！"何宜度也答应把老娘接来，跟苏小娥一起生活。

这一对有了真诚爱情的青年男女，终于冲破了旧礼教的束缚，幸福地结合在一起。

叶鼎洛看后，心情舒畅多了，他又沉浸于艺术世界了。他不停地惊叹着说："有味道，有味道！"小戏的成功，在于它俗到底了，结果反而变得雅了。

1956年，党中央对文艺战绩提出了"百花齐放，百家争鸣"的

《双推磨》戏剧电影剧照

戲劇與宣傳

葉鼎洛

抗戰以來，戲劇在政治上、軍事上，成了最有力的宣傳工具。我們不得不承認，較文其他藝術，戲劇在宣傳上盡有力地盡了它的藝術的任務，而在其藝術本身估發展上，也發越越過其他藝術之上。

戲劇在宣傳上發生這樣大的力量，還就值得我們來探究它在宣傳上的功用和效果，然後再探求它這功用和效果之由來。我們說可以說戲劇在宣傳上倚著怎樣的要素，值得我們更進一步來提得它、研究它、發展它。

要探究戲劇在宣傳上應得的一般藝術的本質，然後就可以知道戲劇在宣傳上應得的地位了。

原來戲劇是一種藝術，所謂創造、所謂他容、所謂給它下一個定義，就是一個思想或概念的具體化。一本文學作品是這樣，一首歌、一場雕刻是這樣。每個藝術家對於人生、宇宙都有一個他自己的概念，對政治也必有自己的見解。縱然藝術家九人一樣、藝樣的也是，但逸不了政治的關係。他生存在一個立場、一個社會年代很立場來宣傳、但他的宣傳的方法，必定要創造一個故事，或者借他這樣性的，一個人物，經將其敘述……

裏面人物作骨幹，再用文字、語言，或者色彩、音調、人物等種種工具創造他的作品。當他創造一件作品的開始，本來先由於一種思想或一個概念的衝動，可是因為在創造的條件上必須要用種種材料把概念構造起來，因此他這思想或概念，經過了許多藝術的手法，已經成了具體的抽象的，也可以說已經把那思想或概念具體化了。

這個具體化了的思想，即是藝術品。給與一般人的印象，比較其他一種思想上、任何一項致治的深刻，所以在任何一種宣傳方法所獲的效果來得立刻上，惟有藝術者的宣傳力量最大，故其效果的。

我們知道戲劇是綜合的藝術，它裹面收括了文學、繪畫、音樂、雕刻、演員、佈景、科學各種部門。當它所用的材料，如演員、一齣歌、一齣戲，只能呵起觀一個人看，小說和詩的功用，一本小說、一首詩、一齣歌，只能呵觀者得到一幅畫，一件雕刻雖然可以使觀賞給千百人看，但又不能使觀者得到其體的印象，一首歌可以唱給千萬人聽，但又是一個聽覺的反應，聽眾對於其體的形象，跳舞的內涵雖然比較其他藝術關係，但他的內涵卻遠不如戲劇來宣傳，或者慢慢信我這樣說，但他就有宣傳性的本身，必定要創造一個故事，或者一個人物，經將其敘述……

由於客觀件的決定，在我們這次抗戰中，戲劇作為政治的宣傳工具佔了選擇的優勢，我們就可以明白戲劇所以比能特殊發展的原因。

並且我們用這些方面，戲劇不值在抗戰上盡了他宣傳的責任，在戰國上也能盡他的責任。所以我們更相信，在目前、在未來，戲劇是最有力量的宣傳工具，戲劇的發展也大。

我們可以說藝術本身就是宣傳品，藝術永遠不能離開政治。但藝術仍然於政治的附庸，所以我們都須在政治的基礎下，在我們藝術本身更要研究，使他更加充實起來，更有價值，所以我們在這階段中欲治宣傳工作的重要，我們已經知道戲劇在宣傳階段中欲治宣傳上的重要性。我們更要研究它、發展它和研究了它……

黃河月刊二卷一期

《戲劇與宣傳》書影

一个纲领,此时已形成"早春天气"。

这一年9月下旬的一天,江苏省委宣传部副部长兼教育厅厅长吴天石等一行,为调研学校学习凯洛夫教学,全国推行五级记分法的情况,来到江阴。

吴天石无意中提到早先曾从事过文学和绘画的叶鼎洛。无巧不成书,同行的人中就有从江阴县中校长位置走出去的省教育厅督学李纪彦。

那时,李纪彦离开江阴县中才刚刚十个月,对学校情况一清二楚。他便说,叶鼎洛在他们县中图书室做协助性工作,身体一直不太好,前些年胃溃疡大出血,差点死去。

吴天石对李纪彦说到他与叶鼎洛没有往来过,不认识,这次是他的南通老乡李俊民提起了,说叶鼎洛是他要好的酒友,二十多年前在开封的河南大学,他们是最好的同事,相互有过无私的帮助。李俊民要吴天石有机

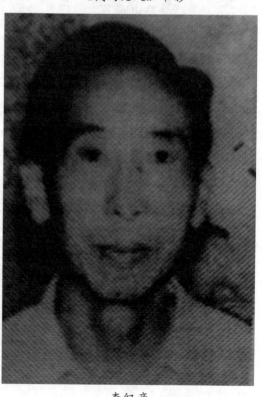

《我的论文》书影

李纪彦

会到江阴，一定要代他去看望一下，给他一些鼓励。

他们的吉普车直接开到文庙。那时候大街可以通汽车了，车到了棂星门前的照壁处停下，从西边一个门口进入，也不去校长室，李纪彦领着人就直接到原来文庙的尊经阁，此时为学校图书室。

在图书室的叶鼎洛，一副埋首劳形的姿态，这会儿他听到声音，手里拿着一本旧书，一张瘦瘦的脸转了一个角度，并透过近视眼镜打量着来者。

李纪彦作了一番介绍。

叶鼎洛迟疑着说了一句："名字听起来不陌生。坐吧，我这里连茶叶也没有，只能给你倒一杯白开水了！"

吴天石就走过去，坐在叶鼎洛对面一张椅子上，中间一张书桌的桌面上堆放着许多残破的旧书，看得出叶鼎洛利用空余时间在修补破损的图书。书桌一角有一本袖珍版的《四角号码新词典》，有剪刀、糨糊、贴纸，旁边还有几本修补过的书，换过封面的书脊上还用毛笔写着书名，仿的楷体很像印刷上去的。

这时，他放下手中的书，站起身，去书架后面拿了竹壳暖瓶，从另一个门去前面明伦堂的食堂打开水，走路有点蹒跚。李纪彦便趁机对吴天石说："厅长，你们聊，我去陈佩璋那里打声招呼。"

李纪彦走后不一会，叶鼎洛拎着热水瓶回来，他先给吴天石倒了一杯白开水。于是两人开始讲话。

那次，吴天石回南京后，就将见到叶鼎洛的事，在电话里告诉了老乡兼好友章品镇。当时，章品镇在筹办《雨花》月刊，需要一些有名望作家的好稿，他要章品镇去信鼓动叶鼎洛再拿起笔来。

章品镇对叶鼎洛不陌生，朋友圈中的人也时不时会提到这个人，说他的小说风格接近郁达夫。也听人议论过他私生活颓废，处理日常事务马虎，特别听说叶鼎洛常常酩酊大醉。这样一个人，能否鼓动起他的写作信心，实在是不能打包票的。

章品镇以《雨花》编辑部名义给叶鼎洛去了信。叶鼎洛收到《雨花》编辑部的信，心里很激动，便用了三个晚上的时间，写了封说明自己目前由于身体欠佳，故不能写作的复信。10月12日，他将写好的信投进了大街上的一只邮箱内。

南京的章品镇在收到这封信后，多少有些失望，但也是预料中的事。

1957年，在政策调整的形势下，动员老作家重新拿起笔来写作，成了文艺工作的一个特别重要方面。

当时，叶鼎洛听说同样处于逆境中的姚雪垠已开始了创作长篇历史小说《李自成》。身体稍有康复的叶鼎洛，从相关报纸上看到这个消息后，心潮澎湃了好一阵子。

叶鼎洛激动了几天，翻箱倒柜找出那个本有些陈旧的《水星文艺》杂志，对发表的《梨园子弟》第一章，进行反复地阅读，故事人物在脑子里重新活泛起来。

旧作只写了抗日浪潮阶段，现在需要扩大容量，故事要延伸到当下。他觉得新构思的《梨园子弟》应采取板块式结构：第一个板块是抗日浪潮阶段，第二个板块是国共内战阶段，第三个板块是社会主义建设阶段。在这部作品中，自己力求不设定什么定规，放开写，要写出自己的意味和特色。

他最初把这部小说定义为一部传奇性的纯情小说，有一点像"自我精神建筑"的长诗。和之前几部小长篇相比，这一部更接近作家的心灵史。《梨园子弟》实际上也营造出了一种百声交集的历史纵深

1933年《十日谈》中关于叶鼎洛在厦门的记载

大成殿和东、西厢房门前是叶鼎洛每天散步的地方

感,叶鼎洛对于塑造一部史诗性作品的完整性是有把握的。

另外,这部作品是针对戏班从业者的史诗书写,是对时代变幻中一个行业的小范围的书写。

叶鼎洛在这部小说里,颇费周章地构筑起更强的个性精神,不再是写个人小小的悲欢,而是将个性精神和时代氛围巧妙结合,表现宏伟历史。作品是以叶鼎洛自己在抗战期间参加剧运前后的坎坷经历为蓝本,描述了一群经历过新文化革命洗礼的青年人,积极投身戏剧运动,在新旧交替的动荡年代里的生活、爱情与事业。主人公金某执着地追求着艺术的理想,但最后却在贫困与挫折中迷惘了,颓丧了。

他所憧憬的爱情,也被黑暗现实所扼杀,他挚爱的少女成了某官僚买办家庭纨绔子弟的牺牲品。作品涉及20世纪30年代至40年代上海文艺界的复杂斗争,深入地刻画了老、中、青三代艺人不同的人生历程和精神风貌,生动地塑造出梨园界多方面的典型形象。

这是作者最熟悉的戏曲艺人的生活,他写得很尽兴。有一晚,笔耕直到凌晨4点才上床睡觉,躺下了一时也睡不着。天上的月亮明亮地照着南面的窗口,月华如水,房间的地砖上铺满了银子一样的月光。

为了做到劳逸结合,每当清晨或者黄昏,在江阴县中的校园,在一条碎石子铺设的小路上,这位穿灰色长衫的瘦老头儿通常在跑步,是散步式的跑步。他反剪着双手,默默地沿着古老的大成殿的回廊或

江阴才子叶鼎洛

三桥河的月牙湖畔（泮池），边跑边作沉思。走路时喜欢拖着脚慢慢走，身子轻微摆动，从容悠闲。在路上，整个人基本上沉浸在自己的世界里，他让遇到的每一个旁人都要犯嘀咕：叶鼎洛是否精神失常了？

后来大家知道，绝非等闲之辈的他，其实是在写一部长篇小说。我们后来从叶鼎洛生前好友章先朴先生及其同室居住的儿子章民复的回忆里知道，他们所看到的这部长篇手稿约二十万字，题名就叫《梨园子弟》。

然而，叶鼎洛最后没能再给读者写出这部作品来。因为他去世了。

那段时间，叶鼎洛身体越来越差。不久，就只能拄一根拐杖行路。开始是不出校园，最后是不出宿舍那个后院了。他卧病在床，一些亲朋好友要见他，也只能是在病榻上。

他过去的老同事回忆，晚年的叶鼎洛有些离群索居，病中的老人更显老态龙钟，脸色已经白中泛青，头发是蓬乱的，一口牙齿脱落精

《怎样学习图画》书影

《怎样学习戏剧》书影

《怎样学习音乐》书

曾经的老宅

光,也不另镶一副,牙龈亦是黑黑的。更让他痛苦的是不能创作,甚至于一个字也写不出来了。记忆力下降,曾经敏捷的思维如同生锈的机器,迟缓得难以运转,提笔忘字,提名忘姓。不过,病容虽这样憔悴,他的旧时学养依稀尚在,接待客人也温和有礼。

零星几个友人去探望过,常常在他床前磨蹭着不肯走,而这短短的十几分钟内,他却多次用苍老的手挥着让人走。他或许是用尽了全身的力气,才能扬起一只手吧。病榻上,他牵念的仍然是一些生活比他更艰难的朋友,一如以往不愿多占别人的时间,更不愿意朋友看到他的病容。朋友们若是再不告辞,反倒更累着他了。一些朋友便只好俯下脸强笑着对他说:"您好好治疗,听医生的话,等您的身体好起来,咱们再一起去玩……"

见他点点头侧过身疲倦地闭上眼,朋友转过身往门口走,再次朝他挥手。一回头,发现他的眼角渗出了一粒泪珠,从清瘦的面颊缓缓流下来。朋友心一惊眼一酸,低头逃出了房间。

那几天,叶鼎洛咳嗽得很厉害,最后神志不清,于1958年12月22日,即冬至这一天,病逝于江阴县中的大成门翼房的宿舍,享年61岁。一代名彦,魂归天国。

 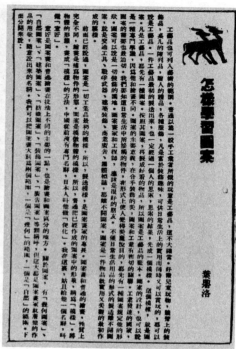

《怎样学习雕刻》书影　　　　　《怎样学习图案》书影

　　三天后，妻子薛兰珍女士和叶鼎洛外甥女等携同江阴县中几位教师，雇了一艘农船，将灵柩移送定山祖茔昭穴安葬。陈佩璋校长还请了县中一位教师去帮忙摇橹，嘱咐船主一路慢行。船主撑着竹篙，航船开始启程，一个多小时后顺利到达目的地。薛兰珍将这件丧葬事办妥了，获得了石子街街坊邻居的赞扬。石子街街坊邻居记得她离开江阴那一年，是请过他们上饭馆吃过酒席的，她用四川口音不停地说："吃吃吃，不能放筷！"那位邻居上县中宿舍探望她，她又殷勤得让人招架不住。"快，快，坐，我去打开水，泡一杯好茶，我们摆龙门阵！"告辞出来，她一定会送到大街上，还说："得空来耍！"薛兰珍无疑是一个贤惠之人，人们说到叶鼎洛，总不忘会带一句夸赞她的好。

　　薛兰珍抛干眼泪，眼像两口枯井，她常捧着先生留下的几张照片，默默地在私底下吟诵一首诗：

　　　　你思考人生，

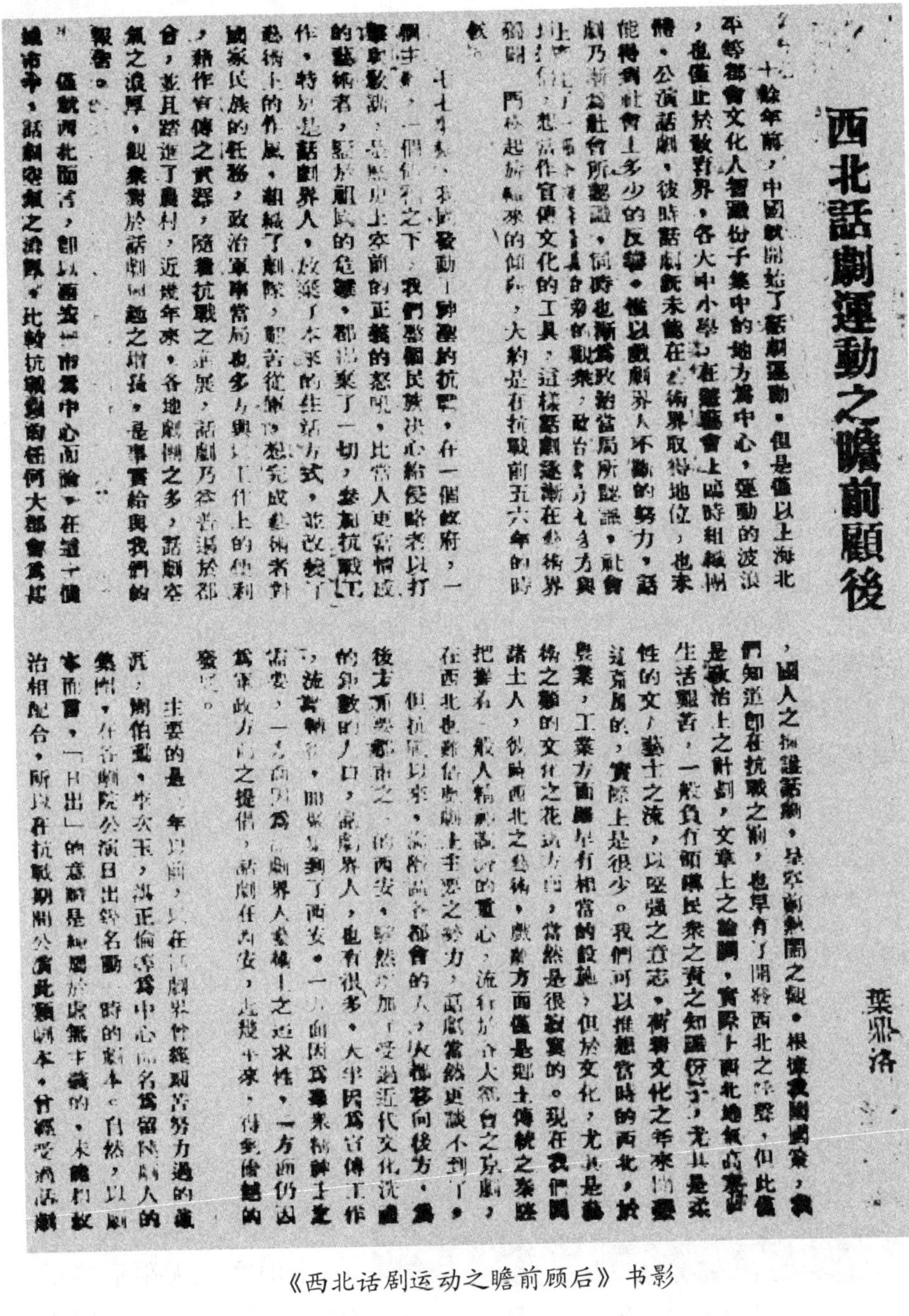

《西北话剧运动之瞻前顾后》书影

我思考生活；
你思考人性，
我思考人生。
生命中有喜欢而不爱的人，
有爱而不喜欢的人，
有喜欢且爱的人，
还有不喜欢也不爱的人，
但从不曾想到有一天你会这么快离开我，
因为虽然有人像我们这样相爱，
却没人像我们这般痴情。
美好的时光永远是在来日，
虽然今日过得清苦一点。

这是叶鼎洛写的诗。

先生的学生，后来在常州工业技术学院工作的徐永林于1998年回忆说：解放初，我在县中读初中，叶鼎洛先生曾是我的语文老师。叶先生是"五四"时期新文学作家之一，他中等偏高，不修边幅，长方形脸，留着短短的胡须，穿着长衫。讲课时声音不高，慢慢腾腾的，边讲边在教室内踱步。他讲古文，喜欢边讲边吟唱，我们都感到很新鲜。他很少直接提问学生，也不大与学生交谈，我行我素，给我一个旧文人无限清高的感觉。至今，我一闭上

《我也来论论传记》书影

眼，就会在脑子里浮现出他"孤芳自赏"的身影。我记不清他教了我们多长时间，但他的语文教学，确实成为我语文水平开始提高的坚实台阶。

他的死，在江阴，只有少数几个人知道。

叶鼎洛走着一条逐渐低落的人生下坡路。过去有句话叫"篇终皆混茫"，是说文章结束时候，连接到混沌和茫然，我理解为"曲终人不散"的意思，人散是结束，不散的意思，实际上也可以

《思想苦》书影

这么重复轮回，人生就是这个样子。

叶鼎洛逝世后，薛兰珍女士和外甥女曾要求校方归还叶鼎洛的长篇小说手稿，争取出版。为此，叶鼎洛的生前好友章先朴先生曾同县中前期毕业生江俊绪（华东师范学院肄业，上海文艺出版社编辑室主任）两人合写了一封信，寄给当时的文化部长、著名作家茅盾，请求他能帮助追回叶鼎洛的原稿。

茅盾不久即寄来了亲笔签名的复信，表示支持，并嘱咐他俩取得叶鼎洛的手稿后即寄北京文化部，由他安排审稿和出版事宜。可惜，"落花流水春去也"，当他俩拿着茅盾的来信去问审查办公室的相关

人员时,答复说"已发还县中"。而询问县中一名经手的事务员时,人家轻描淡写地说"肯定存放在大成殿东首的储藏室"。到储藏室实地搜寻时,却发现书架上仅剩有一方叶鼎洛用来包藏稿本的白布,看不到半张稿纸。再去问两名叫阿宝、钱宝的工友时,他们都说,包里的几本书和一大沓稿纸,早已经给厨房引火烧掉了。于是,不再有人提及叶鼎洛和他的长篇小说。

　　历史的云烟散去,繁华落尽,转身之中总有一种悲凉的况味。

　　关于薛兰珍女士的情况,20世纪80年代末,笔者曾经在石子街一家理发店听一位师傅讲,她在1965年年底就回到重庆老家去了,1968年病逝于重庆。

　　记忆在时间的流逝中变得模糊。如今,恐怕只有那些上了年纪且喜欢怀旧的人才记得叶鼎洛了。他的才情,他的寂寞,他的哀愁,就这样渐渐地被人们遗忘了。

尾　声

　　20世纪90年代初，笔者给在江阴染织三厂上班的父亲送雨具，又一次踏进石子街时，立马就被这条幽静的老街深深地迷住了。被岁月磨得溜光的青石板街面，一家紧挨一家像古典的线装书一样的两层小楼、古色古香的店铺、典雅秀气的花窗，屋顶上鱼鳞一样的小瓦、隐者般潜藏在小巷深处的教堂和天井……这里有配钥匙的、补锅的、箍桶的、叫卖破布烂棉花的、拖板车的，还有一个不知什么的机构。

　　这一切，一下子就深深地打动了我，并令我对它迅速生出一种一见钟情的情怀。因为，我喜欢这条巷子散发出来的像古书一样的幽香，喜欢它曲径通幽的意境，喜欢它的含蓄、内敛和不事张扬，更喜欢它的那份与世无争的淡泊和超然。我觉得，这条巷子是诗意、唯美并且厚重的，它凝集了许多唯美的元素和精华，其中就有一代大家叶鼎洛。叶鼎洛的写作曾经呈现出一种从容的开阔和不计后果的孤独，他可能还要孤掌难鸣一阵，他毕竟不同于卡夫卡一类的天才。

　　若干年前，住在石子街的居民多半已是老年人了，他们依然过着传统的生活。清早起来刷马桶，到井上去提水，在后院里种菜，在马路上晾晒衣服和咸菜，家里缺什么了就去附近的小杂货铺添置。闲来无聊就和邻里聊天，打开收音机听听评书。不过也有很多房子开始出租了，主人去了别处，一群外地人拥挤着住在这一片的老宅子里。

　　要说给我印象最深的一点，就是这里的居民不会让土地闲着，巴掌大的地方都要种上葱、种上蔬菜，他们爱极了养花，天井里种石榴、种梅花，盆花无处放，常常是摆在院墙之上，甚至在屋顶造出一个小花园来。正是这些花花草草,蔬菜瓜果,让年久失修的老宅散发出勃勃生机。他们真是一群热爱生活、享受生活的人。

不知道石子街的命运会如何,有的说会拆迁,有的说会保留作为文化景点。而我,自然希望保留这样一处能让我们看到过去的地方。

叶鼎洛和他的石子街,是一处能令我心灵安静和寄寓的所在。虽然,我只是在距离这条小街六公里的乡下居住,但这并不妨碍我内心的这一想法。每过一段时间,到了周末,我很喜欢拐一点道,骑电动车去走一遭,在新建的朝宗门那里的平冠桥,经河东街起步,沿东转河向南走,至东西走向的那座八字桥,再进入窄长的石子街。石子街比河西的埠下街更窄,呈现出S形,步入这样街巷,就像欣赏一支舒缓悠扬的曲子。常常在到达石子街后,我所做的第一件事情就是停好车子,然后徒步沿着青石板的街面缓慢地行走,选择好的视角观察。一些屋顶天窗兀然挺立,远远看,像歇着的一只猫头鹰,灰黑色的墙面是身体,玻璃窗口是眼睛,窗篷是喙尖。一个人胡思乱想着,静静地从巷头一直走到巷尾。我之所以这样做,为的就是想到这条街上看一看和走一走,或者嗅一嗅这一街坊的古旧味道。我来到古老的小街,踏过光滑的青石板,看小路旁滋生的青苔绿得惹眼。它们毛茸茸地、一簇簇地堆积着,可爱极了。春天的阳光明媚而忧伤,我不停地驻足。在一个个有水埠头的豁口,见过这运粮河的水像少女温润的眼,柔得令人醉了心。两座摆出大写"八"的小桥是改造过的水泥拱桥,到了傍晚,会呈现出一幅古道残阳图。

我喜欢在这条巷子里行走的感觉。仿佛将我带进了戴望舒《雨巷》的意境,每次,当我踏上这条由北向南延伸的巷道时,内心都会情不自禁地想起戴望舒的那首诗。是的,这条街道每一次给我的感觉都是美的,一如戴望舒诗中那个窄窄的雨巷。每一次置身这条小街,我的心中总是悄然滋生出一种美好的情愫。这种情愫,既有些像给家里养的那些花儿草儿浇水时的感觉,又有些像在路上看到一株好看的花儿忍不住要多看一会儿时的心境。

现在,南门老区、老街的开发利用已受到政府的重视,规划实施早已开始：南门的忠义街"以旧修旧"，获得传承保留，五云桥也得到恢复性整修，新筑的虹桥南路从石子街东面并行向南延伸，运粮河也开始清淤、开挖。

作为在此度过童年岁月的我来说，这确是件令人兴奋和喜悦的好消息。然而，2016年再去故地，整个石子街在城市建设的喧嚣纷扰中已遭拆迁，断墙残壁，杂草丛生，一派萧条。石子街再不能遇上忠义街的运气了，因这之前它就没有了较完整的原貌，不拆，看来也是不能维护了。尽管这条街有老街特色，有数百年沧桑，旧时还有发达的工商业、土布纺织业，有历史的渊源等，在人文方面，近百年来，这条老街还人才辈出，曾出了多位功业有成的名人、精英，街上还留存着他们的旧居和出生地，如王亦旦（亦是沈鹏的外祖父）、冯云山、叶鼎洛、周文楷和邓传楷等。

然而这一切还是没有留下，毕竟他们的主人还不是世界级名人。对于叶鼎洛的故居，已经辨不清是哪一处。房子几经转手，我只能面对残剩的几处破房，生出一种"遥想公瑾当年"的滋味。

一个曾经笔下才情千钧的作家最终惨败于现实脚下，而他的故居，孤独地挺立了几十年，也终究归结到大拆迁的唏嘘中。

光阴荏苒，时间的脚步匆匆走过无数个难忘的日子，一切喧嚣还将回复到平静。一眨眼的工夫，我的孩子已经结婚生子，不知道为什么，越到孙子长大，我的心里却越来越空，空得如同一个纸糊的壳子，哪怕只是轻轻一碰，也会猝不及防地碎裂。

一个曾经多么了不得的人物，风华十足，文采飞扬，身兼作家画家，既可醉酒当歌行狂放之举，又能吟诗弄月作风雅之态，人生实实是渗透在海阔天空的文字中作过穿越的。其个人魅力，我们这些文学痴迷者是难以复制的。叶鼎洛的艺术水准、文化品位与后来的文学大师汪曾祺似乎还保持了一致。

也许，文艺作品并不能解决任何具体的问题，不能在社会经济生活中创造具体的价值，它甚至很容易被人忘记，但是它可以抚慰伤痛、记录时代，可以替弱者说话，可以让我们在生活中停下来打量一下自己。在中国漫长的文学的长河中，叶鼎洛不过是极小极小的一滴水珠，但我相信，在他所处的时代，他的作品曾感动很多人。

说到底，时间之所以存在，取决于回忆会保留一些印迹，删除记忆也就意味着时间的断裂乃至消失。复杂年代，往事纷纭，一些事件还不足为外人道，我在这本纪实文学里更不便写出来。

最后我要说，一个城市的魅力有时候并不仅仅靠物质展示，更需要靠灵魂、靠气息、靠精神来呈现。想到我所居住的江阴，我更愿意想到夏敬渠、刘半农、胡山源、叶鼎洛等，想到他们的灵魂和气息，想到他们为艺术人生的缓慢和从容，他们能让人停下来，能谈心，能凝视。

叶鼎洛生平大事记

1897年　　1岁

11月18日，即光绪二十三年农历十一月廿五戌时，诞生于江阴县南门石子街一个破落户家庭。父亲叶之麒考取过秀才。叶鼎洛出生时，祖母53岁，祖父叶世祯早已去世。父亲叶之麒与母亲王氏同庚，23岁。一家四口。

1899年　　2岁

妹妹鼎力出生。

1903年　　6岁

喜欢涂鸦，表现出了绘画天赋。

1905年　　8岁

父亲教叶鼎洛读《幼学琼林》《古文观止》等。后来叶鼎洛自己能读懂旧小说和文言文。这时的叶鼎洛喜欢在书场窗口偷听说书。

1906年　　9岁

进入离家不远的法喜庵读义塾。几年后，义塾并入澄南小学堂。

1909年　　12岁

经吴研因介绍，进天章绸布号当学徒。

1911年　　14岁

当学徒期间，拜城郊杨牌观音堂一民间艺人学胡琴技艺。

1912年　　15岁

春，进入浙江公立中等工业学校艺徒班学习。学校为中等职业技术教育性质，当时开设艺徒班、工业教员讲习所等，以培养师资和实用美术人才为办学目的。

1915年　　18岁

春，进入杭州私立安定中学担任美术教师。此时，对文学有了极大的兴趣。

1917年　　20岁

秋，奉父母之命、媒妁之言，回江阴同钱钟英拜堂成亲。

1918年　　21岁

冬，情绪消沉，给妻子发了一信，说自己已看破红尘，意欲削发为僧。让她冲破旧礼教的束缚，鼓起勇气再嫁。

开始向《小说月报》投稿，没有成功。然而，他对写稿没有气馁。

1919年　　22岁

自费到日本东京美术学校进修。留学期间，结识了郭沫若、田汉、郁达夫等人。后移情文学，并参与郭沫若等人组建的文学团体——创造社。

1921年　　24岁

完成处女作、短篇小说《白朗的一生》。结识军人杨杰。接触到郁达夫《沉沦》手稿，为其今后写作找到了一个参照。

1922年　　25岁

9月，与田汉夫妇一起回国，由田汉朋友左舜生介绍进中华书局当美术编辑并画插图。

1924年　　27岁

1月，《白朗的一生》在《南国》半月刊创刊号上发表。7月，赶赴长沙湖南省立第一师范学校当美术教员。

1925年　　28岁

与赵景深、田汉等人组建绿波社长沙分社，创办《潇湘绿波》杂志，共出版三期，后因经费问题停办。

这一年，小说《江上》在《文学周刊》第35、36期上连载；由自己绘制封面的短篇小说集《脱离》，作为"绿波小丛书"的一种，由上海新文化书社出版。

8月，和田汉等人回到上海。直接原因是"三一八惨案"发生后，他们在长沙发动学生声援，得罪地方当局，无奈之下只得辞职离开。

  1926年 29岁

  在法租界用绘画谋生。此时，上海新文化书社给其短篇小说集《脱离》支付了稿费。加入田汉的南国电影社，参与了电影《到民间去》的拍摄，在影片中扮演大学生乙。至年底，片子勉强拍完，并于1927年在南京作过样片试映。《前梦》中篇小说单行本，由光华书局出版，次年再版。

  写出短篇小说《姐夫》等。小说创作进入喷发期，特别是在同性恋和情色题材的写作上具有一定的开创性。

  这一年，短篇小说《大庆里之一夜》在《洪水》杂志第2卷第15期上发表；同年，与田汉合作的中篇小说《异乡》在《醒狮》南国特刊栏的第70、71期上发表，短篇小说《男友》在《文学周报》第213、214期上发表。

  1927年 30岁

  正月，乘船离开上海去了奉天（今沈阳），在一所中学教美术和音乐，一个礼拜八节课。业余时间开始写作长篇小说《未亡人》。2月，中篇小说《驼龙》出版小说单行本；同时，画作《死美人》和《龄艳亲王》在《汛报》第1卷第2期发表，画作《教堂门口》在《汛报》第3期发表，杂感《闲话》在《汛报》第4期发表，画作《海边幻想》在《汛报》第6期发表，短篇小说《霜寒》在《洪水》第3卷第28期发表。

  1928年 31岁

  因神经衰弱，吃了不少中药，仍然不见起色。无奈，只得放弃教员职位，作了回上海的打算。经过田汉和黄大琳夫妇护理，身体大有起色，续写完成长篇小说《未亡人》。该书由上海新教育社于这一年年底出版单行本，1933年再版。

  在南国艺术学院遇见艾霞。

  7月，走访溧阳远亲。8月26日至12月16日，到日本作短期休养，结识作家茅盾。

回到上海后，协助郁达夫创办《大众文艺》。《大众文艺》共出十二期。前六期由郁达夫、叶鼎洛、夏莱蒂主编，后六期由陶晶孙编辑，都是由上海现代书局发行。短篇小说《阿巧》发表在10月20出版的《大众文艺》第2期上。现代书局为其出版中篇小说《乌鸦》单行本，1933年再版。

这一时期，还出版过小说单行本《松花江之月》和《鼎洛画集》，并与田汉一起合作出版过小说剧曲集《城南夜话》。这一年，其短篇小说《秋愁》在《大江月刊》第1期发表，中篇小说《双影》（上半部）和画作《海滨》在《大众文艺》第1期发表，短篇小说《前程》在《现代小说》第1卷第3期发表，短篇小说《沙明五之死》在《真美善》第2卷第3期发表，中篇小说《双影》（下半部）和画作《T君像》在《大众文艺》第2期发表，散文《苦恼中的享乐》在《大众文艺》第3期发表，中篇小说《归家（附图）》在《良友》第27期发表，散文《到溧阳去》在《大江月刊》第11期发表，散文《南行：记白痴似的生活之一节》在《大江月刊》第12期发表。

年底，国民党政府觉察到《大众文艺》不利于政党统治，下封杀令。

短篇小说集《男友》，由现代书局印行了单行本。

1929年　　32岁

1月25日，离开上海，到南京的朋友家暂作躲避。1月28日，乘长江轮船离开南京，返回上海，次日乘海轮到达厦门，与南国社同仁在鼓浪屿拍摄了一张合照，照片中有与他有过交集的黄大琳和艾霞。

早在五年前写成并已经在杂志上发表过的中篇小说《双影》，上半年由现代书局印行了单行本。

短篇小说《故友》在《金屋月刊》第1卷第2期发表，回乡杂记《在路上》在《北新》第3卷第17期发表，散文《他乡人语：纪念二十九岁的清明节》在《真美善》第4卷第1期发表，随笔《上江行：南京的一瞥》在《真美善》第4卷第4期发表，短篇小说《阿巧》在《大众文艺》第5期发表，杂记《重来上海》和杂感《在小圈子里》在《大众文艺》第6期发表。

短篇小说集《白痴》，由现代书局印行了单行本。

10月，短篇小说集《他乡人语》，由北新书局出版。这是他与北新书局总经理、江阴同乡好友李小峰的第一次合作。

1930年　　33岁

3月，在《大众文艺》举办的一次座谈会上，第一次见到鲁迅先生。鲁迅很赏识他的短篇小说《宾泽霖》，并指出：我们做文章的人千万不要去为阔人说话，要为穷人争取言论。

这一年，随笔《被引起来的一点感想》在《真美善》第5卷第4期发表，杂记《昨日游记》在《真美善》第6卷第4期发表。

结识同乡作家胡山源。

4月，在赵景深续弦（娶北新书局总经理、江阴李小峰的妹妹李希同）的婚宴上，第二次面见鲁迅。

9月下旬，北平游。

1931年　　34岁

春节后，在好友李俊民介绍下，进入开封河南大学文学院任国文教员。结识法学院学生姚雪垠。这一年，其散文《北京随笔》在《创作月刊》创刊号和第1卷第2期分期发表，散文《开封游记》在《绮虹》第1卷第7期发表，散文《旅汴杂记》在《中国学生》第3卷第8期发表。

1932年　　35岁

这一年，为河南省第一师范学校文学社的学生刊物《天河》第12期设计封面画。

其翻译日本作家石川啄木的小说《旷野》在《平沙》第1—10期发表，评论《为平沙也为自己辩白》以及创作谈《我的论文（上半部）》《我的论文——朋友对话》《我也来论论传记》在《平沙》发表。译作《旷野》在《青年界》第2卷第1期再次发表。

1933年　　36岁

在军中朋友杨杰举荐下，进入"庐山军官训练团"当教官。

7月18日，母亲王氏因病逝世，时年59岁。

杂谈《关于男女的话：给在知识上是半瓶醋的男子女子看》在《青年界》第3卷第5期发表。

长篇小说《未亡人》，由新教育社再版。小说具有"郁达夫风"的感伤情调，在文坛赢得了很大的声誉，被称为其代表作。同时，他和叶灵凤的两部小说《时代姑娘》《未完成的忏悔录》同被称为当时文体探索意识极强的作品。因此叶鼎洛与叶灵凤，一起被当年的上海文坛称为"二叶"。

短篇小说《收尸》在《文艺月刊》第3卷第8期发表，短篇小说《盗贼》在《新时代》第4卷第2期发表，随感《同志论》在《青年界》第4卷第5期发表，短篇小说《一个新鲜的故事》在《新时代》第5卷第1期发表。

1934年　　　37岁

与人合著的短篇小说集《归家及其他》，由上海良友图书印刷公司出版。论文《票友的艺术》在《文艺月刊》第1卷第1期发表，随笔《追想一位故友》在《文艺月刊》第2期发表，短篇小说《恋爱》在《矛盾月刊》第3卷第1期发表，回乡杂记《人生的秘密》在4月21日《人报》发表，短篇小说《朋友》在《青年界》第5卷第1期发表，短篇小说《夫妻》在《青年界》第6卷第1期发表。

1935年　　　38岁

在开封带着缅怀阮玲玉和艾霞的心情，买票进戏院看了电影《新女性》。电影素材取自艾霞生平事迹，由阮玲玉主演。在一段时间里，《新女性》的一张电影海报，被叶鼎洛当成了收藏品。

上海中国旅行剧团在开封巡回演出《茶花女》。受好友唐槐秋邀请，叶鼎洛参与演出。开封城好多观众都认识他。当他在舞台亮相后，受到了非常热烈的掌声，他不得不站到舞台的中央，一次次向观众鞠躬示谢。这一年，随笔《思想苦》在《山雨》第1卷第3期发表，随笔《我仰望天上的星星》在《现代》第6卷第4期发表，随笔《学校生活之一叶：十年前的学校生活》在《青年界》第7卷第1期发表。同时，上海《电影新闻》第1期上还刊发了题为《充满朝气的开封剧坛：汪漫铎叶鼎洛颇为努力》的报道文章。文中讲到，叶鼎洛在话剧方面，也颇有造诣。江阴才子叶鼎洛又一次被媒体所关注。

1936年　　39岁

是年10月19日，鲁迅逝世。10月25日，叶鼎洛赶赴开封水专学校参加了追悼鲁迅的大会。之前，他还连夜赶画了一幅鲁迅的肖像，是从一张木刻上作的临摹。

这一年，科普文章《几种家畜》在《人间世》第2期发表，散文《追想一位故友（附图）》在《西北风》第2期发表，随笔《暑假生活特辑：夏天的游泳》在《真美善》第10卷第1期发表，短篇小说《仲春的午后》在《文艺月刊》第8卷第3期发表。

1937年　　40岁

为配合全国性的抗日救亡运动，叶鼎洛和学生马可共同联络学校热心人士，在河南大学成立了"怒吼抗日救亡歌咏队"。

叶鼎洛、马可等在河南大学迎接上海抗敌演剧二队的作曲家冼星海和戏剧家洪深。马可在叶鼎洛影响下，学拉胡琴。叶鼎洛教马可首先学习的是刘天华的二胡曲《光明行》和《空山鸟语》。

随笔《日记特辑：三月十五日》在《青年界》第12卷第1期发表，随笔《海狗戏》在《现代军人》创刊号发表，中篇小说《反抗》在《国闻周报》第14卷第29、30、31期上连载。

12月，开封形势异常严峻，河南大学被迫从开封搬迁至鸡公山和镇平。然而，没过几天，形势更加吃紧。日寇开始进攻南阳，河南大学又辗转迁至潭头镇。此时，叶鼎洛和部分师生决定随北京大学、清华大学和天津南开大学的师生去更南的地方。

叶鼎洛紧随三校师生在一个月后终于到达岳麓山下新组建的国立长沙临时大学。三校的师生已经于11月17日开始上课。叶鼎洛的学生到后插入其中跟着上课。然而，复学后才一个月，日军便沿长江一线步步进逼，危及衡山湘水，长沙告急。师生们不得不于1938年2月再次搬家，进入云南昆明，学校改称"国立西南联合大学"。

1938年　　41岁

2月，进入云南昆明国立西南联合大学先修班任美术教授。

4月，应郭沫若紧急召集，赴武汉国民党政治部第三厅工作。

9月9日，随抗敌演剧三队的28名同志一起离开武汉，前往第二战区的防区。

10月30日，东渡黄河转入吕梁山抗日根据地。

随后经漯河、许昌、郑州，过潼关，最后到达西安。叶鼎洛在武汉创作的抗战画、木刻画再一次派上了用场。演剧队到达演出场地后，叶鼎洛将画板布置在剧场门口或者场地周围。

演剧队在西安演出了十多场节目，观众达一万多人。演出了《宣传》《大兴馆》《沦亡之后》等剧目，激发了古城人民的抗战热情，在当地青年中产生了深远影响。

1939年　　42岁

春，随演剧队来到延安，在陕北公学大礼堂作演出，受到延安军民一致好评。张光年在此时创作出著名的《黄河大合唱》歌词，冼星海日夜突击将八个乐章和全部伴奏曲谱一气呵成，经过一次次的修改排练，在鲁艺音乐系协助伴奏下，于陕北公学大礼堂作了首次公演，获得好评。

4月下旬，到达延安。

1940年　　43岁

这一年，文艺评论《雨槿剧本的检讨》在《西北角》第2卷第6—7期发表，诗歌《怀江南》在《西北研究》第3卷第1期发表，诗歌《我想起了松花江》在《黄河》第8期发表，剧本《汉奸的跳舞》在《黄河》第2、3、4期分三期发表。

1941年　　44岁

7月，国民党军委会政治部下达命令，各演剧队按配属的战区番号重新排列，原各抗敌演剧队或解散，或改组，并对改组的演剧队进行更名。三队正式改为"军事委员会政治部抗敌演剧宣传队第二队"，即剧宣二队。

论文《文艺上的造型性》在《文化导报》第1卷第3期发表,论文《戏剧与宣传》在《黄河》第2卷第1期发表,创作谈《今后中国艺术形态上应走的途径:新浪漫主义》在《黄河》第5—6期发表,创作谈《我的艺术生活和写作经验》在《黄河》第7期发表,散文《一个难民的回忆》在《西北研究》第3卷第8期发表,论文《西北话剧运动之瞻前顾后》在《西北研究》第9期发表,散文《后方杂记》在《西北研究》第4卷第1、3、6期发表,文学评论《文学与象征》在《文艺世界》第6期发表,与李旭牖合作的杂感《抗战以来我所最爱读的书籍》在《黄河》第11期发表。

1942年　　45岁

他用手中的画笔,为抗日救亡作了大量的宣传。其画作主要揭露日本军国主义的侵略给中国人带来的大灾难,号召民众救亡图存。其构图和表达极具个性,不仅讲述了半个世纪以来民众遭遇的苦难,更通过一些标志性人物,用隐喻的方式呈现了中国人在这一历史进程中所承受的心灵隐痛。

有时,他也写抗战歌曲,用二胡伴奏,教大家唱。

这一年,论文《什么是文化》在《西北文化月刊》第2卷第3—4期发表,论文《论文艺中的境界》在《西北文化月刊》第7期发表,论文《文化与政治》在《文化导报》第2卷第4—5期发表,论文《我们怎样打破目前文艺界的苦闷》在《黄河》第2卷第10期发表,散文《日本醒来罢》在《力行》第5卷第1期发表。

1943年　　46岁

文艺评论《老摩登的艺术》在《文艺月报》第2卷第1期发表,短篇小说《掮客》在《黄河》第4卷第1期发表,中篇小说《红豆》在《黄河》第5卷第1、2期分两期发表.。

1944年　　47岁

中篇小说《红豆》由西安新建书店印行单行本。这也是作者公开出版图书中的最后一本。

1946年　　49岁

6月5日，父亲病逝，享年73岁。7月，随剧宣二队到达北平（今北京）。调入《东北画报》任美术编辑。

1947年　　50岁

1月，画报社人员冒着凛冽的风雪，由本溪北迁通化。在通化的三个多月中，印制了大批军事地图和单张画刊，还出版了古元的第一本木刻选集。

画报社再一次作转移时，叶鼎洛被北满土匪一颗流弹击中大腿。

4月，转移到重庆一位画家朋友家养伤。6月，去成都办画展。

其时，结识比他小二十多岁的重庆女子薛兰珍，不久结为夫妇。

秋冬时节，夫妇回到江阴定居。不久，受邀担任国民党江阴县党部《江声日报》总编辑。

这一年，散文《记西子湖》在《天下（上海）》第1卷第4期发表，长篇小说《夫妻儿女》在《进步》第1卷第10期发表了第一章，长篇小说《梨园子弟》在《水星文艺》第2卷第1期发表了第一章，论文《怎样学习音乐》在《青年界》新4第1期发表，论文《怎样学习图画》在《青年界》第2期发表，论文《怎样学习图案》在《青年界》第3期发表，论文《怎样学习雕刻》在《青年界》第4期发表。

1948年　　51岁

江阴县中校长蒋宇宗听说叶鼎洛在《江声日报》做得不开心，于是聘他去学校担任国语教员。11月，妹妹鼎力被人暗杀，年仅49岁。

论文《与刘开渠谈雕刻》在2月23日的《益世报》发表，散文《上海回忆录：飘叶子之一章》在《中国舆论》第1卷第5期发表，杂感《秦蜀行脚》在《风土什志》第2卷第2期发表，论文《怎样学习戏剧》在《青年界》第5期发表，论文《艺术的原理》在《青年界》第1期发表，人物素描《徐悲鸿》在《青年界》第2期发表，论文《关于建筑：建筑是造型艺术，同时也是空间性的艺术》在《青年界》第3期发表，论文《关于电影》在《青年界》第5期发表，散文《成都散步》在《文艺杂志》试验刊号发表。

1949年　　52岁

同事、县中历史教师韩晋藩了解一点叶鼎洛的历史，看了报上郭沫若的一篇文章后，就抱着爱才、惜才的心情，多次劝叶写信去求老朋友帮忙，以便尽快调到合适的岗位上，发挥其艺术才能，为繁荣新文艺大展宏图，然而，叶却甘愿寂寞，不想给人添麻烦。

1955年　　58岁

暑假开始，作为被审查对象，到无锡参加学习班。

1956年　　59岁

9月下旬，江苏省委宣传部副部长兼教育厅厅长吴天石调研途经江阴时，特地探望了叶鼎洛。那次，吴天石回南京后，将会见叶鼎洛的事，在电话里告诉了老乡兼好友章品镇。当时的章品镇在筹办《雨花》月刊，需要一些有名望作家的好稿。几天后，章品镇就以《雨花》编辑部名义给叶鼎洛来信，希望他重新燃起写作热情和信心。叶鼎洛收到《雨花》编辑部的信，心里很激动，便用了三个晚上的时间，写了封说明自己目前由于身心疲惫故不能写作的复信。

1957年　　60岁

叶鼎洛开始续写反映戏曲艺人生活的长篇小说——《梨园子弟》。他想要写出自己的意味和特色。

1958年　　61岁

12月22日，即冬至这一天，病逝于江阴城区的县中宿舍，享年61岁。

三天后，妻子薛兰珍和叶鼎洛外甥女等携同江阴县中几位教师，雇了一条农船，将叶鼎洛灵柩移至定山祖坟安葬。

1959年，薛兰珍和外甥女曾要求校方归还叶鼎洛的长篇小说手稿，争取出版。为此，叶鼎洛的生前好友章先朴先生曾同县中毕业生江俊绪两人合写了一封信，寄给当时的文化部长、著名作家茅盾，请求他能帮助追回叶鼎洛的原稿。茅盾不久即寄来了亲笔签名的复信，表示支持，并嘱咐他俩取得叶鼎洛的手稿后即寄北京文化部，由他安排审稿和出版事宜。可惜，"落花流水春去也"，当他俩拿着茅盾的来信去问相关人士时，答复说"已发还县中"。而询问县中一名经手的办事员时，得到轻描淡写的回答："肯定存放在大成殿东首的储藏室。"到储藏室实地搜寻时，却发现书架上仅剩有叶鼎洛用来包藏稿本的一方白布，看不到半张稿纸。再去问两名叫阿宝、钱宝的工友时，他们都说，包里的几本书和一大沓稿纸，早已经给厨房引火烧掉。于是，不再有人提及叶鼎洛和他的长篇小说。

1965年年底，薛兰珍回重庆老家，1968年在重庆病逝。

参考文献

1. 《他们走向战场·埋伏》，严平著，《收获》杂志2017年4期。
2. 《现代作家书信集珍》，刘衍文、艾以主编，汉语大词典出版社1996年6月出版。
3. 《现代文人剪影》，赵景深著，湖北人民出版社2009年1月出版。
4. 《男友》，叶鼎洛著，浙江文艺出版社2004年1月出版。
5. 《郭沫若传》，龚济民、方仁念著，北京十月文艺出版社1988年2月出版。
6. 《田汉传》，董健著，北京十月文艺出版社1996年12月出版。
7. 《郁达夫传》，刘保昌著，崇文书局2010年6月出版。
8. 《冼星海传》，马可著，人民文学出版社1980年2月出版。
9. 《姚雪垠传》，许建辉著，湖北人民出版社2007年5月出版。
10. 《蒋介石生平》，宋平著，吉林人民出版社1988年6月出版。
11. 《杭州市志（第六卷）》，任振泰主编，中华书局1998年9月出版。
12. 《周水平留学东京的反日爱国斗争》，徐泉法著，《世纪风采》杂志2001年5期。
13. 《江阴高级中学校史（1903—1998）》，内部版。